小城阿哥

罗安圣 著

团结出版社

图书在版编目（CIP）数据

小城阿哥 / 罗安圣著. -- 北京 ：团结出版社，
2018.3

ISBN 978-7-5126-6211-7

Ⅰ．①小… Ⅱ．①罗… Ⅲ．①小说集－中国－当代
Ⅳ．①I247

中国版本图书馆CIP数据核字 (2018) 第056635号

出　版	团结出版社
	（北京市东城区东皇城根南街84号　邮编：100006）
电　话	（010）65228880　65244790
网　址	http://www.tjpress.com
E-mail	65244790@163.com
经　销	全国新华书店
印　刷	成都新千年印制有限公司
开　本	160mm×230mm　　1/16
印　张	15
字　数	215千字
版　次	2018年3月　第1版
印　次	2020年6月　第2次印刷
书　号	978-7-5126-6211-7
定　价	50.00元

一个人的生活录（代序）

——杂谈罗安圣和他的《小城阿哥》

□刘燕成

一

从我最小的姨婆生前生活着的那个小寨往清水江方向走，没多远，就是生养了罗安圣先生的那个古苗寨：翁晒坝。

我在县城上高中时，为了节约车费，常常从清水江畔的远口古镇下车，一路穿过耙埇、翁晒坝、栗木坪、龙凤山、交通、光明这条铺满青石板的湘黔古道，总是天黑了才赶到家。那时候，走在翁晒坝那青翠的山梁上，我做梦也不会想到，多年后会与这个寨子里走出去的安圣先生成为文字上的知己，互相留恋，也互相鼓励和打气。

后来安圣先生又与我讲，老家寨子里，我的那些堂叔、表叔，有的是与他从小玩到大的同学，交情很深，至今仍有往来。其中一次，便谈到了

1

我的一个远去的堂叔。我心里咯噔了一下，便像梦境一般，打开了关于这个堂叔的死事记忆。那真是特别造孽的永别，虽然那时候我们才几岁大，却也懂得了那其中的悲痛：堂叔是被堂公用鸟枪打死的，开枪的堂公是堂叔亲亲的叔父，父子俩其实只为争夺一棵不大的杉木树。算来只是鸡毛蒜皮的一件小事儿，却因此彻底毁了两个家。

安圣先生是特别爱惜生活的人，他说他知道后来发生在我的这个堂叔身上的这一切，觉得凄惨，便只是埋在心里，没有多说。然而，乡村生活远远不止这些，它的复杂，它的欢腾与悲痛，当然也有它的不可救药的愚昧，现今想来，是多么的沉重与沧桑。很多时候，我一提笔，便想将那些疼痛、那些流光里的无奈描绘下来，但才落笔，就写不下去了。我自己也深深认识到，我尚未具备将它们落在纸上的能力，还欠积累、欠沉淀、欠思索。

二

然而，曾身为化学老师的安圣先生很早就迷恋上了文字。大约是从2013年起，安圣先生就有意无意地着手他的"小城阿哥"系列写作，有些刊物还将这个系列作品以小说摘录发表，有的以散文摘录刊载。我在想，不管是被读为小说，还是被读为散文，这里面反射出来的事儿是：这是特别有价值的一系列记载。

作为读者和乡友，初读到这一系列文字的开端时，我脑海里冒出来的第一个念想是：得好好劝他写下去，最后结集成书，以便广泛地流播。但安圣先生忙于政务，总是隔三岔五地更新，吊人胃口。功夫不负有心人，历经数载的记录和书写，"小城阿哥"系列终于厚到可以汇聚成书了。安圣先生将这个计划告诉我时，我是特别高兴的。但是他同时又把题写书名和作序的事儿交给我时，我就觉得自己像做错了什么一样，特别的诚惶诚恐。

好在，这精彩的系列记录，其中饱含的方方面面的价值，有足够的底气让我向它的读者们毫不修饰地说：这是一部带有浓郁的人间烟火味道的大书，也是一部弘扬真善美的大书，更是一部苗族侗族人的生活史和思想感悟。它掺糅了作者丰厚的人生阅历，是从作者灵魂深处过滤出来的精神食粮，凝聚了作者的智慧，更是凝聚了黔东南一带苗族侗族人的生活智慧，记录的虽都是平民百姓的日常事，却因此而凸显了它的现实性和史料价值。

为了便于阅读，在整理书稿时，我就极力建议安圣先生按照题材相近原则，分辑整理。果不然，我收到的是分"生活浪花""温暖港湾""工作情调""浪漫爱情"四辑的书稿，虽然里面的篇什于前期我都已一一欣赏，但还没有这般认认真真地集中阅读和欣赏。因篇幅短，加上网络发达，每每待得安圣先生添上新的一篇，我总会翻开手机，点开网页，三五分钟就阅读完毕。有时候，读到开心的事儿，会兀自乐上好一阵子，当然有时候会忍不住留下几句短言，说出自己的读后感受。这种段子式的、看上去又并非特别严肃的作品，恰恰迎合了当下的快餐式阅读，这肯定是另外一个意想不到的效果，我个人觉得这样的作品应该获得推崇。

比如说，"生活浪花"里，《洗农民澡》《非兄非弟》《神奇的月亮》《梦里千回葡萄醋》《煮不熟的糯米饭》《高铁站与火车站》《关门背书》等短篇，从普通的生活内部，窥探到了人生的许多智慧和哲理，让人过目不忘。又比如，"温暖港湾"里辑入的《新郎去哪儿了》《五爪金龙》《约法三章》《戒酒保证书》《留言条》《阿嫂的钥匙》《二叔的幽魂》《一地鸡毛》《谈微色变》等，每一篇都寓意一个哲理，或者，每一篇都藏有一个微妙的故事，让人读到的尽是智慧，其中又不缺丝丝的暖意，那是生活的暖，人性的暖，人间的暖，带有烟火味的世间真情的暖。再比如"工作情调"里的《贴心秘书》《豪情似酒》《睡午觉的羊》《警察和妓女》《有点臭酒的水》《千万别扯淡》《三访贫困户》《火拼现场》等，极具调侃性质的表面，却是暗含人文情怀，尤其借助的虽是短短的千言文，对人性的暗线描述和表达，却给人洋洋洒洒、淋漓尽致之感。在"浪漫爱情"里，我读到的不仅是烂漫、洒脱、至真至善的男女之间的缕缕情思，更是那欲望背后的秘密的揭发和详尽阐述。

其实细究下来，安圣先生并没有对这一系列记录进行过文学性、史料性的加工，他更加忠实于人物、生活、事件的原貌记录，尤其是民族形态的原貌写真，给人感受到的，是一盘盘原生态的东西，固然就免不了粗糙的、审美价值不是很高的东西掺杂其间。所以，在该书的校稿过程中，我同样极力建议安圣先生不要心痛删掉其中的部分篇什。因而，这最后成书的书稿，应该说是"小城阿哥"系列的精选本，而非全本。

三

细细读来，《小城阿哥》这部书，或者说"小城阿哥"这个系列，虽然表面上看去写的是小城里的阿哥，其实，这里的小城，就是我国当下的农村真貌，是我的故乡黔东南的苗乡侗寨的真貌，更是数以十万计的苗侗同胞的那片心灵圣地的真貌。这书里的阿哥，其实可能就是我们的前辈，又或是师长，或是姊妹，或是自己，更或是一个心里久久不能忘掉的人儿。我想，每一个人，都会在这样的书写里，很容易就寻到了自己心灵上的故人和故乡。

我热切地期待着，不久的将来，安圣先生一定会奉上更多更好的作品，给喜欢他、热爱他，甚至是崇拜他的读者和粉丝以惊喜。同时我又特别地期待，安圣先生能完成我无法完成的记录，譬如，开题里我用了不少篇幅细碎地谈到的，类似于我堂叔的那些人的那些事，以及关于类似于那个村庄的故事。因为，那是我们共同的写作财富。同时又因为，做好了一个人的生活记录，其实就是做好了整个民族的生活记录。

愿"阿哥"越来越康乐，也愿"小城"越来越繁华。这句话说给安圣先生和读友诸君，也说给生养我们的故乡。

2017年8月2日

（刘燕成：男，贵州省天柱县人，苗族，青年作家，著有《遍地草香》《贵山富水》《月照江夏韵》等多部散文作品集，现供职于黔省直单位）

目 录

CONTENTS

第二辑　温暖港湾

第三辑　工作情调

小 引

　　江滨小城阿哥，心性善良，真诚随和，乐于助人，热情好客，特别乐观随性，语言诙谐，幽默风趣，他在哪哪就充满笑声。

　　其实阿哥姓梁，只因离职进修期间，每逢周末老乡们小聚小酌，梁同学就是给大伙儿带来快乐的开心果，令人捧腹的段子一个接一个，同学们、老乡们笑得前仰后合，笑得直不了身。于是，大伙儿便尊称梁同学为"一哥"，取"第一人"之意。又因英文字母中的 A 为大，于是又改称"A 哥"，而 A 在汉语拼音中念"阿"，"阿哥"与我们的称谓习惯相符，从此，"阿哥"诞生了。

　　阿哥说的故事很多，但阿哥自己的故事更多，带给人们很多快乐，阿哥和他的故事可谓名满江城，三天三夜也侃不完。

第一辑　生活浪花

师兄师妹

　　那年，新修建的镇政府大楼一落成，便成了乡镇"七站八所"集中办公的所在。大楼里新进来不少漂亮的女干部，有调来的，也有新毕业分配的，有农业的、财政的、扶贫的、办公室的、纪检的、教育的，可巧的是这些干部都与阿哥毕业于同一所学校。

　　阿哥很喜欢与年轻人在一起，常常说："年轻人有骚（朝）气，有活力，我们年纪大的和你们年轻人在一起也才会有点骚（朝）气，不然，单位里死气沉沉的，没活力。"见这么多"同门师妹"来了，阿哥笑嘻嘻地逐个串门探望套近乎："有缘呀，小师妹，我可是你们的大师兄也！"他的风趣顿时消除了女干部们与阿哥的距离，觉得阿哥虽是镇长，但没有架子，为人和善，阿哥自称大师兄，师妹们便纷纷投在大师兄门下。

阿哥在空闲时经常找师妹们说笑以解烦忧，大受欢迎，工作干劲也大了，师妹们也愿意与这么风趣又大大咧咧的大师兄相处，凡有事都找大师兄商量。人前人后都大师兄长大师兄短地喊开了，不再避讳什么领导不领导的。不久，阿哥便成了大楼里老少女士们的大师兄，大楼里常常充满欢声笑语。

一日，一个家在附近的小师妹邀约阿哥和几个师妹一起去坡上吃烧鱼，阿哥趁机将在中学当老师的同学老坏带上，人称老坏其实不坏，特爱搞笑，一脸坏笑，有他在气氛活跃。在朗月高挂的夜空下饮酒吃鱼，是十分惬意的，几杯酒下肚，师妹们一个个面若桃花，甚为可爱，谈兴爆棚，引得阿哥忽然文性勃发，有了灵感，随口得一上联：

爱国爱家爱师妹

"这是我出的上联，爱国是必须的，爱家也是必须的，嘿嘿，爱师妹更是必须的，团结友爱嘛，还请师妹们帮我对对下联如何？"阿哥煞有介事地说。

三师妹见大师兄用眼睛不断环视众人，还一脸坏笑，分明是在考问我们：料你们也没对下联的本事！而众师妹面面相觑，不知如何回答。稍一想，忽如神助，三师妹随即附上下联：

防火防盗防学兄

大伙儿一听，浅显易懂，朗朗上口，最主要的是切题应景，且诙谐逗趣，全场顿笑，气氛异常热烈。

可事情又来了，大师兄的"博爱"情怀显然让一些师妹有些"受伤"了，大师妹年纪与阿哥一般大，都是四十好几的人了，心想，把我老人家也"爱"进去不太适合。见小师妹是新分配的漂亮小女生，便站起来大声道："我给大师兄改改如何？"

竟然还有人要改联，大伙儿顿时来了兴趣，一致要求听听怎么个改法。

大师妹清清嗓子不慌不忙念道：

爱国爱家爱小师妹

加了一个"小"字，这范围就小了，意思也变了，众师兄妹大笑，独小师妹大窘，不知如何是好。

在侧相陪的师弟老坏见状，心想，我是阿哥师弟，也就是他们的师兄了，可不能让师妹们套进去了呀，可不能防我呀。于是站起说："你们都改了上联，那我也来改改下联吧？"大伙儿说："好呀！看你怎么改。"

老坏笑念：

防火防盗防大学兄

一个"大"字，又把对象锁定为阿哥，大伙儿不禁大呼改得好，气氛更加热烈。

不久，此联便在大楼里传开，并逐渐流传成为"经典名联"，在小城笑传。

杀不死的鸭子

朋友们都知道，阿哥对鸭肉很不感冒，可是却不知道原因。

其实阿哥小时候最喜欢吃的就是鸭肉。11岁那年重阳节，是阿哥最快乐的节日。重阳节就是老年节，家家户户都要杀鸭过节的，这一天，叔叔、伯伯们纷纷将鸭棒腿送给阿哥，竟然达9只之多，阿哥大快朵颐，太过瘾了！直到现在，阿哥依然时常向当年的小伙伴们炫耀。原来，阿哥从小就是热心人，爱帮忙，只要叔伯们提前招呼一声，阿哥便毫无怨言地帮他们把鸭子早上放出，晚上赶回，从未出过差错。因此，大家都很喜欢阿哥，自然，杀鸭过节时总是忘不了下一只大大的鸭棒腿犒劳阿哥了。其实阿哥帮叔伯们放鸭还有一个重要原因，就是喜欢看公鸭们为了母鸭而捉对厮杀，鸭打架是孩子们最爱看的，尤其是本地土鸭的缠斗最为过瘾，厮杀时间长，缠斗幅度大，场面异常激烈，将水面拍得叭叭直响，胜者昂首挺立，败者落荒而逃！阿哥家每年都会有鸭王，这才是最值得骄傲的。

尽管吃过很多鸭棒腿，阿哥却从没杀过鸭。直到上高中那年暑假，一大帮男女同学相约来到阿哥家玩，母亲说："去把那只大公鸭杀了招待同学吧！你们自己料理。"说完就上坡干农活去了。孩子们最喜欢的也是没有大人在的空间，自由。

母亲的话让阿哥很有面子，那个年代有鸭招待同学可是一件值得炫耀的事呢，便高兴地和几个男生一起下小溪里自家鸭圩里抓来了那只大公鸭，按大人杀鸭的模样准备了器具。

可是谁也没杀过鸡鸭，谁也不敢动手。无奈之下作为主人的阿哥狠下心操起那把菜刀抹向鸭脖，不知是第一次杀生手颤抖得厉害还是这刀实在太钝，阿哥反复抹了几刀，鸭脖子竟然只是掉了几根毛，划破了皮而不流血。阿哥再次用力划拉几次后才开始有血慢慢滴出。

许久，双手握紧鸭翅的男同学已累得受不了了，一松手，公鸭一抖翅膀，昂起满是鲜血的鸭头，嘎嘎嘎，好像在向阿哥们宣战示威，惨叫着在院子里溜达。阿哥慌了，再次逮回鸭子，菜刀在鸭脖伤口上用力拉扯了十来次，鸭脖几乎断了，流了很多血。阿哥以为这次鸭子死定了，于是轻轻放开鸭子。

谁知，虽然鸭头不再高抬，但鸭子依然不倒，耷拉着脑袋在院子里踱步，地下全是血，情形很是恐怖。女同学捂着脸不敢看了，带着哭腔强烈要求阿哥："天平，放了鸭子吧，不要杀了，我们不吃鸭子了。"虽然都知道放了也不会活了。

其余男同学见此情景也不知所措，都不愿援手帮阿哥。阿哥也吓坏了，但是骑虎难下背呀，怎么办？气急败坏的阿哥扑向满身鲜血淋漓却仍跟跟跄跄的公鸭，将鸭头按在地上，恶狠狠地说："剁下你的头，看你还跑不跑？"说完挥刀砍下，鸭头飞了。然后阿哥放开了老公鸭。

谁知更吓人的场面出现了。无头公鸭依然坚强地站立，昂起无头鸭项朝鸭头的方向慢慢迈开步子，一步、二步、三步，第四步时才终于倒下，翅膀还扇了几下，脚一蹬，不动了。

阿哥累得不行了，更吓得不行了，丢下菜刀靠墙坐在地上喘着粗气，脸色煞白。

一个男生将鸭放在脸盆里，倒进一大盆开水，这时奇迹再次发生，无头公鸭翅膀在开水倒进盆的一瞬间忽然猛烈地扇了几下，开水顿时四溅，吓得男生丢下脸盆，躲得远远的。虽然只扇了几下便再也不动了，但着实让学生们受惊不小，他们哪里经历过这场面？

那一夜，两个女生一块鸭肉都不吃，阿哥和三个男同学也吃得很少，没味！

此后，阿哥再没亲手杀过鸭。以前最喜欢吃的鸭肉也食之无味，一吃鸭肉他就想到那次杀鸭的恐怖场景，那只满身鲜血却昂立而行的无头公鸭的恐怖身影已永远定格在阿哥心里了，无论如何也抹不去。

女生免费

大哥师范学校毕业后分配在高经乡小学当老师，大嫂也是高经乡人，因此，在省城读书的阿哥放暑假、寒假时经常来高经乡度假。

美丽的侗乡高经，坐落在一个三面环山的开阔地带，依山傍水，古榕林立，是一个有2400人口的侗族大寨，还有好几个小寨环绕在高经大寨四周，晚上，灯火闪烁，如繁星点缀，煞是好看。全寨有六座鼓楼，五座风雨桥，两条小河绕寨而过，民族风情浓郁，最让阿哥羡慕的是高经姑娘特多，而且都长得高挑、水灵、红润、漂亮，每到傍晚，罗汉姑娘便相约漫步到花桥鼓楼唱歌，凉风习习中，相依相偎玩到天明，其乐融融。这正是高经侗寨最吸引阿哥的地方。

阿哥见寨子里男生女生这么多，都去风雨桥上吹牛唱歌，生活情调单一，大嫂又没有工作，便写信建议大哥在高经开个录像放映厅。一来可以为高经侗寨的男男女女们提供一个可以玩的地方，增加生活的色彩；二来可以增加收入，补贴家用。大哥见阿哥能有此见识，很是高兴，欣然同意。于是阿哥与同班同学世山商议，世山就是高经寨上人，家住寨中央，地理位置优势明显，且世山家是一栋宽大的木楼，一楼空荡荡的，正好可以改造成录像厅。二人一拍即合，世山家以场地入股，所需设备、办证等资金由大哥大嫂负责，阿哥、世山二人假期参加管理挣点学费，这种互利互惠的事得到两家大人的大力支持，两家人立即紧锣密鼓地开始准备工作。

待阿哥和世山放暑假回家，各项准备工作均已完成，录像放映厅刚好可以开张营业了。这可是高经侗寨第一家呢，生意异常火爆，场场爆满，甚至人满为患，票价是每人每场五角钱，每场一个带子，每晚两场，不是打打杀杀轰轰烈烈的武功片，就是缠缠绵绵哭哭啼啼的爱情片，抑或是嘻嘻哈哈的无厘头搞笑片，看得男男女女们不是兴高采烈便是悲悲戚戚。一盘点，每晚收入竟然达到200多元，这在20世纪90年代初期可是一大笔收入呢，两人出师大捷，赚得盆满钵满的，高兴得合不拢嘴。

可好景不长，一个月后，新鲜劲一过，加上寨头又增加了一家新录像厅，客源分散了，花钱前来看录像的人由开始的男女老少逐渐只有年轻人了，收入也逐渐减少。再后来，不知怎的，姑娘罗汉们似乎从轰轰烈烈悲悲戚戚中醒过来了，也许觉得每晚一块钱确实消耗不起吧，又三三两两走上花桥鼓楼唱歌去了。生意日趋冷淡，收入锐减，一个星期不到200元，扣除水电、片租等费用就所剩无几了。

阿哥和世山二人如从天宫掉进了地狱、从阳光灿烂的金秋突然进入三九严寒一般，急得上火，却无计可施，每天傍晚便耷拉着脑袋，思索着如何才能摆脱被动局面，坐在厅前的石阶上望着来来往往的村寨老少们。

看得久了，阿哥发现了一个现象：每一个姑娘后面都有一到两个跟屁虫似的男青年。

阿哥脑子灵光一闪，顿时大喜：我拥有花香，还怕没蝶来？

第二天，高经寨的村道寨巷旁，到处可以看到一则醒目广告：高经录像厅向女生全面免费开放！！

当晚，全高经寨的大姑娘小媳妇们蜂拥而至，录像厅又爆棚了，清一色女人看录像，杀伐之声再次喧闹起来。当然现在是赔钱赚吆喝，但阿哥心里清楚，好戏在后头，自己当的是渭水边直钩钓鱼的姜太公。

高经寨的罗汉小伙们依旧来到花桥鼓楼，花桥鼓楼已人去楼空，寥落异常，冷清得只有小溪还在呜咽不已，好像在嘲笑这些痴情的罗汉呢。罗汉们不见了漂亮姑娘，了无兴趣，知道姑娘们去看免费录像了，怎么办，百无聊赖的罗汉们只好三三两两来到录像厅外守候，来的罗汉越来越多，簇拥在厅外。

阿哥看在眼里笑在心里：看你们买不买票？录像厅里杀伐声浪笑声枪炮声雷声声声不绝于耳。第一集完了，仍没有姑娘出门，罗汉着急了，问："还有一集？什么时候结束呀？"

"今晚没有结束的，免费给她们放一整晚！"阿哥讪笑着说。

罗汉们等得不耐烦了，只好说："那，我们也进去吧！"于是，纷纷掏钱买票进了录像厅。

这个假期，阿哥与世山如愿赚得了人生的第一桶金。

丛林护友

　　阿哥从中等专业学校毕业的第一站是月亮山腹地的勉鸠乡，这里环境优雅，空气新鲜，原始植被铺天盖地，野生鸟类众多，特别是山民们喜爱的画眉更多。这里民风淳朴而粗犷，赶雀围雀捕雀训雀买雀卖雀是山民们最喜爱的业余活动。

　　农牧站的韦站长将阿哥带进一间办公室，这里有两张简易办公桌，已有一个人了，见阿哥与站长进来，热情地站起握手欢迎。站长说这是老高，是做畜牧的，本地干部。

　　老高，30多岁，长得一般，但口才很好，很会唱苗歌，因此很有女人缘。老高一到哪里，哪里都是笑声不断，歌声悠悠，这一点很是合阿哥的胃口，两人总是一唱一和将笑声推向高潮。与老高不同的是，新来的阿哥只是嘴巴来事过干瘾罢了，连姑娘的手都不敢碰，老高却是老油条了，脸皮厚，下手快，据说很多少妇都与他有一腿，这在大山里是不足为奇的，甚至为山民们认可，成为谈笑资本而已——老高唠姑娘狠多！

　　一个周末的下午，老高邀约阿哥去加水村游玩，大山里的日子既平淡又丰富，就得看你怎么过了。周末无事，阿哥欣然同往，岂料此次阿哥真当了回"电灯泡"并差点受伤。原来老高早与加水村一漂亮少妇相好，一到加水，老高便丢下阿哥，与少妇相邀走进丛林深处了，这一幕正好被蹲在丛林树下畅快大解的阿哥悄悄瞧了一个正着。才一会儿便听到丛林里风生水起，雨翻云覆的呻吟之声。

　　突然传来石头划过树梢的声音，一颗拳头大小的石头"砰"落在阿哥面前，要是再往前一米正好砸在阿哥头上了，吓得阿哥顿时脸色煞白，难道是这骚婆娘的老公发现了？故意以这种方式来捉奸？若是这样，可得注意了。

这时，丛林上方不断有石头往下扔，这石头由远及近，阿哥正想警告老高时，听到了"嘘嘘——"的赶山声，几只画眉鸟从树梢掠过，正好是老高做事与阿哥方便的方向。阿哥顿时松了口气，自小在农村长大，知道这是山里人在捕画眉鸟，也叫"劝雀"。所谓"劝雀"即是在画眉经常出没的山头张一面细丝大网，然后从网的正面与两翼包抄，不断往网的方向扔石头，慢慢收拢包围圈，赶着画眉往网上撞。这画眉有个特点，既不飞高，也不飞远，只在树间蹿，山民们正是利用画眉的这一特性"劝雀"的。

阿哥急忙提起裤头，往下面一看，不远处果然有一张细网漫挂在高高的树枝上。这不长眼的石头迟早要误中阿哥的，阿哥急忙提着裤子跑出危险地段，躲在一株大松后面。眼看石头漫漫扔过来，而老高与美少妇还在忘我地热火朝天，不知有天，也不知有地，更不知有危险来袭，如此忘情，如此淡定，真让阿哥佩服得五体投地。但石头是不长眼的，阿哥急了，为免老高被误伤，阿哥只好朝上高喊："过了，过了，莫扔嘎，我看见三只雀早已飞过网了。"石雨顿时停了。

不久，老高一个人从丛林里走出，身上还挂着芒草，美少妇不见了。老高笑嘻嘻地说："兄弟呀，幸亏得你，我差点着岩石杠上嘎！"老高甚感阿哥的义气，阿哥佩服高兄的淡定与从容，两人遂成挚友。

再也不吃鱼肠

作为农民的儿子，阿哥从小都是"放养"长大的，家里姐弟多，父母白天黑夜挣工分，哪有精力照顾到每个孩子。从队里收工回来，饿极了的孩子在哭泣，饿极的猪也在干嚎，母亲最先照顾的是圈里的猪，喂完猪才烧火做饭。有时等母亲做起晚饭时，阿哥已入梦乡，摇醒来才觉得饿得肚皮贴后背了，艰苦的生活锻炼了阿哥，打小就独立，有什么吃什么，从不挑食，还遵循老辈人说的道理："不干不净，吃了没病。""吃得脏，长得胖！"结婚后，几乎不是同辈人的阿嫂很长一段时间看不惯阿哥的不修边幅，不重衣着，不大讲究饮食的习惯，为此还差点分了手。

事情还得从那次阿哥下村吃鱼开始。那年阿哥毕业参加工作不久，乡政府安排阿哥当老惑和新惑两村驻村干部，负责两村的指导、联络工作，这是两个极贫村，人多田少，还多是望天田，雨水没保障，全看老天是否开眼。

正是谷子扬穗饱籽季节，一天下午，乡长带几个政府干部莅临老惑村检查工作，顺便送阿哥进村。见乡长来了，村支书急忙命人开田捉鱼款待乡长一行。不一会儿，十几条活蹦乱跳的鲤鱼就出现在支书家堂屋里，十分诱人，令从小就喜吃鱼的阿哥兴奋不已。

根据乡长的要求，鱼分三份：炒四条、煮酸汤五条、烤鱼六条，不用一小时，一餐农家鱼宴便端上了桌，简单而丰盛，村里的几个干部作陪，大伙儿边吃边喝边谈工作。阿哥老家田多水足，田里放鱼，每年每家可产几十上百斤田鱼，老家的腌鱼可是有名的呢，初来乍到的阿哥没想到高山少田缺水的老惑苗寨也能有这般肥美的田鱼。

农家吃田鱼大多是不清鱼肠的，相当一部分人喜欢鱼肠，这不足为怪，一来丢了可惜，二来田鱼吃的是田里的东西，并不脏，三来田鱼一般不大，一般半斤以内，内脏并不多。饭桌上，阿哥想让乡长多吃点鱼，感谢乡长亲自送自己进村，因此自己少吃鱼肉，而将大部分鱼肠都收归囊中。开始吃时就颇觉得这鱼肠腥味较重，不似老家的田鱼肠，几杯米酒下肚，便不觉腥味了，阿哥大快朵颐，好久没吃鱼了。当晚，乡长一行饭后便回乡政府，作为驻村干部的阿哥便在村支书家住了下来，明天还得熟悉工作呢。

第二天清早，阿哥便醒了，起床巡视了一番，见支书正在一个水塘里修补水口，便问："支书，我们村不缺水呀？"支书说："缺水呀！谁说不缺呀，每年因干旱减产的田很多。"阿哥很是感激地说："想不到这么干旱的地方还能找到这么肥的鱼招待我们！真是辛苦你们了。"支书说："那倒不用开田的，这个时候田里哪有这么大的鱼呀，塘里也养得有，这是我家塘。嗯，昨天晚上就在这里开塘捉的鱼呢！"

说者无心，听者有意，阿哥一怔，顿时傻眼了，原来这不足二分田宽的水塘上竟架有四个木厕，每个木厕每天源源不断提供不同颜色的新鲜"饲料"，难怪这鱼养得这么肥！想起昨晚自己尽选鱼肠吃，肠子都悔青了，一阵恶心袭来，阿哥干呕不已。

后来不知怎的让阿嫂知道了阿哥吃大粪喂养的塘鱼肠子的事，虽过去十几年了，有轻微洁癖的阿嫂竟然连吐了好几天，仿佛这大粪鱼肠会从阿哥的嘴传到她的嘴里一般，直至发展到提出离婚。阿哥费了好大劲才留住阿嫂，并按阿嫂要求打整生活，改掉了许多生活上的不良习惯。

还别说，阿哥仕途顺利还真得感谢阿嫂的悉心调教呢。不过阿哥再也不吃鱼肠了！

猜拳喝酒的艺术

想起与发小老坏合伙整韦老平壳子的事，尽管20多年过去了，阿哥至今还心怀歉意。

阿哥毕业后分配在勉鸠乡农牧站当一名技术员，一同搭伙的是韦老平。老平比阿哥长好几岁，老平什么都好，就是特爱杯中之物，酒量却远不如阿哥，两人买一斤米酒，老平总是想办法多占份，起码干掉7两。因常常满身酒气，又不重衣着，高不成低不就，年近30岁了还是"单身狗"。

那年暑期，还在学校读书的老坏进山看望难兄阿哥，为了接待好发小，阿哥决定带老坏和老平到自己驻的村——新感走走。三人上山转了大半天，用鸟铳打下一只野鸡，还捉了一大袋山蛙，这可让老平喜不自胜：让我们好好喝一顿酒吧！

好酒之人往往是美食家，老平交代阿哥快点进寨买酒，自己坐镇村委会阿哥的住处亲自打理这一大堆野味。

今天可真不巧，阿哥进寨寻酒半天，只找来一斤米酒，新感穷呀，这让阿哥好生为难：三人都是酒仙，这点酒怎么对得起发小老坏？又怎么对得起这么多山珍呢？阿哥厚道，平日里喝酒总让着老平，若按平时规矩，自己和老坏就只能用一小杯酒润喉而已了。可今天老坏是客呢，阿哥便悄悄与老坏说起了此事。

老坏真不愧是"老坏"，从小精怪，鬼点子多："这好办，看我的！"把酒壶悄悄放进门背角里。

一上桌，老坏便主动提出猜拳喝酒。划拳可是老平的强项，便爽快地答应了，怕有人会赖酒，还特意强调："拳上的酒百杯喝，这可是老人们说的，不准赖皮的呦！""那当然。"老坏急忙说道，三人便开始吆五喝六了。只见老坏与老平猜拳时只会两个最简单的动作，五指收拢和五指张开，而且五指收拢时喊"五魁首"，五指张开时反而喊"宝拳对对"，一出拳便被老平猜了个正着，笑得老平眼泪水都飙了："这种臭拳也敢来与你平哥对阵，开国际玩笑也！喝酒，喝酒！"几个轮回下来，这区区一斤米酒便已告罄，阿哥与老坏两人占去差不多8两。老平吆喝道："快点倒酒！"阿哥拿起酒瓶底朝天，心里很是过意不去，说："平哥呀，今天酒少，没了。"此时老平方知上当，将最后那杯酒直往嘴里倒，转过身来，大口吃肉了，边吃肉边遗憾无比地唠叨："有肉无酒，等于喂狗。"

第三天，老坏得走了。为欢送小兄弟，阿哥特意提前找来三斤米酒，再次上山寻找山货，这次不走运，只得了两只小野鸡，酒多菜少了。老平吸取前一次的深刻教训，一上桌便主动提出猜拳喝酒，也学会了故意输拳，于是，老平不停地输拳不停地赚酒喝，一斤二两酒量的他很快就到量了，还没吃上几口肉就倒在了桌边。阿哥和老坏扶他上床安顿好后，将余下的酒一分为二慢慢地喝酒慢慢地吃野鸡肉。

对不起你，平哥！这可是你自己醉的呦！尽管如此，阿哥心里还是歉疚不已。

保持垂直

阿哥的左腰上有一道两寸长的疤痕。这个疤痕既是阿哥的痛更是阿哥的骄傲。

且说阿哥当年毕业后，分配到勉鸠乡农牧站当了技术员。农牧站老站长是十足的"雀迷"，其对雀的痴迷程度是远近闻名的，家里常挂五只雀笼，全是精制竹笼绿绒罩子，每日清晨便"雀声悠悠"，这画眉鸟也真是可爱，太逗人喜欢了。老站长说："这雀呀，除了难伺候点外，什么都比人好，每天只要听见雀叫，无论多累，心里总是马上乐开了花。"在老站长的带领下，勉鸠乡的"雀业"蓬勃发展。

老站长不但爱雀，同时还是驯雀专家，更是"伯乐"，一双火眼金睛一扫，就能将一群雀分出个三六九等，哪些只是"叫雀"，只有花架子和好嗓子；哪些是"斗雀"，哪些是斗雀中的狠角色；哪些是既叫又斗，是活跃分子；哪些是"菜雀"，不中看也不经打又不善唱。"别人都削尖脑袋往山外拱，你倒好，带着一家人主动要求钻进这只有山雀满天飞的大山，一待就是十年。"老站长夫人时常埋怨他，老站长不以为然，笑笑了之。若是夫人说多了，惹火了老站长，老站长也只来一句："你一个婆娘家晓得个什么雀雀呦！"大有"道不同不相为谋"的架势。初来乍到的阿哥这才知道老站长就是因为月亮山区出好雀，才想办法调进勉鸠乡的。但阿哥对老站长的工作态度和敬业精神、为人处世从来是敬佩的，他在老站长这里学到了好多在大苗山生活、生存、工作、协调的经验，为日后工作起到了奠基性作用。

所谓"爱屋及乌"，半年后，阿哥也对老站长手里的画眉产生了浓厚兴趣，只要有空就跑到老站长家的走廊上逗雀玩，常陪老站长提着雀笼上山溜雀，捉蚂蚱、"地波丝"（地蜘蛛，一种凶狠的洞穴蜘蛛）喂雀。

一日，老站长悄悄对阿哥说："你看这只雀如何？"阿哥看去看来都看不出，只有摇摇头。

老站长漫不经心地说："有人愿出2000元买这只呢，我还在考虑是不是出手。"

阿哥大吃一惊，这可是比我们一年的工资还多呢。原来这是一只斗雀，爪尖嘴利腿有力，最重要的是打起架来积极、主动、凶狠，十分碰笼，气势吓"雀"，在比赛中已连下八城无败绩了，不但为老站长争得了荣誉，同时也有力地提高了自己的身价，老站长当初20元从一个农民手中买来，经半年特训身价就增了百倍，而且还大有升值空间。从此，阿哥对该雀也倍加珍视，时常捉虫子喂它。

一日傍晚，老站长提着那只斗雀来到阿哥的小屋，说要去城里开半年工作总结会，去转要三天，其他雀已安排人照看管理，唯有这只雀不放心给他们，想去想来也只有把这个任务交给你了。阿哥十分感谢老站长对自己的重视和信任，并保证一定要照顾好这宝贝。

第二天天刚蒙蒙亮，阿哥便提着雀笼上坡了。在大树下，草丛里，寻找"地波丝"的"白色雨棚"（地蜘蛛结的捕食网），据老站长说，"地波丝"是最能激发雀的斗志和勇气的上品雀食。阿哥左手拎着笼，右手握着勾刀，在陡坡上仔细攀爬了许久，终于发现了一顶"地波丝"的大"雨棚"，这可是一只大家伙呢。阿哥弯下腰正想提刀下手掘进挖虫，不曾想到旁边一匹树叶在眼前晃动，没有风呀，怎么这匹树叶在动呢，阿哥觉得奇怪。定睛一看，不禁大骇，这哪是树叶，分明是一条挂在树上的竹叶青（俗称"青竹彪"），芯子一伸一缩，恐怖至极。阿哥从小怕蛇，突然发现有蛇在眼前晃动，吓得顿时脸色夹青，转身跑时不小心跌下斜坡。

此时的阿哥手中还提着老站长的宝贝呢，这好比是老站长的命呀，那是千万不能丢的。于是左手高举雀笼，不管身子怎么滚，就是一直保持着雀笼垂直，四个滚后，终于在一棵老树桩的阻止下停止了翻滚。惊魂未定的阿哥一看雀笼，丝毫未损，连绿绒笼罩都未掀起，阿哥算是放心了，但雀在笼里不停地上下乱飞，看来老站长的宝贝已是受惊不浅了。

阿哥和雀受此惊吓，再也不能在坡上挖"地波丝"了。回途中，阿哥只觉得后腰火辣辣的，伸手一摸，满手是血，原来在翻滚中被树枝划破一个大口子，情急之下不觉得痛，现在鲜血染红了半边身子。

回到家里便直奔医院，一个月后伤口才痊愈。从此，阿哥对养雀再也提不起兴趣了，但老站长对阿哥却一直很感激。

雨　夜

　　阿哥吃苦耐劳，做事认真，事业有成，人缘又好，但是个人问题迟迟得不到解决，三十出头的阿哥自称还是童男，这让很多人不相信。

　　乡政府宿舍改造那几个月，阿哥和办公室的秘书小王一起在外合租一间民房暂住。

　　一日，吃过晚饭，小王与小青年们相邀进寨唠姑娘了。自从几个小秘书连连抢了阿哥乡长喜欢的姑娘后，阿哥再也不愿与"年轻人"们一起唠姑娘了，何况还有重要任务必须加班呢。今天下午的班子会，书记特意交代，后天姚副县长将携各乡镇分管农业的副乡镇长前来勉鸠乡考察规模化饲养香猪工作，这是乡里当前最大的工作亮点，又是阿哥主抓的，安排接待工作和总结汇报材料必须由阿哥亲自操刀，确保以最好的状态展示本乡工作亮点。

　　小王不在，屋里很清静，正是理思路、写材料的好时机，阿哥情况熟悉，思路清晰，四个小时就完成了，时间已是深夜一点钟。今天天气异常闷热，阿哥已是全身大汗，又酸又臭，放下笔冲进洗手间，打开喷水阀，清凉的水一泻而下，阿哥顿时感到身心舒爽极了。

　　就在阿哥尽情享受之时，外面突然一阵阵闪电晃过，一阵阵狂风刮来，紧接着就是雷声滚滚，一阵大雨扫过窗子，哗啦啦直响，看来这暴雨将临了。正希望这暴雨来得及时，降温解暑，阿哥突然想起今天上午在四楼楼顶暴晒的棉被还没收，天哪！这还了得？湿透了的话不知何时才能晒干呢，情急之下，阿哥顾不了这么多了，赤条条冲出房门，三步并作两步跑上楼顶，一边跑一边想，这么晚了没人会出来的，楼上没人住，这又是私人房子，外面还下着这么大的雨，且只不过十几秒钟的事呢。

阿哥扯下棉被便往回跑，正在庆幸没碰上什么人时，哈哈！老天真是不开眼，只有三步就可以回屋了。就在这时，一阵大风刮过，阿哥的房门"嘭"一声巨响，门关上了。阿哥一推门，门已锁上了，阿哥顿时傻眼了。真是"屋漏更遭连夜雨"，阿哥正在愣着不知怎么办时，身后突然传来一阵开怀大笑，阿哥一转身，急忙用棉被挡住身子，只见女房东站在门口，正在欣赏阿哥的狼狈相。阿哥刚想转身，无奈棉被又大又厚又重，刚转过身，在闪电中，后背赤条条暴露在了女房东面前，惹得女主人笑得更欢。

女房东是中年妇人，性格泼辣，嘴巴又甜又利，平时与阿哥们关系处得很好，此时的阿哥想不到让她"欣赏"了自己的"写真秀"，窘得无地自容，想逃，却又无处可逃，如果此时有一个地缝，阿哥会毫不犹豫地钻进去。狗日的！这小王怎么还没回来！怎么办？比较急智的阿哥真的没辙了，站在房门口一动不动，双手死死抱紧棉被，生怕一不小心棉被又掉下地来。

还是女房东急智，笑完了转身跑回家里拿了一条床单递给阿哥裹身遮羞。女主人叫阿哥进屋坐等，阿哥难为情地婉拒了，只有裹紧被单坐在棉被上苦等小王回来。原来女主人也住三楼，正准备休息，突然听到对面的门被重重地用力关上，发出一声巨响，吓了一大跳，以为是阿哥们屋里有什么激烈的事情发生，出来看看，正好碰见阿哥收棉被回来。

苦等的阿哥不时听到女房东屋里爆发的笑声。女房东还不时伸出脑袋，在路灯下看着阿哥扮个鬼脸，一脸坏笑："小梁呀，你从此以后，再也不准说自己还是'童子身'了，哈哈哈！今天我的眼睛帮你破童了。"

阿哥哭笑不得，后悔不已：撞见鬼了，怎么就被你"破了"童呢！

侗寨鱼塘投料箱

从分配工作就一直在西部乡镇工作十余年，终于，阿哥交流到南部斗山镇任职了。第二年深秋，阿哥与几个同事到侗歌歌窝——岜黄村考察侗族大歌的传承形式，以便能将传歌模式在斗山镇几个侗寨传习。

岜黄之美在夜晚。一到晚上，各个歌队的歌师家里便热闹起来了，到处歌声悠悠，到处是歌的海洋。在岜黄，每个人从出生就有了属于自己的歌队，队友便是自己的同龄人，歌队成为维系队里小兄弟或小姊妹们终身情谊的纽带，直到老死。自己虽是侗家，对于侗歌也还算了解，但这一独特的传习形式真令阿哥大开眼界，震撼不已：这才是真正的歌魂呢！阿哥由衷地赞叹，一家一家走下去，今晚，阿哥聆听到了最美的岜黄侗歌，见证了最好的传习形式。

可是，岜黄令阿哥震撼的却远不止美妙歌声与传歌形式。

深夜，在深谙岜黄习俗的办公室小吴的带领下，阿哥和同事们来到了一户农家。小吴与同事们早已凑钱买了两只肥鸭，就是要让阿哥感受岜黄最迷人的夜晚。那里早已坐了一屋姑娘罗汉，围坐在火庐上说说笑笑，推推摸摸，见客人来了，罗汉们纷纷主动让位，自觉下厨帮忙杀鸭煮饭洗菜了，留下村姑们围着阿哥和众同事，这是岜黄的规矩，姑娘陪唱，罗汉陪喝。姑娘唱了一支又一支如清泉流动之音的侗族大歌，阿哥陶醉了。阿哥还被三个漂亮女生带去小卖部买了20元钱米花糖，吃得牙都痛了。凌晨2时，热腾腾香喷喷的鸭煮稀饭上来了，醇醇的糯米酒上来了，美美的大歌唱起来了，岜黄之夜的高潮来临了，真是美妙的夜晚，在不知不觉中已是天光放亮了。

阿哥和众同事完全陶醉在美妙的岜黄之夜。忽觉有些内急，便走出屋外，月影已挂山东，朦胧的天光月影下，阿哥见一鱼塘上竖有四柱，四柱之间用木板围成一米见方的箱子，四围板子约40厘米高，一独木桥从鱼塘边架过木箱。正在疑惑这是啥东西之时，一中年汉子踱过木桥，一解裤带便蹲下，稀里哗啦一泄为快，嘴上叼着烟袋美美地吐着烟圈，阿哥不禁为之一笑：原来是这东西哟！不一时，只见鱼塘边早起来来往往的男男女女还不断与如厕汉子礼貌地打招呼，汉子淡定地一一点头复礼，塘里的群鱼在争抢着新鲜食料，鱼儿的大餐时刻到了。

这一幕让阿哥看得惊心动魄。天已大亮了，阿哥想，我可不能在此一泄为快呀。于是便朝一条僻静的山冲走去，远远看去也有一木厕，那里肯定不会有往来之人"观赏"的。急急跨上独木桥，正在庆幸自己找到了一个理想的如厕之所，却不料一阵银铃般的笑声从山冲里传来，一群少女挑着水悠悠地走过厕边。这木厕的围板比刚才那木厕更低，还不足30厘米，几乎是无处遮拦一览无遗也，羞得阿哥站也不是蹲也不是，只好低着头看鱼们争食。

原来这山冲里是一口水井，大半个岜黄寨都得往这汲水。阿哥正不知如何是好时，突然有人喊："梁哥哥，你屙屎呀！"阿哥抬头一看，顿时羞得满脸通红，这不正是昨晚陪在自己身边坐了一夜还带着自己买米花糖的银凤姑娘吗？原来银凤挑水走过，瞅了一眼阿哥，便走过去了，似乎认识，为免失礼，于是又挑着水折回来与阿哥礼貌地打招呼。

阿哥不知所措，脸红得像关公，银凤姑娘却嫣然一笑转过身悠然而去了。

又传来村姑的说笑声了，阿哥急着草草收摊，起身跨过木桥便往回走。才过一小弯，又一个银铃般的招呼声传来："梁哥哥——"招呼声拖得长长的。阿哥一惊，扭脸一看，路旁一侧木厕里蹲着一个侗妹，笑嘻嘻地看着惊慌失措的阿哥，这不是昨晚与银凤姑娘一起陪阿哥去买米花糖的培你吗？阿哥不敢搭腔，飞也似的跑出山冲。

身后传来一串爆笑。

洗农民澡

顶洞河与翠里河都发源于翠里大山，两岸风景如画，河水异常干净，清澈见底。两河蜿蜒而下，在斗山桥头汇合后就更欢快了，一路潇洒绕过斗山中学向都柳江奔去，学校旁边小小的码头正是老师们洗衣洗菜洗拖把洗澡解除一身疲乏的最佳场所。

阿哥在西部乡镇一待就是十几年。这年终于调到南部的斗山镇工作了，虽只是平调，但生活条件却好得太多，又离县城和家都近多了，自是心满意足矣。其实对喜欢运动的阿哥来说，最满意的是有这条清澈的河水，随时可解除全身汗臭和疲乏。这在西部乡镇是难以想象的，虽然月亮山的污牛河更加清澈、更加纯净、更加诱人，却流淌在深深的河谷底，要想好好洗个澡还得跑上20多里路呢，哪像翠里河，就在身边，晚上还能枕着她的歌谣入睡呢。

可就是这条河让阿哥吃了"大亏"了，按阿哥的说法是"差点要了我的老命"。

原来阿哥素喜篮球运动，一身灵活而刁钻的带球技术可谓一绝。阿哥当年曾在这所乡镇中学读过一年初中，如今回到斗山镇来当领导自有另一番感觉。斗山中学坐落在翠里河下游，远离闹市，风景十分幽静，每个周末阿哥都要带政府机关队到中学来打场球，然后跳下河美美地洗个澡，多爽。

　　这是深秋十月的一个周末下午，恰好有外校老师来斗山中学开展教研活动，阿哥又率队与学校老师们打了一场球，受邀与老师们共进晚餐。喝酒到晚上10点，阿哥觉得全身汗味太重，便独自溜到河边。见四下无人，又没准备换洗的衣物，只有裸泳，反正深夜了，不会有人来的，阿哥想。于是，脱下运动衣赤条条跳下水，任身体的每一个毛孔尽情地舒张，那惬意劲儿就甭提了。

　　半小时过去了，天也渐凉了，阿哥起身上岸，准备穿衣，不料两束强光照来，有两名女老师边笑谈边往河边走下来，原来她俩每晚都相约下码头洗衣、洗拖把、倒垃圾什么的。阿哥大惊，原来来的陈、吴二人正是阿哥读初三时的同班同学，刚刚上岸赤条条的阿哥顿时吓得一个翻身"扑通"又跳下水里，尴尬不已地缩在河水里，只露出个亮亮的头，全身一动不动。

　　见是老同学在泡澡，两名女老师热情大方地打招呼，三人嘻嘻哈哈大谈少年时期的记忆，一晃，20分钟过去了。见阿哥静静地待在水里，只是将脑袋露出水面与她俩说话，两人觉得奇怪。良久，陈同学发现新大陆似的大声说："你肯定没穿短裤洗澡！哈哈哈！"

　　阿哥窘得不敢吱声。不吱声就表明承认是小城人平时讲的洗农民澡——裸泳了。两人笑得眼泪直飞。

　　"想不到堂堂大镇长竟然在学校的澡堂——平时都说这段河道是学校澡堂——洗农民澡，笑死人了！"

　　"那我们俩不走了，就坐在这里陪老同学来一场别开生面的神侃，好不？看老同学你有没有胆量上岸？"吴同学趁机"落井下石"。

　　"好呀！"二人果然坐下不动了。

　　阿哥平时大大咧咧，最爱开玩笑，平时也爱捉弄人，可从没遇到这样的情况，不知如何是好，无言以对，只好继续泡在水里，与俩女同学有一句没一句闲扯。

　　时间一秒秒过去了，气温越来越低，阿哥冻得全身发抖，实在支持不住了，只有不住地告饶："我的两个姑奶奶也，求你们了，让我起来吧，我一辈子感谢你们！"二人才站起大笑着走了。

从此，阿哥不管夜再深也不敢洗农民澡——裸泳了。

聚仙缘

阿哥性格随和，对朋友实诚，心胸坦荡，生活多彩，同时也颇富戏剧性。阿哥受人戏弄后的绝地反击就颇具急智，成为朋友圈里至今还在调侃的经典。

那是一个星期六上午，已经连续几周没出山的阿哥终于来到县城，准备去看看在县城中学当老师的大哥大嫂，大嫂又为梁家新添了一个千金，不能因为大嫂生的是"一吨"（两千金）而怠慢了大嫂。

阿哥刚刚在县城一桥头下车便被一个人抓住右手："嘿！天平，是你呀！"阿哥一看，原来是小学同学雷子。雷子从小调皮捣蛋，有时喜欢捉弄人，因此大伙儿都喊他"雷狗"，倒把真名忘了。阿哥见是多年不见的同学，也很高兴，便不顾一路车马劳顿与雷狗攀谈起来，雷狗现在村子间到处窜，做些拆房子、卖木料的生意，生意还不错。"还是你肯读书，有出息，当干部，以后前程无量，我虽倒腾些旧房架赚了几个钱，但不稳定，又辛苦。"雷狗表示了真诚的羡慕。"这样吧，我才从乡下回来，就暂住在种子公司招待所，我正好约了一些生意上的朋友，定在聚仙缘饭店205房，主菜是羊瘪，特意安排了生羊瘪和生羊血。我再邀几个同学一聚如何？"阿哥在西部待了多年，对羊系列尤为钟情，一听，便被挠了痒似的反应："好呀，你当老板了，不吃你吃谁呀？""人多，不好再喊的，我们各奔东西，难得相见，趁机聚聚，叙叙旧，不见不散，下午6点开吃。"见雷狗如此真诚，不疑有他，阿哥答应自己下午一定准点到达。

下午5点半，阿哥跨上大哥那辆哪儿都响只有铃铛不响的自行车，优哉游哉地往街上摇去。

上车不久才突然想起这聚仙缘饭店的位置在哪呢？自己虽然对县城并不陌生，但什么地方有餐馆、饭店、旅社、酒店真还太不清楚，那时还没手机，无法与雷狗联系。所幸小城"东西不大，南北很长"，一江穿城而过，江东江西两条街而已，骑车走一圈就解决了。

阿哥决定先从南下沿江东街一路北上，没有"聚"字头的饭店，再从北上过二桥沿江西岸折回，先是"聚友庄""聚缘阁"，再就是"会仙楼""登仙阁"，还是没有"聚仙缘"，怕是自己不小心漏看了，又折回来细细地看了一遍，还是没有。阿哥疑惑而又着急，怕雷狗等太久了，于是硬着头皮问一个老街坊。老街坊说："我生活在这条街大半辈子了，每天从街头到街尾最少要走两次，还从没听过有什么'聚仙缘'饭店呢。"至此，阿哥知道自己被忽悠了，心里很是生气，看来这雷狗是德性不改，既然你做了初一，我就得还你一个十五的。

第二天早上，阿哥来到种子公司招待所楼下吃早餐，恰好碰到雷狗。阿哥一脸诚实地说："你也太不认真了，也不说聚仙缘在什么地方，害我问了好几个人，费好大劲一个人骑车跑到栾里大路才找到'聚仙缘羊瘪店'，我一看呀，原来是我勉鸠乡的兄弟老高的老婆和舅子新开的羊肉馆，昨天才放炮开张呢。我一问205房是不是有人定了，他说，这两天不接客，只是朋友来试吃，老高留我帮他陪客，害我醉得半死。老高说好像南下有一家聚仙缘狗肉店什么的。雷子，你们是不是在南下那一家哟？""是呀，是呀，是我太疏忽了，是南下，我以为你知道呢，不想你在西部难得出来，对县城不是很熟悉的，都是我的错，中午就在这里，我补请你，算补过，一言为定，行吗？""今天可不行呀，我答应老高的，他要我一定找几个兄弟中午去他的'聚仙缘羊瘪店'捧捧场，请我们去品菜，算是做宣传广告，算你一个，再邀两三个吧，11点半开吃。我先去了，去不去你就看着办吧？"

阿哥一脸倦容，显然是昨晚陪酒过度了。雷狗脸上表情十分惊讶，想不到还真有什么"聚仙缘饭店"，倒是我孤陋寡闻了，既然如此必须得去的："那好，我们先去栾里，我们兄弟以后聚的日子还多。"雷狗爽快地答应了。

阿哥骑车从街上绕了一圈，在种子公司招待所对面的巷子里停下。不久就见雷狗骑着自行车往栾里方向去了。

阿哥在后面不远跟着，捂嘴偷笑呢！

铁腿阿哥

阿哥从小喜欢冒险。老家在江城东部，地势较平坦，一条公路从寨中穿过，出寨几公里要上一条长长的斜坡，斜坡周围便是队里的柴山。阿哥们常常带着自己的两轮板车上山砍柴，用板车拖可以装更多柴，还可节省很多脚力。一次阿哥将小伙伴们的板车全部头尾相接，用藤蔓牢牢绑定，连成长长的"小火车"，每一辆小板车就是一节"车厢"，胆大的小伙伴可以坐在自己那节"车厢"上，免费从山腰坐车到山脚，胆小的就只能跟车跑了。阿哥的板车当火车头，自己坐火车头当司机掌握方向，"小火车"从山腰上沿斜坡缓缓滚下，越滚越快，直到平地后还冲出好远，惊险刺激极了。那时车流量小，每次都能安全抵达平地。

但有一次，一辆运煤车呼啸着爬上山坡，司机见了阿哥的"小火车"迎面冲来，十分危险，便猛按喇叭，阿哥一看真的车来了，顿时慌了神，大声指挥小朋友们："快点跳车！往右边跳——"说完自己带头跳下"小火车"，小伙伴们全部安全着地，连打了三个滚。所幸"小火车"不高，速度并不很快，小伙伴们一个个被马路上的砂石磕得鼻青脸肿，但都只是轻伤，并无大碍，阿哥严令不准泄露"事故"真相。但纸包不住火，这事还是被家人知道了，家长们带着孩子跑到阿哥家里兴师问罪，结果是，小伙伴们被父母用竹片打得皮开肉绽，鬼哭狼嚎。从此，"小火车"成为阿哥和小伙伴们久远的记忆。

阿嫂素性淡雅，喜远足观景，为此，阿哥义不容辞地担起护花使者，每次远足都是阿哥摩托护送，共同欣赏自然美景风物的同时大秀恩爱。

阿嫂早就听说距阿哥老家不远的肇兴侗寨风景民情皆佳，鼓楼花耸立，自己一直在西部生活，没机会去看肇兴侗寨，心中一直牵挂。为达成阿嫂的心愿，阿哥与摩友们组织了一次肇兴侗寨一日游，经不住美酒佳肴的诱惑，阿哥还是悄悄灌了两瓶雪花纯生，这点没酒味的水对阿哥来说只是多几泡尿罢了。晚上返程经龙图老家，经过儿时坐"小火车"的斜坡，阿哥陡生感慨，神情飞扬地向阿嫂侃起儿时往事，阿嫂怕阿哥分心，急忙说："别说了，小心驾驶，小时候骨头灵活，滚多少回都没事，现在滚下去试试，看你断脚断手不？"正说着，前面出现了个大岩石，阿哥车灯亮度不够，发现时已来不及避让了，摩托车重重撞向石头，阿哥连人带车进了边沟，所幸阿嫂无事，阿哥却是一脸麻花，右小腿折了。

住院牵引期间，每天有酒友轮流陪护，甚至带着烧烤和啤酒进了病房，馋得阿哥口水不断下吞，其残酷性远比断脚。一天下午，众师妹们前来探视，见阿哥双手撑在床上，右脚被高高吊起，这本来是牵引治疗方式，师妹们却故意问："大师兄，这是干啥呀？还练功？"阿哥痛得眼泪飙飞，却仍不忘调侃："师妹哟，闲来无事，正好练习俯卧撑，免得我出来后你们说我腿断了根也断了！对不起你们大嫂呀。"师妹们顿时大笑，阿哥在病床上苦练神功的故事被师妹们添油加醋地传来传去，遂在坊间传为神话。

伤筋动骨一百天，何况是断腿呢。三个月后，阿哥才挂拐出院，小腿上留了三颗固定的钢钉，至此，同事戏称"铁腿阿哥"。

此次事故阿哥不承认是酒后造成的，那两杯啤酒对阿哥来说算得了什么？何况是两小时后的事呢。但鉴于阿嫂的强烈反应，阿哥只有向朋友们发誓："如果再发现我喝酒，你们就来我家，我请客！"

相安无事一个月后，酒友们也不再邀阿哥喝酒了。一天，阿嫂有事带孩子回娘家了，阿哥也实在忍不住了，急急召集朋友聚于家中，酒菜上桌后，阿哥说："我先请你们吃饭，以后再喝酒，这不算自食其言吧？在家喝酒不算违规的。"从此，阿哥只要忍不住了，就请人来家喝酒，阿嫂无奈。

天平专辑

阿哥的嗓子好，爱唱歌，嗓音浑厚而高亢，尤喜宋祖英和她的歌，这是在朋友圈众所周知的。但自小在山里长大，也许是在大山里放牛时呼人唤牛喊山时练就的，喜唱高亢的歌，不唱软绵绵的。阿哥在山里唱，歌厅里唱，在家里哼，在车里哼，唱侗歌，唱民歌，敬酒歌，唱通俗歌曲，也尝试美声唱法，快乐的阿哥唱着哼着快乐着，唱歌成为阿哥的生活原色，成为朋友欢聚时的保留节目。阿哥对自己的歌越来越自信，尤其是在酒后，放声一歌，舒心一刻。

在大山里，阿哥放开喉咙喊一嗓子《乌苏里江船歌》《长江之歌》，那可是特别震山的哟，颇有点韵味，连大山里的鸟儿牛儿都静悄悄地听。只可惜阿哥的语言天赋很是一般，在西部大山工作十几年，成天和老百姓打成一片，听得懂苗语，就是不会说苗语，不会唱苗歌。否则，不知道会有多少苗妹壮姑要嫁给阿哥呢，也不至于而立之年后才走进婚姻的殿堂。

且说阿哥调回南部乡镇任职后的一个周末，应朋友之邀，与镇里几个干部赴广西柳州市考察一个竹木加工项目。饭间听说阿哥的歌唱得很好，主人便安排了一个保留节目——歌厅嗨歌，几曲下来，博得阵阵掌声，阿哥情绪高涨，感觉良好，从没在音响质量这么好的歌厅里一展歌喉，自觉感染力极强，连自己都被感动了，一直沉浸在自己营造的音乐氛围里。

时间近晚上11点，主人说已安排了夜宵，阿哥们才意犹未尽地走出歌厅。一行人穿过繁华的街市，此时的柳州，真正的夜生活才正式开始，到处人来人往，大部分门店都还未打烊。其中一家装饰精致的音像制品店里，各类音像制品琳琅满目，店里传来舒缓的音乐。刚从歌厅出来，却还未从自己营造的音乐氛围中走出来的阿哥，不由自主地停下脚步，走进店里，大伙儿便也跟进。一个打扮入时30多岁的漂亮少妇见这么多客人进店，自然是很高兴的了，忙不迭地介绍当红歌星的热门专辑。

正当美艳店主潜心介绍时，阿哥冷不丁冒了一句："有《天平专辑》吗？"

少妇一愣，一时无语，随行的朋友有的懵了，有的在窃笑。阿哥眼盯美艳店主，一脸正经地说："今天我们一行15人就是冲着《天平专辑》来的，就是梁天平的歌碟。既然贵店没有，那我们只好去别的店买了。"说完马上转身。

谁料少妇店主马上一脸正经地说："老实说，我这没有其他店就更难寻了。你们来得真是不巧，前几天才进了250张《天平专辑》，太好销了，刚刚脱销呢，你看，刚才那几个小伙子将最后三张都买走了呢，我们正在组织进货，两天就到了，下周一定到的，过两天请到我店来。"

阿哥顿时也一愣，说："嘿嘿，那就好，我们也就不乱串了，过两天再来，记得给我们留50张啊！"说着带着大伙儿出了店门，后面传来少妇店主热情的招呼声："各位客人慢走啊！一定帮你们留着的。"听得朋友们云里雾里的。

出得门来，朋友们还是一头雾水。有广西的朋友更是喟叹："想不到这《天平专辑》这么好销，怎么我没听说过有《天平专辑》呢？是才出道的新秀？"

办公室的小梁一直在忍着笑，这时才说："哪有什么《天平专辑》哟，我们梁书记的小名叫梁天平嘛！""那老板娘真漂亮，我顺便逗逗而已。"

阿哥还是一本正经地说。顿时全场哑然后是一阵爆笑。

不过大伙儿还真是十分佩服美艳店主的机敏与睿智，居然在电光火石之间圆了场，还给自己的生意留了后路，广西人厉害啊！

非兄非弟

阿哥性格随和，大大咧咧，不拘小节，不重视衣着打扮，也不修边幅，常常自谑："俺老梁连头发都舍得掉，面子还在头发下面呢，更舍得掉了。"

阿哥的坦荡与豁达，使他到哪都能与群众打成一片，一下村，挽起裤脚就能下田栽秧割稻筑田埂；用手抓起糯米饭就可以往嘴里送，毫不忌讳，吃得津津有味；端起缺口的酒碗能与村民们喝上几大碗米酒，从不把自己当成个人物看待。自从阿嫂进城后，就更没人管阿哥了，正值秋种时节，阿哥干脆一个村接一个村地蹲点组织村民挖田种油菜，大力推广新品种，好几天都不回镇政府大院的住所了。

那天上午，正在田间地头组织村民试种油菜新品种的阿哥接到阿嫂电话：岳父胃出血住医院了！阿哥一怔，岳父为人豁达，性格开朗，当初亲友们都嫌阿哥顶上无发、面相老成、配不上阿嫂时，岳父力排众议，站在女儿一边强力支持女儿与阿哥交往。因此，阿哥对这个比自己大7岁的岳父甚是感激，平时也最谈得来，如今听说岳父住院，急忙往县城赶。

当阿哥推门走进重症病房时，阿嫂正在陪一个40多岁的女医生说话，女医生面目可亲，戴副眼镜，文文静静，轻声细语。见阿哥走近病床，便转身对阿哥说："你这弟弟呀，身体的吸收能力不太行，要加强营养哟，注意不要再喝酒了。"说完就往外走，阿哥一怔，连忙站起送行："是，是，谢谢医生！"但脸上可挂不住了：我怎么就成岳父的大哥了呢？

医生去巡房后，阿嫂一见阿哥这一身农民样就来气："你看看你这鬼样子，胡子嘎啦，头发又少又白，脸又瘦又黑，衣裤、皮鞋上还有泥巴，医生不把你看成我阿公才怪呢！当成我伯算是客气了。还不快出去打理一下？"阿哥尴尬地笑了："你还别说，上个星期我跟书记去凯里出差，我一上公交车就有几个差不多40岁的年轻人给我让座呢，我们书记比我年纪大，都没人给他让座，哼！"岳父也开心地笑了。看到阿哥来了，岳父就高兴。

阿哥遵命来到理发店剃了头发，刮了胡子，一不做二不休，干脆来个全翻新，将又少又白的头发染成了又少又黑，人顿时精神了许多，阿哥也多了分自信，只是一时来不及换衣服、鞋子而已。

一个小时后，阿哥信心满满地回到重症监护室，又见女医生来巡房，通知阿嫂治疗方案。见阿哥推门进来，女医生抬眼一看，非常客气地对岳父说："老王呀，你们三兄弟感情真好，刚才你大哥才来看你，现在你弟也来看你了呢，一定要好好养病，放心好了，一定会治好的。"阿哥一愣，又尴尬地笑了，难道我真那么显老吗？刚才是大哥，精心打扮了一番，结果变成了弟弟，真是无法，你这眼神也太神了吧？

阿嫂也忍不住笑了。阿哥沮丧地说："刘德华也是瘦瘦的刀子脸，我也是瘦瘦的刀子脸，都是刀子脸，难道还分镰刀柴刀不成？怎么就有那么多人喜欢他呢？他比我大，我就不相信他的头发不是染的！"

见阿哥有些伤感，阿嫂安慰阿哥说："我爸爸本来就大不了你几岁嘛，不管别人把你看成我的伯，还是我的叔，在我眼里你是我哥，行了吧？梁德华！哥！"阿哥忍不住笑了，还是阿嫂善解人意呀！

岳父躺在床上，消瘦的脸上也露出了笑容。

伯伯与师爷

在同学中阿哥婚恋历程倍受挫折，同学们都笑他是"太爱选嘴"（太挑选）了，阿哥有苦难言。但阿哥虽然成家晚，却很快就有了儿子小青，可谓"晚种早收，稻粒饱满"呢！

同学老展就不同了，恋爱得早，唠的姑娘也多，结婚也早，按照老展的话说是："婚龄长，性龄更长。"但让老展苦恼万分的是，同学们都升级当爹了，而展嫂的肚子从没鼓过，身材依然一流。当同学们表扬展嫂身材好人漂亮时，老展无不苦闷地说："身材好人漂亮抵啥用？晚上睡觉一拉灯，全部一个样。"

按理说生不生育是人家两口子的事，与旁人无关，但在小小的小城，可不是什么好现象呦，有人甚至在背后说："母鸡不会下蛋？！还是公鸡没种呦！"老展听了心里很不是滋味，十分窝火，却有苦难说，医疗检查结果双方都正常。毕竟自己年近不惑，结婚都十多年了，还未升级，上，对不起天，上天给了个漂亮老婆呢！下，对不起地，是块好地呀，展嫂看起来也是一副生儿育女的好身板呀！中，对不起父母，父母"不盼天不盼地，只盼媳妇生弟弟"，盼了十多年，还只能是"盼穿秋水"，这怎能不让展哥心急如焚呢！看着阿哥后来居上，儿子都上学前班了，老展心中的苦更甚，比黄连苦十倍！

阿哥受组织派遣去宁波挂职锻炼半年，这可是好事，同学们小聚庆祝。老展没儿没女，经济宽裕，还悄悄塞了200元钱给阿哥，说是当盘缠。席间，酒到七分，众同学说起老展哥迟迟未升级的事，都在扼腕叹息，无计可施，老展一脸愁容。为解沉闷空气，阿哥讪笑着说："我倒是有一偏方，很多人试过，屡试不爽呢，不知老展兄是否肯用？"同学们都知阿哥搞笑，不知又玩啥花样了，所以都不以为然。

只有老展如在大海中捞到一根救命稻草般，兴奋地催阿哥快说。

阿哥说："既如此，我们约法三章：一是不准笑，二是必须做，三是一旦成功，须认我做师傅。"展哥迫不及待地说："那是自然，成功了我杀鸭摆酒大宴三天，请弟兄们作证。"至此，阿哥才拉下脸正经地说："嘿嘿！其实很简单，就是房事结束后，马上提起展嫂双脚垂直向上抖三抖，拍臀部三下而已！"众同学笑得趴在桌上直不起腰。"你狗日的梁老掰（阿哥排行老三，苗语三为掰，故有同学喊阿哥老掰），尽出这些馊主意，缺德不缺德？"只有阿哥和展哥不笑。"信不信由你，所谓信则有，不信则无，言尽于此。"阿哥两手一摊，装着无比无奈地说。

真是一语点醒梦中人，同学们大笑，认为是瞎扯淡，可展哥却如获至宝。心想，有道理，这梁老掰真不愧是学农牧的！

阿哥权当助酒兴解酿信口胡诌罢了，过后哪还会记得这档子事呢。可是阿哥去宁波的第二个月的一天中午，突然接到展哥打来的电话，展哥兴奋得叫了起来："梁老掰，成了！成了！"阿哥被展哥说得懵了，便问："什么成了？让你高兴得像公牛喝了牛尿一样。"展哥一怔，说："师傅，你这偏方真的管用呢，才几家伙我老婆就怀上了！"只听阿哥哈哈哈哈笑得从床上滚了下来，差点岔气。

转眼，老展的姑娘就上初中了，长得水灵高挑真是可爱，是老展哥真正的"掌上明珠"。一日，班上结婚最早的同学嫁姑娘，阿哥邀同学同往庆贺，老展带上展姑娘同来，阿哥一见便喜笑颜开。老展教女儿喊阿哥"伯伯"，阿哥说："错，喊师爷！"展姑娘一脸困惑，问爸爸："到底是喊伯伯还是喊师爷呀？"老展嘴唇一扯一扯的，说："都对，都可以的！"同学们想起当年的"约法三章"，看到今天的成果，一个个笑癫了！

啤酒解白酒

"梁八斤"的名号最先是在月亮山两省三地四县交界地区响起的,但很快就闻名全县了,还传得神乎其神的,而且版本不断翻新。

但总是有人不信这个邪,老黑就是其中一个。老黑是阿哥初中同学,现在一所县城中学当老师,瘦黑得像个猴子,没见过他有多少清醒的日子,但为人却仗义,不太服输,特别是喝酒时。就在"梁八斤"名号传得最响的那些年,阿哥返家探望父母路过县城,不巧被老黑截住了,阿哥见摆不掉了,只好说:"请我喝酒倒不要紧,只怕主人家先跑呢!"阿哥的豪气顿时激发了老黑的斗志,邀了李浑和王旦二酒友相陪,说,陪我同学"梁八斤"去,他怕主人家先跑呢。二人还真没听过这名号,激起了二人浓厚兴趣,真有这么厉害的角色?一定得好好会会传说中的月亮山"梁八斤"。

老黑老父亲曾是县供销社主任,也极爱酒,在全县干部职工的年终奖金是每人一件"月亮山"(小城酒厂产的一种酒)的年代,黑父却"慧眼识材",在自己家的阁楼里屯了几十件"月亮山",只自己喝,决不送人。这"月亮山"真是好酒呀,58度,味道醇厚,而且越藏越醇,口味就越好,黑父就越珍惜:"黑崽娃呀,这'月亮山'已停产十多年了,喝一瓶少一瓶哪,不要随便就糟蹋完了啊!还得留几瓶陪我入棺呢!"黑父辞世时还有十几件。

如今,老同学来了,而且是当乡长的,不算"随便"了吧,老黑提了一件"月亮山"来到食时香餐馆,跟阿哥说今晚我们总量控制,就喝这么多,六瓶。阿哥见还有这么多珍藏的老酒现世,也很是高兴,"月亮山""玉液醇""高原醇",这可曾是小城人的骄傲呢,如今,酒厂早垮了,便只有记忆了,想不到今天还会碰上宝贝呢。席间,老黑三人暗中考较阿哥酒量,以主人身份频频向阿哥敬酒,不到一个时辰,四瓶醇酿就没了,其中阿哥一人独进一瓶半以上,这四人心里是清楚的。

看看阿哥依然谈笑自如,毫无酒意,三人骇然不已!真的名不虚传也!看来余下的这两瓶还得"巧分配"呢,老黑在想。于是老黑、李浑、王旦三人展开了新一轮进攻。俗话说:"斩敌一千,自损八百",待六瓶"月亮山"告罄时三人皆已有七八分酒意。阿哥站起来时晃了两晃又坐下。你可是有不少于两瓶半58度"月亮山"下肚了呢!老黑三人笑了,终于将你搞倒了,哈哈哈哈!

三人以胜利者的姿态高高兴兴地架着、拉着、推着勾着头的阿哥往宾馆走。谁想到四人跟跟跄跄路过江滨夜市城时,阿哥却停步不走了,目不转睛地望着熙熙攘攘的夜市,右手食指从右向左挥了挥,意思非常清楚:吃点夜宵去!

于是三人架着阿哥进了夜市城,叫了一件啤酒、两条铁板烧鱼,又干开了。酒助豪情,一件啤酒12瓶很快告罄,老黑三人的酒劲便逐渐上来了,舌头开始捋不直,阿哥却越喝越清醒:"老板,再来一件雪花纯生!"

深夜,邻桌的宵夜客们陆续走了,阿哥看着趴在桌上动弹不得的老黑、李浑、王旦三人,开始犯嘀咕了:今天主人家倒是没先跑,不过你们也跑不动了,但怎样才能把你们三人弄回家呢!这倒是大麻烦,小样,想整我梁天平?还没到时候,我是用啤酒醒白酒的呢!哈哈哈哈哈,这回轮到阿哥大笑了!!

惊恐南方夜

别看阿哥行事大大咧咧风风火火，还颇有女人缘，有众多小师妹前后呼拥，大师兄长大师兄短的，喊得怪亲热，但在个人作风上却是站得稳行得直的，这一点阿嫂是信得过的。那些年，出差在外，不论是什么级别的酒店，一入住就会有嗲声嗲气的暧昧电话打进来："你好！需要服务吗？"半夜三更睡得正熟时，也还会有骚扰电话响起，让阿哥不胜其扰。因此，多年来阿哥养成了一个习惯——一入住酒店、宾馆、旅社就将电话线扯掉。

这次阿哥与县果树开发公司彭经理赴南方出席一个全国性果品开发会议。报到当天晚饭后，两人在街上逛了一圈，算是锻炼，也顺便领略南方夜景，回程中彭经理接同学电话去夜宵店聚会了。阿哥最不喜欢的就是吃宵夜，且最近身体反应不太好，慢性肠炎发作，便一个人回到酒店。

阿哥最喜欢的就是洗澡后躺在床上看电视。阿哥想，老彭他们同学相聚是没有时限的，难道还要我老人家半夜三更起床为你开门不成？想来想去，为了让老彭回来时不影响自己，阿哥干脆把门轻轻虚掩上，然后斜躺在床上，打开深圳卫视享受最喜欢的"决胜至高点""军情直播间""直播港澳台"等节目。

晚上11时，阿哥正在入神地看特约评论员刘和平的精彩点评，突然响起了"咚咚咚"的敲门声，阿哥心想，这彭经理这个点就回来了，看来也学会控制了，便大声说："门没关，进来吧！"

门开了，人进了。阿哥大吃一惊，进来的不是老彭，而是两个年轻漂亮穿着暴露的女子。阿哥惊慌失措地拉上被子盖住赤裸的上身，满脸疑惑地看着俩女，俩女也目不转睛地看着阿哥，脸上充满疑问。

僵持了许久，俩女发话了："不是两个人吗？还有一个呢？"

阿哥又是一惊，她们连我与老彭同住都知道，看来是有备而来的了。只好如实回答："他出去了！"

"不是说你们在房里等着的吗？"

"没有，有朋友喊吃宵夜了，不知什么时候回来呢。"

"啊！那我们等等？还是……？"

阿哥茫然不知所措。不知如何回答。

见阿哥不语，两个女的双眼直勾勾看着阿哥，站在床头，也不说话，看得阿哥后背直发麻，便将被子再往上扯，也看着对方，双方无语，好像空气凝固了一般。

她们在等什么？看来情势越来越不妙了，两女一男，人生地不熟，且门还开着呢，万一有个什么变故将如何是好？如果此时门外有她们的同伙冲进来，说是抓奸，那可麻烦大了，这种结伙敲诈的案件时常发生的，报纸披露不少呢。若真如此，那阿哥被"晚节不保"，一生清誉不就毁在这儿了吗？如何向亲朋妻儿交代？阿哥越想越后怕，冷汗直冒，身子禁不住微微抖起来。怎么办？

坚持了好一阵，阿哥心想，是福不是祸，是祸躲不过，不可能就这样耗下去呀，时间越长不可预测性就越大，对阿哥就越不利。阿哥终于鼓起勇气故作镇静地问："你，你们两个，有——有什么事吗？"

两女相互看了一下。也疑惑不已："啊！你——你们不是打电话来说——说，要我们两个来的吗？"

惊恐的阿哥连忙说："我们没有呀，一直没打过什么电话的，是不是弄错了？"阿哥希望尽快表明后两个姑娘尽快出去，以免徒生事端，又生怕这两人赖着不走，或再进一步做出出格的事来，自己一个人在此，要吃亏的。立即拿起手机准备拨老彭的电话。

让阿哥想不到的是，两人连连说："对不起！对不起！对不起！"在阿哥的愕然中转身出去了。只听门外两人笑道："哈哈，错了，这是8508呢，不是8518，是你太急了！"

阿哥终于松了一口气，原来是一场误会，这两女也太不认真负责了吧，连门牌号都弄错，吓我老人家出一身大冷汗。也深责自己太大意，从此再也不敢虚掩门等人了。

可惜我二百块

阿哥喝酒不打牌，阿嫂搓麻不喝酒，这是众所周知的。其实所谓的夫妻之间要志同道合才恩爱是相对的，不是绝对的，兴趣爱好不同并不影响家庭生活，相反，有时更增进家庭和睦，互不干涉嘛。阿哥阿嫂就是这么一对"志不同，道不合"但和睦恩爱的一对。

因为阿哥阿嫂兴趣不在一个点上，所以，外出应酬时阿哥阿嫂一般不会在同一时间和地点。看到朋友夫妻出双入对，争着打牌，甚至口角，阿哥就说大话了："哼！我们去玩是不带老婆的，不像你们，成天有老婆黏着，多不方便！还吵吵吵！"

初夏的小城，河水涨了，杨梅熟了，草青树绿的雍里河谷最是适游的好去处。周末，天气晴好，朋友相邀前往雍里河畔的杨梅山庄夏游，节目丰富：登山、戏水、漂流、打牌、喝酒、摸鱼、烧鱼、烤肉，还有上树摘杨梅。有酒有牌有美女，还有这么多节目，自然少不了阿哥阿嫂的。但朋友素知阿哥阿嫂玩不同行，喝不同路，于是特意安排阿嫂和几个美女帅哥先行赴山庄，自己再驱车回城接阿哥和阿哥的几个师妹。

一路上阿哥兴致高涨，笑声不断。朋友笑说："你信不信，此时阿嫂已在山庄麻桌相候了呢。"阿哥根本不信，心想，太阳这么大，天气这么热，阿嫂是不会出门的，定是去哪个麻友家火拼了。于是，阿哥豪言壮语又出："有美女就行，不要她在。"朋友说："如果真在呢？"阿哥拍拍胸口："简单得很，按惯例，给她200块，打发她去别处打牌去！""看来我们大嫂今天是稳赚不输了。"师妹们嚷嚷。

朋友接阿哥和几个师妹到了杨梅山庄时，一些采摘杨梅的朋友们从梅林回来了，漂流戏水的还在河边玩得不亦乐乎，两桌麻将也在轰轰烈烈进行之中。朋友笑着拍拍正在打牌的阿嫂："小王啊，今天你起码赢200块，你信不信！祝贺你！"阿嫂愕然，自己平时都是输多赢少的，为何言之凿凿起码赢200块呢。一回头，见阿哥在身后讪笑不已。

朋友们纷纷起哄："拿200块打发阿嫂回家！"无奈，阿哥只好掏出200块递给阿嫂："你去别处打好吗？"阿嫂不假思索地回答："好嘛。"于是接过钱，但并不停手离开而是继续打牌。

阿哥见阿嫂钱也接了，就是不离桌，看来大有耍赖皮的节奏。于是有些不耐烦了："你钱也要了，也同意去别处打了，怎么还打呀？"

阿嫂说："是呀，我没说不走呀，我是来摘杨梅的，这么多好吃的，吃饭了后一定走的呀。"

见阿嫂如此说，阿哥知道上当了，无奈地说："可惜我200块钱了！"
朋友们大笑。

最恨发明打底裤的人

阿哥并非粗俗鄙佞之徒，性格开朗，待人宽厚，工作思路清晰，业绩突出，只是诙谐的谈话中常带点"颜色"是免不了的，也是男女朋友们可接受的程度。

话说在雍里河谷杨梅山庄里，阿哥送阿嫂200块钱想打发阿嫂离开不成后，只好悻悻地到外间专司烧烤了，好在陪同烧烤的五师妹也是爱搞笑之人，师兄妹二人你一段我一段将气氛炒得热过烧烤架的炭火，哄笑声此起彼伏，远比麻将厅热闹，快乐的阿哥早将干丢了200块的不快扔下雍里河谷了。

忽听主人嚷嚷："昨天我发的通知里不是明明交代大家了吗？今天上树摘杨梅，下河摸鱼虾，男的通通穿大瑶裤，女的必须穿裙子，今天你们的准备太——太——太令人失望了吧！看来不通知还好，通知了反而清一色长衣长裤了，多不负责任呀，这相当于要求一律着正装一个样。"

阿哥顿时来了兴趣："唉，去年多好呀，只有弯弯妹子一个人穿了条短裙子去梅园，我们男的全上树了，吃的是最新鲜最乌黑的杨梅，她一个人干瞪眼，躲树下望梅兴叹，只能吃掉树下的陈梅，大家都在笑她不敢上树。哪知弯弯实在忍不住也爬上了树，直登树顶，害得我们想下树休息一下都不敢了。"大伙听了，顿时哈哈大笑，去年没来的纷纷询问弯弯是否真的。

此时正在烧烤摊边的弯弯大笑："既然老娘敢穿短裙上树摘杨梅，就不怕你们在树下望梅兴叹，知道吗？"说得众男起哄："好的，你今天有胆再试试看，到时只怕是天下无梅呢。"

在里屋搓麻的阿嫂这时突然接上茬了："嘿！既然来了，谁敢不遵命呀，我们可是全部带了裙子的呢，都揣在包里，上杨梅树时再换上裙子！不是还没去梅园嘛。"女人们全说："是呀，你们的大瑶裤呢？"

男人们全傻眼了，有的叫屈："你们的打底裤摆满大街，我们的大瑶裤哪有卖呀？"有的干脆说："昨天晚上去岜沙买大瑶裤了，人家不肯卖，无法。"

阿哥在旁冷不丁冒出一句："我最恨发明打底裤的人了！"

众人诧异不已，不明其意，目光纷纷投向阿哥。

阿哥愤愤地说："就算你们换裙上树，还有打底裤呀。古代人是没打底裤的，打底裤是现代人发明的，如果没人发明，就不会生产，没人生产就没人卖，没人卖就没人买，没人买就没人穿。现在你们换裙上树又有什么用嘛，还是看不见，你们白穿了的。"原来如此，还真全是"发明打底裤人"的错呢。

众人正在愕然，不成想阿嫂冷不丁溜到阿哥身后，双手捏住阿哥双耳往上一提，阿哥便从板凳上站了起来，脸上一歪一扯的甚是搞笑，阿嫂一边上下左右一顿乱扯，一边笑说："那你回到古代去呀，要不你去杀了那个发明打底裤的人呀！你在这里恨人家有什么用？"众人笑得捂住了肚皮。

喝草酒

这么多年来一直在基层打拼，"上也陪，下也陪，终于陪出了个胃下垂"，阿哥调进机关工作后，自觉身体已大不如前，不想拼酒了。怎奈名声在外，陪客得喝，请客更得喝。依然躲不了酒。

阿嫂就是个本分的小女人，终是不理解阿哥说的"喝酒也是工作"的意义，只是想着一家人都在县城了，安安心心过日子，保重身体第一重要。见阿哥还是常常醉酒，终于愤怒了，像当初逼阿哥戒烟那样，下了狠手："再醉酒就别回家！别上床！"

在阿嫂的高压下，阿哥也是真心躲酒，学会辞杯了，不管怎样只喝到一二成便再怎么劝也不喝了。

一日，下属单位宴请局领导吃年饭，按惯例阿哥只喝了三小杯便却步了，任谁劝也不喝了。席间有个女的，长得清清爽爽的，笑容很甜，笑盈盈地来到阿哥身边，说自己胆已切除了，是无胆之人，但今天能与著名的"梁八斤"领导共桌吃饭，一睹领导的风采，终生无憾了，虽无胆，但今晚也要鼓起勇气壮起胆子敬领导这一杯酒的，看领导领不领情？说得经过无数酒场风云的阿哥竟然无言以对，一个无胆的女人对自己如此"仰慕"，能不喝？坚硬的心终于软了。迟疑半晌，接过酒杯一碰，干了！顿时全场掌声雷动。开了口子后便如决堤般溃败了，几个女的敬了，男人们说："'草'字头的'花酒'确实要好喝点的，但'口'字头的'兄弟酒'也不能少呀，你虽是我们领导，但一直当我们是兄弟的，你看怎么办了？"阿哥平素最注重情义，如今被逼到墙角了，怎能让人小瞧了呢？阿哥一发威，喝！结果，桌上倒了一大片，阿哥不小心又到了七八成了。

回到家里，已近午夜，阿哥怕惊醒阿嫂，没有洗漱便自觉在客厅沙发躺下，哪曾想还是惊动了阿嫂，阿嫂心疼阿哥，将一床被子扔给阿哥："说好了，别喝醉了，就是不听，还晓得回家？"

阿哥拉过被子，故作镇定地说："没办法，喝了几杯草酒而已，这草酒倒是蛮好下肚的，想不到这几杯草酒还真这么厉害，没事。"

"什么草还能做酒喝？真是稀奇了！"

"嗯，不但能做酒，还能养身呢！"

"那哪天弄点来我也喝点看看？"

"你不能喝草酒的，男的才喝。"

阿嫂半信半疑，回房睡觉了。

第二天是周末，晚上阿哥又有应酬，说是在腾龙888。恰巧阿嫂相邀平时玩得来的姊妹欧阳和水珍去腾龙对面的水木清华洗脚城洗脚。阿嫂说起阿哥喝草酒的事，不知草酒是什么酒，自己也想喝点。身边的欧阳不禁笑得差点从床上滚下来。阿嫂甚是纳闷，欧阳就说："他们不是在888喝草酒吗？等一下我们也去蹭一杯得了。"

洗完脚下得楼来，阿嫂三人便直奔腾龙888，轻轻推开房。只见阿哥、老坏几个正在喝酒，对面有个女的刚好端杯绕过老坏来到阿哥面前敬酒，阿哥还在顽强抵抗。老坏们一个劲起哄："带口字头的酒你可以不喝,带草字头的酒也不喝的话那就不是男人了!"干脆将《小黄姑娘》改了歌词齐唱"侗家有美酒,带个草字头,阿哥喝了不上脸,风雨桥上会侗妞,嘿丢!"正当气氛热闹至极时,老坏起身大声招呼阿嫂三人:"欢迎欢迎,热烈欢迎,又有人送草酒来了,大家欢迎呀!"

阿嫂本就腼腆,见此场合就想撤退,怎奈欧阳、水珍平时喜喝两杯,今天又是特意来蹭酒的,怎肯退却,硬是推着阿嫂进了888。欧阳对阿嫂说:"你不是说想喝草酒吗?这就是草酒呀!带草字头的酒,就是'花酒',今天我们三朵花送草酒来了,看你们谁敢撤退!"原来如此!阿嫂气不打一处来,心想,你们花天酒地的,难道老娘就不能喝?

结果,阿嫂三人连连敬酒。阿哥干脆对几个朋友眨眨眼,示意他们敬阿嫂酒,老坏带领众友左一个大嫂右一个大嫂地轮流敬阿嫂,气氛更加高涨,阿嫂哪经过这种阵仗,不久便站不稳了。阿哥保持清醒,却故意大呼:"今晚的草酒比昨晚的厉害多了!"

回到家里,阿嫂吐得天昏地暗,阿哥服侍了一夜。第二天中午,阿嫂终于醒了,但脑袋疼得好像要裂了一般,躺在床上哼哼唧唧。阿哥见此,教训地说:"你以为喝酒好玩呀,这回知道了吧,很痛苦的!没得法,那是工作呀!唉!这草字头的酒是'苦酒',不是'花酒'。"说得阿嫂连连点头:"再也不喝这鬼'草酒'了。"

神奇的月亮

阿哥与老坏打小在一起玩的,只因老坏年龄稍小,便成了小师妹们的二师兄了。老坏酒量比不上阿哥，但阿哥却屡屡败在老坏手下，这是最让阿哥不爽的事。特别是那次在"语过添情"歌厅里阿哥深情演唱了《神奇的九寨》后，阿哥恼怒之下，就怪老坏使的坏，其实老坏是冤枉的。

话说那些年，小城歌厅生意红火，小小的江城北上南下东街西城就有近10个规模大小、档次高低不同的歌厅，其中"雨巷""语过添情""金海岸""疯子窝"最为火爆。

又是一个周末，阿哥从宁波挂职学习半年回来，迫不及待与小师妹们在小城江滨小聚。小师妹敬重大师兄，自然多敬阿哥了几杯，撤桌时已是七分酒意了。老坏乘着酒兴邀大伙儿走进附近的"语过添情"大厅，要了一号桌，小师妹们急不可耐纷纷步入舞池旋转起来。老坏则要了一扎啤酒、一碟瓜子，阿哥操起桌上的骰子摇了起来："点小的喝？""同意！"老坏说。谁知连摇了八把，阿哥的点都是小，只得连喝八杯。阿哥大不服气，大声说："重新规定，点大的喝！""同意！"老坏笑着说，为保证公平，由大师妹和二师妹分别帮二人摇点子。也该阿哥背时，连摇了五把，阿哥的点子还是把把比老坏的大，阿哥是二点时，还没来得及高兴，二师妹就帮老坏摇出了一点，当二师妹摇了个八点时，阿哥终于喜形于色，兴奋得连连喝道："小、小、小！"但可悲的是大师妹还是摇出了个九点，把个老坏笑得岔了气，把阿哥气得差点儿断了气，鼻子都歪了。

阿哥想，老天都帮着老坏呢，只好作罢！还是唱唱歌解解酒吧。命大师妹去点歌台帮点一首《神奇的九寨》，这是阿哥唱得最好的一首歌。

不久，便响起了歌曲前奏，一个文静的中年型男站在舞池中央，另外一个话筒里立即传来"现在欢迎龙县长献唱《十五的月亮》！"大厅里立即响起了潮水般的掌声。但此时的阿哥双眼迷蒙，有些站不稳了，并没听见说了什么，只见他三步并成两步来到大厅中央，一把夺过中年型男手中的话筒，说："喂！这是我们点的《神奇的九寨》呢！"中年型男一愣一愣的，这分明是《十五的月亮》呀，怎么是《神奇的九寨》呢！真是"秀才遇到酒鬼，有理也说不清"，只好无奈地站在旁：哼！我倒要看你怎么唱？

说时迟，那时快，过门一完字幕上便出现了"十五的月亮，照在家乡照在边关……"，可是，歌曲却在阿哥嘴里变成了"在离天很近的地方总有一双眼睛在守望……"只见阿哥一会儿闭眼，一会儿睁眼，完全沉醉在自己的歌声的，唱到深情处，突然一个转身，面向观众，单膝下跪，面朝苍天，双手做拥抱状，大厅里掌声雷动，呼哨声此起彼伏。尽管是在《十五的月亮》伴奏曲里演唱着《神奇的九寨》，却也能跟得上节奏。最为"神奇"的是唱到最后，字幕上出现"啊，也是你的心愿"时，阿哥也刚唱到"向往，向往，向往"，同时结束，竟然严丝耦合，毫厘不差。只要有音乐响起，舞池里照样人头攒动舞姿翩翩，气氛浓烈丝毫不差。

阿哥高亢而有穿透力的歌喉，声情并茂的演唱，加上适时而夸张的肢体语言，竟博得全场阵阵掌声和呼哨声，人们既为阿哥的歌喉叫好，又为阿哥的严肃深情鼓掌，更为阿哥这词不搭调超级搞笑的"丫古奇唱"拍手叫绝。

开始本已恼怒的中年型男，此时也不禁为阿哥的搞怪唱法笑了起来，不再计较阿哥的"鲁莽"了。

第二天酒醒，阿哥才知道这是新来的副县长，分管农林水，正是自己的顶头上司呢。阿哥后悔不已，只有把气耍在老坏身上，认为是老坏整他醉酒，又不提醒他这是新来的领导，让他在顶头上司面前丢尽了丑。其实，老坏真是冤死了，一个普通干部哪晓得什么新来的副县长呀，现任的县领导他都没认识几个呢。

第二天下午，阿哥跑到龙副县长办公室谢罪："都是酒惹的祸，冒犯领导了！"昨晚龙副县长就把著名的阿哥了解个透，大度地哈哈一笑："看来全县也只有你老梁做得出这种搞笑的事哟！你唱的可是名曲呢，嗯，得改改歌名，既不能叫《十五的月亮》，也不能叫《神奇的九寨》，就叫《神奇的月亮》吧？如何？"依然对昨晚之事忍俊不禁。阿哥涨红了脸窘站一旁，尴尬万分。

从此，小城人又多了一则关于阿哥的新段子：抢县长话筒串唱《神奇的月亮》。

梦里千回葡萄醋

在小城山葡萄热闹上市的季节，阿哥第一次在大师妹家喝了两杯去年自酿的山葡萄酒，那感觉真的好极了，酸酸甜甜香香醇醇的味道彻底征服了阿哥，梦里都还是"葡萄美酒夜光杯，欲饮琵琶马上催"的壮烈情怀。从此阿哥将山葡萄酒列为第一美酒，一定要亲自酿制请朋友们品尝。

阿哥决心亲自酿出"天下第一美酒"——小城山葡萄酒，味道必须超过当年李白们喝的，更要超过师妹家喝的。第二天清早阿哥便上市场路口等候，买回100斤山葡萄。整整一天时间，进料、置坛、摘果、洗果、碎浆、配糖、进坛、封存，按大师妹提供的程序，阿哥一人操作，不容阿嫂插手，阿哥坚信有些事情女人是不准沾边的，比如酿葡萄酒。阿嫂落得清闲，看着阿哥进进出出忙这忙那的专注劲儿，觉得好笑：如果家里的事情你都这么上心就好了！

此后的一个月里，阿哥数着日子一日看三回，心中只有葡萄酒，阿嫂便有些受不了了。谁都知道阿哥是工作狂，家里的事没一件是上心的，阿嫂不在家的日子里还闹了不少笑话，如今唯独对这葡萄酒这么上心，几乎塞满了阿哥的整个空间，日里夜里梦里都是葡萄酒的事。再美的事过分了也会让人恶心的，阿嫂便嘟囔了一句："哼！别酿成两坛葡萄醋哟！"

阿哥听了大为不高兴："你个乌鸦嘴，到时你莫要喝我的葡萄酒！""不喝就不喝，我才不想喝你的葡萄醋，堆在家里我还嫌挡路呢，哼！"阿嫂也没嘴软，一句句像刀子一样剐着阿哥的心，阿哥很是受伤。

一个半月，已过了山葡萄酒酿制的成熟期了。为了热烈庆祝梁氏葡萄酒正式开坛，阿哥决定在"本宅隆重召开品酒会"，邀请师妹、哥们十几人，在家里摆了满满两桌好菜。师妹、哥们早就盼望这一天了，这一个多月来阿哥每天都发布关于葡萄酒的信息，不是晒图片就是品酒的感觉，好像阿哥每天都在喝葡萄酒一样，勾得师妹和酒友们垂涎三尺，这个双休日里一定要与阿哥同醉"葡萄美酒夜光杯"了。为了这场盛宴，阿哥做了充分准备，其中最显著的是亲自上街买了20个玻璃高脚杯，阿哥说过，外国人喝葡萄酒都用高脚细腰玻璃杯，且酒不过半，不可豪饮，那才叫有品位的。

时辰已到，万事俱备，只等开坛。阿哥轻启坛封，空气中顿时充满浓浓的带酸的醇香气。阿哥亲自为每人斟了满满一杯，色泽紫红清亮，正是优质葡萄酒的颜色，心里高兴万分。阿哥举杯邀众友启唇一品，客厅里顿时"啪吧啪吧"呷嘴声此起彼落。

"怎么这么酸呀！"大师妹紧蹙眉头，眯紧双目，首先发难。

"我还以为只有我觉得酸呢，这是葡萄酒吗？分明是葡萄醋呀！我嘴巴都酸歪了。"二师妹嘴更快。众友纷纷谈感受，阿哥也觉得酸，但酒味还是有的。

老坏呷吧了一阵，酸味退后，感觉还是挺好的，便说："这是阿哥特酿的葡萄醋，比市售的什么苹果醋之类的强多了！"众友纷纷回答："那是，那是。"至此，大伙儿只能就着好菜皱着眉头歪着嘴巴慢慢品醋了。

经大师妹仔细盘查，原来问题出在阿哥没有密封坛口，只是拿新帕子盖住坛口。有氧氧化成醋，无氧发酵成酒呀，阿哥悔青了肠子，真是"智者千虑，必有一失"呀。不过，能喝上阿哥亲自酿制的上等葡萄醋也不是件容易的事，它有名呢！众友早已发帖微信朋友圈了。

第二天，老坏在圈里发帖说，胃一晚胀得隐隐作痛，不舒服。结果，大伙儿纷纷表示同感，很明显，葡萄醋喝多了！

女人的车感就是差

　　阿哥爱车如子，素来驾车小心谨慎，车辆保养仔细。还是在乡镇任职时与同事同时买的车，有的早已成了废铁不知所终，有的虽还在用也已老态龙钟面目全非，唯独阿哥8年前买的那辆"五菱之光"面包车从未大修，车相虽然老气但车况很好，阿哥一直优哉游哉地驾着他的五菱之光往返于山道上、城区间，自得其乐，不知道的还以为他是揽散客的黑车呢，过路时招停的很多。为此阿哥总将自己的驾驶技术与爱车之心挂在嘴上。

　　阿嫂前些年就考了驾照，驾照一到手，就得了一场怪病，身体异常虚弱，以为是得了绝症。

　　阿嫂最大的愿望就是想自己拥有一辆车，爱妻心切的阿哥为满足阿嫂这一心愿，卖掉了老家属于自己的那片杉林，筹款10万为阿嫂买了辆紧凑型红色"本田风范"，阿嫂那高兴劲就甭提了，病痛顿减三分。

　　阿哥护送阿嫂南下广州一查，原来并非什么大病，只是调养起来较麻烦而已，小手术后不久便回单位上班了。阿哥作为老司机，知道新司机驾新车是很不适应的，要求阿嫂先拿自己的"五菱之光"练手，可阿嫂不肯：才不想开你那破车呢，掉我的价。阿哥只有干瞪眼，每天提心吊胆地看着阿嫂小心翼翼地驾车开出开回。阿嫂惬意地开着自己的"风范"上下班，心下还有点感谢那场病呢，嘿嘿，要不是我大病了，你梁天平会舍得为我卖山买车？哼！

　　可没上手多久，阿嫂便将大灯撞坏了，不久又将尾灯撞熄了，再后来又将底盘刮了一大块，副驾门也不能开了，每到过红绿灯需要半坡起步就心虚，常常一急就熄火，越急越难启动，害身后一长串车鸣笛狂叫，司机吼骂不已，阿嫂这才理解阿哥的一片好心。阿哥心疼不已："你的车感怎么这么差呢？这可是我的一大片杉树呢。"阿哥为"风范"担忧，后悔当初不该"卖林买车"。

每每看到女人驾车慢悠悠晃过身边，阿哥就着急："你看，女人就这样，车感差，胆太小，不出事才怪。"若见女人驾车呼啸而过，阿哥也担心："这女的迟早会出事的，女人车感不行还这么快？"

每天晚上，阿哥总是帮阿嫂将"风范"停在小区车位里，第二天清晨，阿哥上班前又将车开出来交在阿嫂手上才放心，他始终不信任阿嫂能停好车、移出车。阿嫂也落得清闲，回家就自觉上交车钥匙。

那天清晨，天已大亮，阿嫂急于上班，叫阿哥快点将车开出来。阿哥急急赶到停车位，慢慢移车出位，正在这时，一辆宝马X6迎面驶来，阿哥对名车一直景仰，更何况驾车的是一位打扮入时年轻漂亮的姑娘，阿哥不禁多看了几眼：嗨！人美车靓也！才一会儿，突然传来两声"啪啪"，原来是宝马右拐弯角度太小，右后轮骑上高高的路肩，阿哥心里咯噔一下，只见路肩的拐角上留下一道明显的黑色车轮印，宝马X6却全然不顾，呼啸着扬长而去。看得阿哥惊心动魄，为宝马车担心不已："真猛女也！太牛了嘛，你以为你的宝马是战车呀，幸亏路肩不太高呀！女人车感就是不行。"正在这么想着，啪，自己的"风范"却扎扎实实碰在高高的路肩上，原来阿哥一心怜惜漂亮姑娘和她的宝马去了，忘记了自己正在移车从狭窄的车道上拐弯出位，一盘打不过又收不住脚撞了路肩。人家宝马最多颠一下而已，照样翻越不误，你的"风范"底盘底，力量差，日系车的钣金又特差，不凹进去才怪呢。

拐了！阿哥心里一阵钻心的痛。下车一看，我的妈呀，保险杠被撞陷进去足足有7厘米，这是阿哥开车8年来，还从未有过的事呢。

阿哥后悔不迭：这女人的车感差不差关我球事？

爸爸去哪儿了

阿哥一路走来，有坎坷曲折，也有欢歌笑语，更有形形色色的障碍，但阿哥总是淡然处之，一笑而过。唯一让阿哥一直以来难以释怀的是自己长得有点着急，顶上毛发20多岁时便开始脱落，30岁时已是稀疏谢顶了，导致阿哥一度在恋爱婚姻上颇受波折。终于与阿嫂喜结良缘，阿嫂从未因阿哥顶上稀疏而嫌弃，但阿哥心中却一直存在阴影，特别是在一些正式场合，阿哥更是在意，常常为同事的无聊调侃而不自在，也有过面露愠色，只是无可奈何罢了。但后来发生的一件事情让儿子小青颇受惊吓，从此阿哥再也不为此而烦恼了。

事情是这样的。就在阿哥一家从乡镇搬到县城的那年冬天，县里举办元旦合唱大赛，阿哥本来歌喉就好，又喜欢唱歌，正是施展才华的大好时机，被合唱队指挥推举为男领唱，阿哥很满意自己在队里的角色，高亢而具有穿透力的歌声是合唱队里最大的亮点。但在彩排时，全队黑西装白衬衫红领带，个个容光焕发，精神面貌与表现一流，唯一的瑕疵是，领队和指挥发现站在队伍中间位置的主唱阿哥，光光的脑袋可与亮晃晃的灯泡相媲美，点在一大片乌溜溜的黑头中间，实在有些不协调，便委婉地把问题提了出来。阿哥说："没关系，放100个心，我保证能解决。"

第二天晚上就是正式比赛了，阿嫂出差在外，阿哥带着9岁的儿子小青来到比赛现场——体委球场。其时已是人山人海，出入道口几乎水泄不通，球场及四周看台甚至边角空地和逼仄的山坡上都被观众站了个满满当当，气氛异常火爆。找到一个座位安顿好宝贝儿子不久，便轮到阿哥所在的代表队上场演唱了，阿哥提前交代小青："宝贝，就站在这里好好观看老爸演唱，再下一个队就是我们了，不准乱跑，以免因拥挤走失，更不要跟陌生人搭腔或吃陌生人的东西。"听话的小青点头答应了。

果然阿哥所在的代表队阵容整齐，指挥专业，声音洪亮，节奏感强，精神抖擞，特别是男声领唱更是音质好，气场高，将《四渡赤水》演绎得淋漓尽致，博得现场观众最热烈的掌声和吆喝声。评委给了本次合唱比赛最高分，成为本届大赛中最黑的黑马。还有一点，整个队伍中间再不见了与灯同辉的秃头，指挥与领队十分满意。

可是台下的小青却着急了。

老爸不是说马上就到他表演了吗？怎么看去看来都没见老爸的身影呢？下一个队演唱完了，仍没见有老爸，又转身看四周，也没有老爸的踪影。是不是老爸忘了我还在这里，他一个人先走了？这么挤我怎么出去呀？一急便大声哭了，眼泪大颗大颗流下，大声哭着喊："爸爸你去哪儿了？"可是现场嘈杂，歌声嘹亮，根本没人理会小青，小青更加着急了。

正在这时，身后有一个人将手放在小青的肩膀上，吓了小青一大跳，转头一看，是陌生人，便一抬手将陌生人的手拨开，扭过头去继续哭着喊着"我要爸爸！""爸爸在这里呀，宝贝，别哭。"小青转惊为喜，扭头再看，还是不认识，可这确实是老爸的声音呀。正在愣神时，来人一把拽下头套，露出一个光光的脑袋，原来真是爸爸呢，小青笑了，一把抱住阿哥的脖子。原来儿子小青一直以老爸的光头为标志，在人多的地方寻找老爸，习惯于寻找光头，刚才表演时阿哥戴了头套，退场后一直没有扯下，其实阿哥早已回到小青身边，只是不吱声罢了，难怪小青一直找不到爸爸呢。

阿哥抱过泪眼婆娑的宝贝儿子，心疼地说，都是爸爸的错，以后再也不戴头套了！

大青鱼的泳池

阿哥自行政岗位主要领导转岗后，行政事务就少多了，应酬也少多了，终于不再疲于奔命，有了属于自己支配的时间。

在老坏师弟等铁杆钓客的"严重"影响下，阿哥也购置了全套钓鱼装备，每到周末，阿哥就迫不及待地带上帐篷，拿起鱼竿，背上背包等露营工具，屁颠屁颠地随老钓客们驱车前往四寨湖。四寨湖其实是筑坝拦河而成的水库，以景美水清鱼肥著称，被钓客们誉为"放钓天堂""上帝的饵"。

钓鱼钓的是心情，有阿哥这样的侃客，四寨湖上便整天笑声不断，其乐融融。阿哥为人豁达，钓鱼为消遣而已，整天钓不上一条鱼也乐呵呵的，钓上鱼，更笑得合不拢嘴，根本谈不上钓技。生活就爱开玩笑，"有心栽花花不发，无意插柳柳成荫"，阿哥第二次出征就钓上了一条两斤重的红鲤鱼，而自称钓坛高手的老坏却只钓了三条不足半斤的鲤鱼，阿哥士气大振，钓兴更盛。说来也怪，连河里的鱼儿也都像相约来捧阿哥的场似的，阿哥每次出征，都有大鱼斩获，新钓客们不断向他取经，阿哥连连说只是运气好罢了。

阿嫂是个持家能手，她将阿哥钓到的小鱼做成饵，准备用来钓更大的鱼；大鱼分解成块打包，放入冰箱，或与朋友们分享。

又是周末，阿哥用大塑料袋带回一条活蹦乱跳的大青鱼，哇！这可是贵重鱼也，是做小城美食——鱼生最好的材料了，肉嫩味美，做成冻鱼可惜了，阿哥思考着怎么处理这条大青鱼。平时大方的阿嫂此时也有私心了，对阿哥说："小弟过两天要来看你，暂养几日，再拿来款待小弟吧，小弟可是做鱼生的好手呢。"阿嫂再三交代阿哥：谁也别想惦记这条大青鱼！平日里阿哥与小舅哥也亲着呢，自然是答应的。放进脚盆暂养，又怕鱼儿跳出，放水桶养吧，水桶又不够大，保不准就死了呢，怎么办？阿嫂在房间巡视一番后，面带微笑，她有主意了。

哪曾想，第二天下午老坏便带着师妹们来"看望"阿哥了！阿哥很是高兴，师兄妹们可有一段时间没聚了呢。

阿嫂自然知道老坏们"看望"的主要是阿哥的鱼，急忙从冰箱里取出鱼块悉数解冻，准备做一餐上好的黄焖糟辣豆腐鱼，恰好有朋友从远方带了一包"远口豆腐"呢，正派上用场了，就让你们师兄妹一醉方休吧。

鬼精灵的老坏左瞅瞅，右瞧瞧，就是不见昨天大师兄钓的那条大青鱼的影儿，真是奇了怪了！难道送人了？不可能吧？老坏也不吱声，只是吩咐一部分人在厨房帮忙，一部分人在客厅喝茶，聊天等候。

五师妹阿娟内急走进卫生间小解，方便完刚起身，正准备冲水。突然身边"哗啦啦"一声响，吓了一大跳，以为是手机掉进便池了，心想完了完了，刚买的新手机又没了，急忙转身朝下看便池，除了还未冲的尿液还留在便池里，什么也没有，一摸手包，手机还在。这下放心了，却激发了阿娟的好奇心，这声响从哪来的呢？她东瞅瞅，西看看，其他东西都悉数陈在，只有一台老式的半自动洗衣机杵在墙脚。阿娟忍不住打开机盖，哇！一条七八斤的鱼弯曲着身子在洗衣机里"游泳"。大师兄真是聪明，将鱼藏在洗衣机里养，谁也看不到。阿娟平时最是调皮，此时那颗顽皮心又被调动起来了："哼！你想躲着游泳？我就让你游个够！帮你活动活动筋骨。"于是她将洗衣机按钮轻轻扭动了一小点，大青鱼被洗衣机哗哗啦啦翻转起来，这青鱼哪曾碰到这么急的漩涡，这身材又大，泳池又小，本来就弯曲着身子不舒服，不多时，便晕头转向了。

阿娟回到客厅，与二师兄老坏悄悄耳语，老坏一阵坏笑。老坏一脸严肃地对阿哥说："大师兄啊，五师妹说刚才在厕所里差点被吓得'掉环（掉魂）'了，不知道是什么，她打开洗衣机盖，里面有一条翻白了的大鱼呢！"

阿哥闻讯大惊，三步并成两步跑进卫生间，此时洗衣机刚刚停止转动，阿哥急忙打开洗衣机盖，大青鱼已经翻白，奄奄一息了，但身子还在动，大口大口呼吸着空气，眼看着不行了。阿哥急忙对老坏说："快！快拿出去放血了，慢了就不好吃了，鱼生一定要吃新鲜的呢，哎呀，幸亏阿娟发现得早，否则这1000多块钱可就白白浪费掉了呢。我这小舅哥当真没口福，倒是便宜我们师兄妹了呢！""好嘞！"老坏答应得很干脆。

平日里大伙儿吃吃喝喝都是吃一些鲤鱼、冈鳅、草鱼、胡子鲢、角角鱼什么的，连桂鱼都少见，哪舍得吃大青鱼、剑鱼呢，更何况野生大青鱼少之又少，卖200多元一斤呢。可阿哥是当领导的，这大青鱼的味道倒是时有尝过，最知其中真味的。还真得感谢阿娟，大伙儿不但吃上了纯美的青鱼头骨汤，还吃上了美味无比的大青鱼生鱼片，可真是大饱口福了。

只有阿嫂在旁傻眼了，却吱声不得。

煮不熟的糯米饭

表弟从很远的大地方来小城看阿哥，阿哥特别高兴，想想，表弟在外奔波做工程，什么山珍海味没吃过？自家兄弟呀，不去外面吃那些地沟油了，在家整点家乡小吃吧！

冰箱里有冰冻香肠腊肉，却不新鲜呀！正愁不知拿什么招待远方的表弟时，朋友回家开田逮了一篮球鱼（废篮球开洞做的鱼篮），送了四条四指大的给阿哥，阿哥和表弟高兴极了，这可是正宗家乡酸汤鱼的好料呀，阿嫂出差了，儿子小青上学了，四条鱼足够哥俩好好撮一餐的了。

中午下班回到家里，打开米袋准备煮饭，阿哥傻眼了，一颗米都没有了。

平时都是阿嫂操持家务，到昨天刚好没米了，阿嫂想，今年新米马上就要上市了，反正阿哥已好几天不在家吃饭了，过两天出差回来再买新米吧。谁知阿嫂一出门阿哥和表弟就回家了呢。阿哥从墙角翻出一小袋米，还来不及高兴呢，打开一看，糯米！正不知怎么办时，表弟一看，高兴了："很久没吃家乡的糯饭了，糯饭配酸汤田鱼正好。"于是，阿哥舀了三筒糯米洗净后用热水浸泡了10分钟便上甑蒸了，已是午后时分，容不得长时间浸泡了，不就是蒸糯饭吗？将后续工作交给大火和蒸汽吧，米泡不胀就久蒸点。

不多时，一大锅正宗家乡风味油炸豆腐煮酸汤田鱼便闪亮登场了，配了花椒、木姜、生姜、大蒜、朝天辣、剁椒、海茄酸，洒上青葱蒜苗，真是色、香、味俱全，让表弟高兴得直吞清口水。半小时过去了，按常规时间糯米饭早就熟了，阿哥一掀开甑子盖，呆了，只见糯米还直挺挺的，还欠火候，便盖上甑子盖，再给蒸锅加了一大杯水，以防水干，回桌与表弟一边看"约会里约"一边吃鱼吃豆腐，一边神侃等饭熟。

又是20分钟过去了，不知不觉中鱼和豆腐去了一大半，忽闻一股煳味，阿哥回头看蒸锅，大惊，蒸锅水干冒烟了，急忙加了一瓢水，开盖一看，糯米饭依然是生的。怪了，怎么蒸不熟呢？阿哥急了，怎么办？中午不喝酒，可不能就让第一次来家的表弟无酒无饭只干吃田鱼豆腐呀！

阿哥看见电视机旁的塑料瓶里还有小半瓶油炸糯饭粒，那是阿嫂平时煮油茶用的。灵机一动，学习阿嫂的样子用瓷钵煮了一钵浓浓的大山茶，分成两碗倒了阿嫂的油炸糯饭，哥俩只好用美味无比的豆腐酸汤鱼将就下无比简陋的油茶了，不久，茶鱼均已告罄。

阿哥想，都加猛火蒸了一个半小时了，是金子都该熔了吧？掀开甑盖一瞅，阿哥顿时懵了，心跳加速，头上冒汗，拉长了脸。糯饭里依然夹有白生生的糯米，表弟第一次来，怎能吃生饭呢？家乡人最忌讳的是煮饭不熟，不吉利，更何况表弟是做工程的，就更不能吃夹生饭了。也罢，反正鱼也吃完了，油茶也没了，糯饭也不用了，干脆摊开晾干，就当为阿嫂准备的油茶料吧！

表弟年轻，一碗油茶，几片豆腐，两条小鱼，哪吃得饱呀，于是，不甘心地动手抓了一小把夹生糯饭放进嘴里一嚼，挺香的，没丝毫夹生感，高兴得跳了起来："太香了，一点不夹生呢！"阿哥一愣，莫不是表弟为了填饱肚子故意这么说的吧？真不能让表弟吃生米饭的，不禁也尝了一小坨，果然如此，真香！这次阿哥是彻底懵了，明明有白生生的米，怎么就没生米味呢？不过阿哥终于松了一口气。

原来浸泡时间短，糯米粒还未完全膨胀，但经一个半小时的强力火攻，淀粉已熟，只不过未胀开的米粒依然是亮晶晶的白色状罢了，阿哥虚惊一场。

看来阿嫂不在家真的不行呢，阿哥一阵苦笑。

动车奇遇记

小城终于通了高铁，上省城100分钟，下广州210分钟，近得广州就像在家门口，以前从勉鸠乡到县城都须4小时呢。阿哥打心眼里骄傲：哥们，周末陪我下广州喝早茶去！

去广州喝早茶之前，阿哥决定先趁周末坐高铁上省城体验体验，顺便办点私事，速度快，成本低，安全系数高。上网一查，这票还真多，周日下午17点29分省城返小城的车票还有好几百张票，根本不用网上订票。周六上午启程，周日早上稳稳地睡了个懒觉：爽爽的贵阳真是爽，恁个好睡觉！

11点起床，顺便将早餐、中餐一起解决了。2点30分才不慌不忙到动车站售票窗口排队下午17点30分返程票。只听里面键盘噼里啪啦一阵响过："对不起，今天的票没有了。"阿哥顿时傻眼了："什么？没错吧？怎么会没票呢？昨天都还有几百张呀！"售票员再次核实后回答："连站票都没了！"阿哥急忙电话询问客车东站，回小城的最后一趟班车3点即将出发。接着到处电话联系熟人、在"小城人脉圈"发信息、看顺风车信息、等人退票、改签，快到5点了，都无任何信息。怎么办？我必须得回啊，一没请假，二要上报材料，三要下乡镇，还有，身上真没钱了。阿哥可真急了。

阿哥就是阿哥，突然想起上省城读书时爬火车的事，顿时来了灵感：哼，凭明天的票混上动车！于是买了一张第二天上午的车票。

到了入站口，第一道检票口就给人家灰溜溜撵了出来："这一趟还没到时间检票！"

阿哥在车站外面溜去溜来，想来想去：我就非得进你这个检票口吗？见车站左侧有人施工，留了个口子，翻过一道电动拦门就可以到站台了，心中窃喜，忙翻了过去，脚还没落地，突然哪里冒出了一个守门的，又被灰溜溜撵了出来。又绕到右边，果然也有跟左边一样的门，仔细观察确实没人，急忙翻进去。站台就在眼前了，心中大喜，急奔过去。"嘿、嘿、嘿、嘿！干什么的？"这回后面追来的是个警察，结果还是被灰溜溜撵了出来。

阿哥就是不甘心，又晃悠到入站检票口。天啊，有一道检票口这会儿居然没人值守！急忙拿身份证、车票骗过了门口保安。过安检处，一个小美女见阿哥过的是没人值守的检票口，就索看车票："不是要盖章的吗？你没盖章咧。"阿哥说来不及了，夺过车票便直奔二楼，到了最后一道自动检票口，已是17点25分，差4分钟车就走了。旅客都已上车，只有一男一女两个工作人员还守在检票口。原想硬闯，看来也不行，没办法，只有装模作样把车票放进检票机，票没过，那女的过来拿票又放进去，还是卡住没过，拿票看了一下："大哥，你这是明天的票啊？""不会吧？我订的是今天的票啊！"阿哥故意大声说道。"那该歪嘎，既然到这里了，你看能不能通融一下，让我上这趟车？"阿哥只有央求美女大发慈悲了。心里想这里肯定也不会放我进去的，哪晓得她说："好吧，我联系一下列车长看能不能给你补票。"30秒过后列车长回话说，可以补票，上车吧。

阿哥长舒了一口气，悬空的心终于落了地。千恩万谢后，小伙子护送阿哥到5号车厢，时间：17点29分，列车准点出发。"先生，请您补票，您明天的这张票到某站后就可以退了。""好咧，谢谢！"阿哥把身上所有零钱全掏出来一分不少刚好够85元车票，暗自庆幸，因为准备今天回家，身上带的钱也花光了。谁知列车员说："车上补票得交2元手续费，共87元。"阿哥又傻眼了，脸红得像斗败了的公鸡，列车员见阿哥确非耍赖，便主动帮阿哥交了2元补票费。阿哥激动得对动妹发誓："下次坐动车上省城，一定要请你吃宵夜！"

上车后，阿哥就想100分钟不算长，与当年挤站票4小时可短多了。环眼一瞅，便气不打一处来，居然有一半座位没人坐，这是怎么回事？不是说票已经售完了，网上查询也显示没票的呀？害我担惊受怕，白费了九牛二虎之力。

阿哥越想越气越想不通。好在旁边位置是一位美丽少妇，面容姣好，身材苗条，头发如卷云，双眸似红杏，面前用背带挂着个几个月大的孩子，阿哥这才收回了心，不禁连连侧脸看了好几次，有此美妇在侧，也不枉千辛万苦也。过了第一个站，孩子哭了，美少妇犹豫了一下，毅然捞起衣露出白皙的奶子便给孩子喂奶。阿哥默默地转过头朝窗外看去，不是阿哥不想看，更不是阿哥品格高，而是从车窗玻璃里反着看也很清晰，看得更安心。阿哥窃笑，一日晦暗心情顿消云外。

（朋友胜海提供初稿）

高铁站与火车站

阿哥精明与糊涂并存。严格说来是在大是大非问题上很是谨慎，从未出过原则性错误，但在很多小事上却常常犯糊涂，闹了很多笑话。比如那次阿哥带队赴上海学习，为了亲自掌握网上购票流程，以免以后像其他领导一样什么都得依赖年轻人，阿哥亲自学习上网预订车票，订了4月27号下午4点55分从桂林返小城的高铁票，当大伙儿从上海坐火车抵桂林时是26号下午4点，赶赴桂林高铁站时，服务员一糊涂，阿哥便顺利进站了，可人伙儿却被挡了，服务员说："你们这是明天的票呢！"大伙儿一看车票，全傻眼了，还得等24小时呢。

再如，阿哥曾带队出差济南。返程前一天，阿哥说："我已订了明天下午6点50分济南飞贵阳的机票，大家有足够的时间游泰山。"当大伙儿乘旅游大巴从泰山抵机场时刚好是下午4点10分。反正离登机还有两个多小时，大家慢悠悠排队取登机牌、索取发票、办理托运手续。突然一队友说："梁书记，你不是说订的是下午6点50分的飞机吗？怎么是16点50分了？"阿哥一看，顿时吓出一身冷汗，自己将16点看成6点了，办完手续、安检，只有不到20分钟飞机就要起飞了。幸好上天庇佑，飞机晚点，大伙儿才紧赶慢赶，满头大汗在登机门即将关闭时赶上飞机。

放暑假了，读大学的儿子小青回来了，阿哥决定利用州庆假带家人上爽爽的省城消夏两天。晚上，美女同学吴菊邀几个在省城的同学一起宴请阿哥一家，尽兴地嗨了一夜。第二天，吴菊又带阿哥阿嫂一家游了黔灵公园、动物园，爽爽的省城真让从火炉般的小城来的阿哥阿嫂足足爽了一把。

第三天，得返程了，阿哥已有数次手机上"去哪儿网"购机票车票住宿票的经验了，这还得益于阿哥不服输，凡事要亲自掌握才放心的个性。早上起床上网一看，10点13分D2816次省城北发往广东南的动车票还有29张，阿哥先尝试买了自己一张，成功，立即添加阿嫂和儿子，却已出现"余票不足"。怎么办？阿嫂说："你坐这趟，我和儿子坐下趟得了。"于是，阿哥为阿嫂和儿子买了10点45分动车票。

10点10分，阿嫂和儿子小青准时赶到高铁站售票大厅排队取票，只见阿哥也站在改签窗口排队。阿嫂很是诧异："你不是早就出来了吗？还不上车？动车马上就要启程了呀？"阿哥嘴巴一歪，说："嘿，堵车误点了，改签吧！"

阿嫂一听就火了："鬼才信你哩，我们57路公交一路过来都不见堵的，是不是又与老同学约会去了？说！看你们这两天的亲昵劲儿我就知道你们关系不正常的！"阿哥心里那个苦呀，比黄连还苦十分呦，懊恼得直想往地下找条缝钻下去算了。

原来阿哥确有难言之隐。

省城什么都好，就是人多车多堵多，为保证提前进站不误点，阿哥一个人早早便上街吃早点了。早点摊边便是公交站台，阿哥起身一查看，43路终点站不就是火车站吗？为什么非要按吴菊交代的坐什么57路呢？9点整，阿哥没多想便上了43路公交，阿哥一路不是看风景便是发微信看QQ写说说，没时间多想，可一到终点站，抬眼一看四周便傻眼了，这哪里是高铁站？分明是省城火车站呀！原来自己将火车站当成高铁站了，高铁是火车，火车却不一定是高铁呀，如此低级的错误竟然再次发生在阿哥书记身上，真是羞于人前启齿也。

即便阿哥一下车便拦了的士直奔高铁站，已过10点，来不及登车了！打的费100元，远超高铁票价了呢。

大姨妈很正常

阿哥出差广西，阿嫂千嘱咐万交代一定要绕道环江县去看望80高龄的大姨妈，阿哥遵命去了。

阿哥本是工作狂，以前在乡镇工作，十天半月不着家是常事，料理儿子的生活起居、上学读书、辅导作业、开家长会甚至去学校处理关于儿子的纠纷，几乎是阿嫂一人全包了，阿哥心里很感激阿嫂的默默付出，才让阿哥没了后顾之忧，能全身心投入工作，一家人日子过得忙碌而充实。一晃，儿子小青上了高中了，更需要关心了，阿哥也回城工作了，但依然忙碌，几天不着家还是常事，还是阿嫂一人在操心。想当年小巧玲珑的漂亮苗姑王兰草，经过十几年的时光洗礼，变成了一心扑在儿子身上的家庭主妇，哪有闲心关注自己的容颜呢。可人的容颜和身材不在了，一直挎个脱皮的包晃过街头巷尾，在朋友欧阳的一再提醒下才换了个包，还是阿哥去上海学习时在海宁买的。

总算熬到儿子上大学了。虽然经济支出大了许多，但见阿嫂从此变得开朗许多，也不怎么管阿哥在外忙应酬的事了，阿哥也挺高兴的。阿嫂心情轻松后才发现自己已一只脚跨入不惑之年，也该关心一下自己享受享受生活了。于是，在阿哥的支持下，阿嫂下狠心考了驾照，并买了一辆橘红色小车，一有时间便与朋友们一起外出游玩。并且在欧阳的带动下，阿嫂学会了美容护肤甚至美体保健，不多时，一个更加成熟的中年美妇回来了，让阿哥见了也直点头："打扮点好呀！"

在家庭支出上，阿哥阿嫂是分中有合合中有分的，自己管自己的存折，但大笔支出得统筹安排。买车后一系列支出加大，加上儿子上大学的学费生活费，拮据的窘态不时出现。

就在阿哥出差广西的这几天，阿嫂看上了一款美容美体保健护理产品，每周两次调理，5000元，可一看存折上只有1000元钱了，于是便想向阿哥伸手。

阿哥本来就是个不注重衣着打扮的人，对阿嫂一直跟着欧阳、水珍们洗面洗脚护肤购物什么的颇有微词："这些婆娘如今怎么了？女人画点淡妆就行了，衣着太过讲究反而失去本真呀！"就差"太浪费"三字没出口了。

阿嫂也知道阿哥不赞同自己购买美容美体产品，如今，怎样才好开口向阿哥要钱呢？思前想后，决定通过微信打开阿哥捂紧的钱口袋。

"老公，在广西好玩吗？见我大姨妈了吗？"阿嫂先套套近乎。

那头的阿哥正在与大姨妈聊天话家常，看到阿嫂的短信一愣，以前都是直呼老梁的，现在突然称老公了还不习惯呢。便回了一条短信："◎◎◎◎◎老婆大人，我在大姨妈这呢！"

"才给儿子寄了生活费，又给车子交了保险，没钱了！"

"小事一桩，回来我取1000块钱给你，够了吧？生活上用不了多少钱的。"

"嗯！前些天跟欧阳上街，看了一款蛮好的东东耶。"

阿哥又是一愣，跟欧阳瞎串准没好事，又是购物又是美容美体护肤什么的，家里洗漱间里摆了各式东西，像乱七八糟摆放的兵马俑，阿哥嫌挡路。便回了个"嗯"！

"这段时间，身体不太舒服，大姨妈也不正常，我想去调理调理，你说是不？所以……"

这中年女人就是事儿多，这些都是欧阳们带出来的，直接怀疑这护理店里欧阳有股份，上次撺掇阿嫂去什么媛缘堂购买了一次产品就花了4800元，那混账经理还说什么，30次护理，划算之极，是邻区熟客打了8折了，别人是6000元整一分不少，还叫她不要去外面说，免得别人有意见。阿嫂高兴得嘴巴都合不拢，但不久阿嫂就有点不喜欢这店了，最后还是阿哥带了几个朋友才去消费完最后几次的。

现在阿哥一听又是调理呀护理呀什么的就鬼火蹿，这中年女人的钱也太好赚了嘛，合着自己就是为这无聊的美容店工作了？这次不能轻易就让护理店赚这钱了。还要装点新潮样，明明是月经不正常嘛，偏要说成什么"大姨妈不正常"，真是撞上你的大头鬼了。阿哥决定装憨，在手机上划拉了一下，一条短信发出了。

"老婆，我在大姨妈家呢，她老人家身体还好，没有不正常，你放心好了，不用着急的。具体情况我回家再向你大人汇报，我先忙去了。"发完便不再理阿嫂了。

"我这'大姨妈'是你那'大姨妈'吗？你这傻猪头😠😠😠😠💣💥🔪🔨"那头的阿嫂怒不可遏！

一个人打麻将也输钱

月亮山区乡镇，路途遥远，路况又差，去一趟县城得翻山越岭上下颠簸三四个小时，乡镇领导不可能常常回家度双休。闲暇时间多了，几个干部聚拢来在一起吃饭，免不了要喝几盅，搓几圈麻将。阿哥在同事们的培训下，由开始的三缺一时顶一下逐渐成长为"角子"，技术虽差但还颇有"麻运"，常有进账！被同事们称为"烂麻术，好麻运"。阿哥却从不谦虚，大言不惭："可以迷信哥，哥不是传说，不让你们输得成光屁股，你们不会知道锅儿是铁造的！哼哼！"

可谓风水是轮流转的，麻将无常赢，生活无常顺。这人呀，只要一倒霉，喝口水都塞牙，这段时间快乐的阿哥就颇为不顺。

县委的大扶贫战略启动了，尽管摆牛村的王老扭、于老田、王老窝是糊不上墙的烂泥巴，但阿哥可不能就此打住不管了呀，几经考虑，阿哥终于为他们量身定制了一个项目——养殖黑山羊。摆牛村地处高寒，村民居住分散，地域广，荒山多，很适合放养黑山羊，于是，阿哥特意在局里安排了这个扶贫项目，高高兴兴地将消息告诉这三户，想不到的是他们竟然不想要。

政府的帮扶项目多，真正通过项目实施脱贫致富的有很多，但因为实施脱贫项目不成功反而更加贫困的确实不少。比如香猪东移项目，当东部农户大量发展香猪养殖后，销路不好，价格大跌，亏老本了；再如那年H7N9禽流感爆发，养鸡项目农户大量成鸡不准外销，天天得保证饲料，气得农户干脆把鸡挑到镇政府门口来讨说法："以前我只是贫困户，现在我已经是极贫户了，书记你看怎么办？"这可闹大了，县里差点出动警力。所以，很多农户对项目不敢接手，觉得风险大，不如外出打工钱来得快，来得稳，没风险。

阿哥费了九牛二虎之力动员老扭三人当示范户，领养了政府无偿提供的10只黑山羊。这黑山羊吃得多，长得快，个头大，肉质美，不出几个月便发展到每家20多只了，真是一个好项目，老扭高兴坏了。岂料好景不长，有一天，老田家的黑山羊莫名其妙地死了两只。阿哥得到报告后，立即安排农牧局的兽医专家进山调查，结果，发现这是一种高致病性口蹄疫，而且黑山羊是外来品种，携带的病源对本地山羊有严重危害。为保证安全，所有黑山羊必须就地填埋，为防止农民无知掘坑取羊，还得派员日夜值守，直到一周以后才离开。

项目是县里引进的，在摆牛苗寨的组织实施却是阿哥亲自动员进行的，扶贫扶不成，政府还得花一大笔钱才勉强完成扫尾工作。连续坐镇摆牛村值守十几天，阿哥憋屈苦闷难耐，星期六回县城，又被老坏几个把兄弟拉去接风压惊。都说闷酒伤身，才喝平日酒量的1/2，阿哥就有醉意了，说："不喝了，打麻将去！"于是大伙儿另起炉灶陪阿哥打起了麻将，也该阿哥背时，阿哥手臭之极，从一上手就没赢一盘，越打越输，越输越打，不出两小时，阿哥的荷包便空空如也，只好提前告退。

回到家里，家里也空空如也，阿嫂与欧阳们跳广场舞去了。阿哥一个人呆坐在沙发上瞎想，越想越气，这段时间难道是我的背时期？做什么都不顺，扶贫越扶越贫，酒量越喝越小，麻技越打越差，竟然被老坏这几个三脚猫掏去了几大千。百无聊赖的阿哥就是不服气，干脆将自家的麻将桌摆开，趁酒意玩起了一人麻将，将四张大团结和四罐啤酒分别摆放在桌子的四个方向，转着圈摸牌、看牌、出牌、叫牌、和牌，一边喝一边打，玩得不亦乐乎，越打越过瘾，竟然喝了八罐啤酒还打不完一局，颇有些醉意了。忽觉尿泡胀得不行，急忙跑进洗手间一泻为快，又觉得闷热，干脆哗哗哗放水淋了个澡。

阿嫂跳完广场舞后又被欧阳们带着去一家新开的洗浴中心舒舒服服泡了个澡，哼着小曲回到家里，一看到平时不动的麻将桌上竟然有牌有酒有钱而无人，也颇感奇怪：什么人在一起还边喝边麻的！突然会心一笑，将其中一张大团结揣在手上，悄悄进房休息了。

阿哥从洗手间回到桌上，一看桌子上只有三张大团结了，更加诧异不已，满地翻找，了无踪迹，只有长长地叹了口气："唉！这人背起时来喝口凉水都塞牙，一个人打麻将都输钱，不打了！"收起三张大团结，和衣倒在沙发上呼呼睡去。

一百元买来的教训

阿哥喜欢吃鱼，其中尤其喜欢鱼生和烧鱼，但自从那年在新惑村里吃了大粪喂食的田鱼鱼肠后，再也不吃鱼肠了。见钓迷们买充气船、夜营包、野营帐篷、炊具，"一去几十里，垂钓六七夜，带回四五条，高兴两三天"，其痴迷程度一点不比"摄鬼"们逊色，阿哥就想不通："难道钓鱼比吃鱼还舒服？"

自从阿哥跟随老坏、老田、阿超几个铁杆钓客屁颠屁颠去四寨湖守了几天竿后，才深深体会到其实钓鱼不但是休闲、修心、养性的最好方式，还是一门大学问，里面有很多技术问题呢，如何选址、打窝？何时下钓？放何种钓？放什么饵？钓何种鱼？如何起钓？如何钓大鱼等都很有考究的。亲历后才逐渐理解钓客们的"疯狂"行为，并迷上了钓鱼呢。

理论上，新手也是可以钓上大鱼的。开始一段时间，阿哥的收获只是些小鱼，见邻居们一阵阵惊呼，知道是有大鱼上钩了，心里便痒得不行。怎么来我这里的全是些小不点呢？何时才让我老梁也惊喜一回呀！阿哥收回心思，目不转睛地盯着自己那一排钓竿，希望自己的钓竿突然晃动并拉弯，最好是被拖走，那就是大鱼了。可自己的竿却始终纹丝不动。

那天下午，突然传来邻居阿超的惊呼声，阿哥一扭头，只见阿超脸上笑开了花，手里的钓竿在晃动。阿哥比阿超还兴奋，好像是自己的竿钓上大鱼一般，立即丢竿跑向阿超，看到一条大家伙在岸边游动，阿超手中的钓线时紧时松，就是不起钓。阿哥急了："你怎么拉来拉去不起来呢？"，想上去帮忙，被阿超喝止了："你帮得上忙吗？这么大的鱼，起码15斤，用力起钓的话，不是断线就是脱钩。""那何时才能拉上来？""没办法，只有不停地牵着它游泳，这大家伙累垮了后我们才能下河抱上来，现在只能慢慢跟它耗力气，没一小时工夫是不行的。"原来如此呦，看来真得学呢。

见阿超悠闲地牵着大鱼在河里来回游泳，动作潇洒至极，阿哥羡慕极了，竟然忘了自己还有一大排钓竿要看呢，央求阿超让自己也来拉拉，提前享受钓上大鱼的幸福感。可阿超怎肯相让？操作稍有不当，大家伙一定会脱竿而去的。阿哥急了，掏出一张大团结硬塞在阿超上衣口袋里，说："我就用100元买1分钟行不？你就让我拉拉嘛！我听话就得了，你叫我咋个拉我就咋个拉还不行？"阿超说："老梁啊，实话跟你说，你就算是拿1000块，我也不可能放手交竿给你的，钓鱼最大的快乐全在起钓，看你诚心学习，你可以搭把手上来分享一下，也实地学习一下如何钓大鱼。"于是阿哥双手轻轻搭在钓竿上，跟着阿超牵着大鱼不停地在水里游来游去，游去游来，幸福感涨满脸上。

十多分钟过去了，见阿哥迟迟不愿收手，阿超只好下逐客令了："这样吧，你先回去，说不定你那里也有大鱼上钩了呢，半小时后你过来帮我下河抱鱼，我一个人还真不行呢！"阿哥才恋恋不舍地从钓竿上抽回双手，向自己的钓位走去，眼睛还盯着水里游泳的大家伙。

刚回到自己的钓位附近，就看见自己那根大竿晃动不已，并一直向下弯，阿哥大喜，这不就是传说中的大鱼吗？你终于来了。于是一边惊呼一边跑，眼看钓竿要被大鱼拖下水了，阿哥急了，迅速拉起钓竿，大鱼一阵猛烈跳动，掀起一阵大波。忽然阿哥觉得手上的鱼竿一轻，竿迅速上扬，只见竿上只有钓线，鱼和钩已不知踪影。

阿哥气得一屁股坐在地上，两手把大腿拍得山响，脸上、脑门上全是汗水，看来这100元买不来经验，买来的还是教训呀！

关门背书

　　机构改革调整，机关不再设专职党组书记了，党组书记阿哥的工作岗位还在调整中！

　　"两学一做"学习教育在单位里本来是阿哥书记主抓的一项重要工作，阿哥认识到位，抓得及时，全体党员干部积极支持，自觉学习，效果显著，深得县委的肯定，这让阿哥很是放心。上个月末，受县委安排，阿哥与一众党组书记赴井冈山学习考察，时间为半个月，这既是学习提高，同时也是休息调整，是组织的照顾，是工作的需要。期间考察了很多地方，颇有收益。

　　可就在此期间，县里下发了新的关于"两学一做"学习教育的学习资料，下文要求全体党员干部必须加强学习，深刻领会，州委组织部要在全州进行实地抽查学习情况，抽查时要面对面提问党员干部，内容就是下发的学习资料，这是当前最重要的政治任务。县委高度重视，为加强督查，保证质量，县委组织部提前深入县属各单位部门抽查学习情况。为此，各单位党员干部都在积极准备中。可阿哥外出学习，学习内容和抽考方式一无知晓，相关工作全部由党支部直接安排。

　　阿哥学习回来，下午便马不停蹄赶到办公室上班。在楼梯口见即将退休的老张左手拿撮斗，右手拿扫把，匆匆下楼来，明显的清洁工模样。老张从不主动扫地的，阿哥有点奇怪，便问："多彩贵州大检查？"老张见是梁书记，急忙拉住阿哥轻轻地说："书记来了，这哪里是多彩贵州大检查呦，是'两学一做'学习检查呢，州里来的干部突然袭击，按名单一个一个办公室检查的，谁叫你抓得这么好，我们成典型了呢，上级来考察了。"阿哥一惊，心想，别考得太差才好呦！"刚才我隔壁的光明有好几个问题答不上来呢，我一看，我老人家哪会记得那些呀，干脆下楼扫地去，以实际行动践行'两学一做'去。"老张头说完，急忙带着扫把、撮斗要走。

阿哥心想，真是"骑马遇不着亲家，骑牛遇着亲家"，自己是主抓的，如果回答不上，那不是给单位出丑吗？阿哥顿时觉得问题的严重性。怎么办？来上班了又不好潜逃回家呀！更不好与老张头一起装清洁工去一楼扫地的。见书记犹豫，知道也难应付过关，老张头回过头来说："书记，要不这样，你悄悄进办公室去，他们走了我再打电话告诉你。"阿哥一听，好办法，于是，阿哥便躲进办公室，顺手反锁了门。

办公桌上果然摆有一大摞学习资料和文件。没办法，阿哥只有抓紧时间看文件要求，看学习资料了，死马当成活马医，能学多少是多少了，以防万一被抽考倒不至于一无所知丢丑呢。

正当阿哥聚精会神加班加点补课时，门口突然响起了哒哒哒的敲门声，还有人在门外走来走去，阿哥一惊，坏了，一定是州检查组按图索骥找到党组书记办公室来了，难道真的要一个不漏检查提问不成？反正只有老张头知道我学习返程来上班了的，我装憨，就是不开门，你能奈我何？想考我？没门！于是，任凭敲门声紧，阿哥就是按兵不动。

好久，才听老张头在门外喊："书记开门，是我，他们走了！"阿哥才知是虚惊一场，虚汗直冒。阿哥听是老张头，才打开门，还伸出头看了看检查组是不是真的走了。老张头见阿哥满头是汗，故意奚落："书记你真用功，这么凉的天都学得满头是汗呀！都像书记这么用功，还怕他们来考？"阿哥只有嘿嘿干笑。

原来老张头将手机落在办公室了，无法电话通知阿哥，见检查组走了后才丢下扫把回来敲门通知阿哥的，害阿哥受惊不浅。

酒后失言

要说阿哥酒量好在小城可是威名远播、有口皆碑，要不怎么会有"梁八斤""十八瓶"等的名号呢，但武功再强的剑客也有折剑江湖的时候，阿哥亦是如此。

那年秋天，全县上下都在迎接省政府对小城"两基"验收。为提前发现问题及时整改，斗山镇分组对全镇中小学和各村实施地毯式排查。阿哥书记率一众干部在归省村村委会召开"两基"汇报会和自查反馈会，恰好下了一场透雨，村委会前的场地一片泥泞，无处落脚。梁支书趁机向阿哥书记提出支援几吨水泥硬化场地的请求，阿哥当即答应解决，并将目光射向同行的鬼师："曾校长，5吨水泥也不是大数字，你们学校挤点经费支持一下如何？"鬼师想5吨水泥加运费不过1250元，就爽快答应了："好的，明天就来拉。"

村里的干部见不到两分钟就解决了问题，很是高兴。在村里的鼓楼吃晚饭时，梁支书召集了村里能喝善唱会讲的妇女们前来轮番唱歌敬酒，阿哥本来就是能唱喜唱之人，山歌、敬酒歌、大歌、拦路歌张嘴就来且声音高亢，见有歌手捧场，大为高兴，一首首唱下去，一杯杯喝下去，一向坚挺的阿哥在醉人的敬酒歌里陶醉了，真醉了！

天上还在下雨，阿哥踉跄出门，又是一脚泥，有些光火："老梁，你——你们的路也——也太烂了，也该硬——硬化了。"阿哥一醉酒就有点结巴。

"书记呀，我们也是这样想的呢，正想向你汇报呢，沙子都准备好了，就是差点水泥啰。"

"差——差多少？ 10吨够——够不？"

"10吨只够硬化从村委到鼓楼这一段哟。"

"步道全——全硬——硬化，要——要多少吨？"

"60吨够了。"

"那——那好，明——明天，来拉得了！"

旁边站着的鬼师着急了，他知道这同学书记已醉，有点信口开河了。便轻轻提醒："梁书记呀，这下雨天没处放水泥哩，还是先莫忙搞吧？""搞，必须搞，人家老百姓沙——沙子都准备好了，马——马上动工，就不——不要找地方停放了。"阿哥大声嚷嚷。在场的归省村民们一听书记又表态了，大伙一阵欢呼，欢送歌又起。

鬼师拉过梁支书，笑着说："中学那5吨明天就去水泥厂拉，没问题的。只是今天书记醉酒了，那60吨水泥的事你们自己可得盯紧哟！"

第二天一大早，阿哥才踏进政府大院，归省村的梁支书便迎了上来问要60吨水泥。

"60吨水泥？有这事？"阿哥真记不得了。

"说了的，不信你去问中学的曾校长，曾校长还答应我们5吨水泥，正在装货呢。书记说话要算数呀！"梁支书一听急了，马上将曾鬼师抬了出来。

阿哥猛然想起要中学支持5吨水泥的事，但怎么也想不起60吨水泥硬化步道的事了。不过既然有曾鬼师作证，想来自己应该在酒后答应过的，可政府穷得响叮当，一时间又去哪里弄这么多水泥呀。想了想说："那等我想一下办法再说，你们莫忙动工。"

接连几个星期，归省村的梁支书隔三岔五就来向阿哥讨要60吨水泥。阿哥确实一时想不到解决办法，无法面对老百姓，所以，一听到楼梯口有归省口音的说话声，阿哥便若惊弓之鸟般夺门而出。如果来不及逃走，干脆反锁办公室门，任谁敲门都不开，直待梁支书们走了后才敢开门。

一天，曾鬼师带着一脸坏笑对阿哥说："你也晓得跑？看你以后还信口开河不？""嘿，酒后失言，都是酒和歌的错。"阿哥无奈地摇头。

第二辑　温暖港湾

新郎去哪儿了

众所周知，阿哥爱酒重义，生活上不拘小节，大大咧咧，但有时有些过头了，比如新婚那一天发生的事就让阿哥在为人上掉分不少。

话说当年在西部乡镇工作十余年后，几经波折终与小自己12岁的小王姑娘喜登鹊桥，阿哥那高兴劲儿也就甭提了，家人也放心了，积极张罗着为阿哥完婚。时间就在这年初春，主婚的是大伯老拱。

阿哥家这一片的侗家有个风俗，大凡婚丧喜事，都由亲友主事，喜日当天其余事项均由亲友操办，主家是不必太操心的。这天上午10点，老拱大伯说："天平呀，你骑摩托车快，去镇上找大厨安鸠过来商量点厨事，顺便带20斤蒜苗回来。"阿哥正闲得无聊，老婆有人接，已在来路上了，厨事更不用操心，招待客人拱伯全部安排停当，新郎的任务，只等下午4点新娘进家，按侗家仪式从大门将新娘背进神龛下拜了祖宗和家中老人，再抱进新房即宣告大婚告成。

阿哥心情极好，虽称不上"老夫少妻"，却也是"大夫小妻"，苦等12年终于修得正果，将娇小漂亮的阿嫂娶进了家，为家族解决了个老大难问题，怎能不令阿哥心花怒放呢。阿哥家离镇上也就七八里路，只几分钟路程，阿哥吹着口哨驾摩托驶进街口。忽听有人在喊："天平！天平！"，阿哥停车一看，路边的粉店边坐着两人，原来是小学同学德云和卫东，一人一碗米粉半只猪蹄两瓶啤酒，正在悠然地喝早酒。

"新郎官，这么巧？来一杯！"德云热情站起相邀。阿哥本来就对啤酒情有独钟。于是，泊车路边，车未熄火人不下车接过一杯张嘴便干了，那透心凉的舒爽感在阿哥的脸上表露无遗，简直是人间的顶级享受也。

止想驾车离开，卫东一把拽住阿哥："兄弟，知道你今天大喜，我和德云也要去喝你的喜酒的，不忙，喝两杯再说。"阿哥忙说："不行呀，我拱伯找安鸠有急事，我得找他去。"德云说："这可巧了，安鸠刚从这儿出发去你那儿帮忙的，你这杯子就是安鸠刚才用的，你俩没碰见？我哥俩喝了这酒再去，不用找他了。"阿哥说："我还得带20斤蒜苗回去呢，厨房急用的。""哈哈，刚才安鸠自行车上的大捆蒜苗怕有30斤还不止呢，有大厨操持哪有还要新郎操这份心的道理呦，这可不是我侗家汉子的风格哟！"德云责难开了。"难道我和德云没结过婚？仔都8岁了，还稀罕结婚呀？哪像你这样的呢，我们当时是完全不操心的，这才是我们的风俗呢，来来来，做一个像我们侗家汉子的男子汉，先喝酒，保证误不了婚礼和喜酒的！"卫东又在添油加醋。原来阿哥与德云、卫东、安鸠打小在一起，后来，阿哥当了干部，德云、卫东二人做了生意，安鸠成了厨师，四人就很少聚一起了。他们三人早已成婚，就只有阿哥一直单着无着落，如今就为了阿哥这晚来婚，三人特意相约一起前来庆贺的。

二人一唱一和，说得也似乎很在理，阿哥无语了，一狠心，喝就喝，不就是一杯啤酒吗？干脆下车入座。卫东再叫来两只猪蹄，五瓶苦瓜啤酒，说好了一人三瓶即止。阿哥端起酒杯便一杯一杯干下去，三兄弟越说越投机，越喝越来劲，老板不断送酒，地下的空瓶越来越多，时间越来越长，三人从轻言细语喝到豪言壮语，终于喝到胡言乱语，鼾声如语，竟将今天的喜事抛到九霄云外了。

话说接亲队伍于4点准时抵家，结婚仪式即将开始，却急坏了拱伯和父母，家人找遍了村中的各个角落，始终找不到新郎阿哥的影子。吉时是天定的，不可错过，无奈，拱伯只有宣布婚礼正常进行，一场没有新郎的婚礼开始了，好在新娘是苗家，风俗不同，只重结果，且阿嫂早已是阿哥的人了，也就不太过计较了。

突然，堂侄阿炳从门外闯入，说有人在镇上看见我叔站在墙边呢！

家人和阿灯急忙喊了一辆三轮赶到街口，粉摊边堆了三件苦瓜啤空瓶，果然见阿哥两手和头抵墙，呈小三足鼎立之势，两腿叉开直立，身弯为弓，呈大三足鼎立之势，稳稳地定在墙边，屁股还左右有节奏地摇摆，姿势十分搞笑。

侄儿拉他离了墙头，搡上三轮，阿哥一看，呢喃梦语般说："德云和卫东这——这两个狗——狗东西果然跟我喊三轮车来了呢，还真——真讲义气！"

其时，德云与卫东二人还靠在阿哥身边的墙上勾头酣睡。原来此前德云说："平哥，你站——站在墙边等着，我喊——喊三轮车拉我——我们几个去喝喜酒，误不了的。"

车坏摆门坡

年过而立的阿哥终于与刚满21岁的王小草姑娘走进了婚姻的殿堂。婚后的阿哥对阿嫂百般呵护，唯命是从。

阿哥是乡里解决各种疑难问题的精兵强将，主动承担了面积最宽、条件最差、最边远、最困难的西部8个行政村的工作，全面负责这个片区农村经济、教育、卫生、安全等社会发展的指导工作，干部职工私下戏称阿哥为"大骗子"（大片长），当然下面每两个村还有一个驻村干部，人称"小骗子"（小片长）。这个片区民风淳朴，群众热情，阿哥很快与群众打成一片，工作推进力度大。

片中有一自然寨，名叫"摆门"，是深入该片区的必经之路，寨中有户人家有三姐妹，一个个亭亭玉立，伶牙俐齿，楚楚动人，最重要的是三姊妹外出打工，见过世面，接人待物落落大方，恰到好处，真是逗人喜欢。阿哥每次带队下村，工作完成后都要带弟兄们在此停留一宿，与三姐妹打油茶喝，煮鸭稀饭吃，喝酒唱歌，其乐融融。每当此时，阿哥便会以工作组的名义向书记、乡长报告：工作组各项工作任务已顺利完成，但在摆门坏车了，不能如期归队。久而久之，乡领导自然知道"坏车"的奥妙，但念及阿哥一行工作辛苦，故笑而默许。

时逢阿嫂身怀六甲，心烦气躁。恰好阿哥又要带队入片狠抓教育工作，保学控辍是这个片最压头的任务，群众的教育意识不强，辍学打工现象严重，必须下大力组织教育宣传、执法，确保学生到校上课。该片村民居住分散，路况又特差，工作难度很大，这一去也不知几天后才能回呢，阿嫂只能自理了，临行，阿哥买一只大猪脚存于冰箱。

第三天，阿哥打来电话，又在摆门坡坏车了。阿嫂似有所察，摆门在哪里呀？怎么每次都在摆门坡坏车？为何在其他村寨车子不坏？再说阿哥走后，冰箱里只留下一只毛茸茸的大猪脚，阿嫂又不会弄，乡里三天才杀一头猪，每次都是一抢而光，阿嫂行动不便，自然抢不到肉，每日只能就着韭菜、酸菜下素饭，味同嚼蜡，这时候正是需要大补身体的时候，我可是养着两个人呢！韭菜、酸菜能养人？阿嫂越想越气，打开冰箱，拉出冻得硬邦邦的大猪脚，只听见"嗖"的一声，猪脚飞到办公楼兼宿舍楼背后坡的杂草丛里去了。

第二天清早，阿哥回到家中，阿嫂气不打一处来，高声质问："为什么每次都在摆门坡坏车？我一人在家什么都没得吃，天天酸菜下饭，你是什么意思？"

阿哥一听，打开冰箱，猪脚不见了，也扯高嗓门吼道："我们这可是下村工作呢，又不是去玩！没得吃的？你一人三天吃一只五斤重的大猪脚，还说没得吃的？"

阿嫂听罢，更气，挺着大肚冲到窗前，一把推开窗户，指着楼下那片杂草丛说道："你的猪脚在下面！你吃去！"

阿哥见自己特意留下的大猪脚竟然被扔到坡上了，也很生气，气得"哼哼哼——"，指着阿嫂说："你怎么能这样呢？你，你——！"

二人的争吵声一波高过一波，楼下办公的书记、乡长及20多号弟兄、姐妹洗耳恭听，全楼窃笑。时任书记又是个俏皮喜好搞笑之人，干脆走出办公室，到楼下院坝木凳上坐下细听。

阿哥自知理亏，急忙操起一把柴刀下到楼后的杂草丛里一阵乱砍，费了九牛二虎之力，终于找到那只可怜的猪脚，一闻，还好，刚刚解冻，没有臭。

阿哥拎着柴刀和猪脚刚绕到楼前，正想悄悄上楼，哪想书记凑过来细声问道："咦——我们这办公楼后面还有猪脚卖？怪了！好多钱一斤？"

阿哥无言以对，只有歪着嘴巴摇头苦笑。

（朋友盛梅提供初稿）

五爪金龙

有人说赌博是万恶的巫婆，能将一个好人变成个魔鬼。可不是吗，就连温良贤淑如阿嫂者，都曾因赌而变得性情莫测，让阿哥吃过钻心痛的苦头呢。

本来阿嫂是十分厌恶打麻将扑克的，与阿哥结婚后，曾见邻居夫妇双双沉溺"杀拱"，将三岁的女儿反锁在屋里一走了之，半夜里女儿醒来见父母不在吓得大哭。阿嫂心疼小姑娘，到处寻找邻居回家，气愤地责骂邻居走火入魔没人性了！

但就在阿嫂身怀六甲请产假在家静养待产的日子里，麻烦来了。阿哥整天不是开会就是下村处理事务，根本没时间陪阿嫂，阿嫂感觉很是孤独、无聊。其时正是"开心天地"（一种赌博形式）在农村大行其道之时，有人在乡所在地租房开了一家"开心天地"，从此"叮——叮——叮……"的声音响彻夜空，不时还传来"中奖"的吆喝声和鞭炮声，惹得四方八寨的人们纷纷前来下注，小小短短的街上一时热闹非凡，人流如潮，各色人等出没赌厅，夜宵店也应运而生，通宵达旦有顾客，顿时呈现一派"繁华景象"。

阿嫂邻居几个干部家属天天谈的是出没"开心天地"赔与赚的事，并总结出赚钱的经验：庄家是"赔小杀大"，即大赔率赢的概率低，小赔率赢的概率高，只要不贪心，每天小赚十几二十元简直就是轻而易举不在话下，一天生活开销是不成问题了。听得阿嫂蠢蠢欲动，有这等好事？与其待在家里无聊，还不如也去找点生活费？于是挺起个大肚子小试几次果然如此，第一天下了4次就得了8块钱，第二天7次又得了10块钱，第三天虽然赔了10块，但第四天却赚了30块，试得阿嫂心花怒放，反正在家没事就天天往"开心天地"去开心了。

都说"人心不足蛇吞象"，几天的小赚让阿嫂心性高了，胆子大了，见有人因下了50元"1∶40"赔率中，一下子就得了2000元后，阿嫂再也坐不住了，决定也往大投注高赔率上放。殊不知赔率越高概率越低，庄家宣称的"下小赚小"是事实，但小赚其实是渔夫中的鱼饵罢了，而"下大得大"就是赤裸裸的勾引，是庄家描绘的一种虚幻假象了。其实庄家就是通过"下小得小"一步步勾引赌客除却心理防线走上"下大杀大"之路的。绝大多数输家只如丧家之犬般阴沉着脸悄悄退下阵来，不会有任何人为他的倾家荡产妻离子散而施舍丝毫怜惜，因为赌场上只说"赢者为王"，偶尔有人"下大得大"庄家还会在门厅外放鞭炮庆贺，大肆渲染，引得赌客们纷纷往大处下，被"杀"赌客往往是几次就掏空荷包里的钱，灰溜溜败下阵来，溜出大厅。然而赌客的眼睛都是急红的，所谓"利令智昏"，想去想来心有不甘，又筹赌资杀回赌场，企望能在下一次"下大得大"中将所有损失夺回来，这是绝大多数赌客的心理，结果是可想而知的，最终的赢家永远是庄家。就这样，一步步，阿嫂终于将阿哥送的结婚戒指都搭进去了。

事情终于被阿哥知道，阿哥终于爆发了，阿哥在一天傍晚冲进"开心天地"大厅里，怒气冲冲地一把将"只有观望之心而没有下注资本"的阿嫂揪了出来，拽回宿舍楼，在众人面前将阿嫂抵在墙角里动弹不得，还在阿嫂脸上留了五指印。阿嫂自知理亏，没有反抗。

晚饭后阿哥气得喝了几杯米酒便上床睡了，阿嫂躺在床上，想到自己输了这么多钱，连结婚戒指都赔了，心里便气得不行。想想阿哥不但不怜香惜玉，明知自己即将临盆还要在众人面前羞辱自己，这没良心的羞辱了自己不但不后悔不道歉反而安逸得像一头猪一样呼呼大睡，便越想越气，一咬牙，右手"五爪金龙"朝阿哥下身狠狠抓去。痛得阿哥"唉啊"大叫一声从睡梦中醒来，见阿嫂咬牙切齿恶狠狠地抓住自己的命根不放，嘴里还不断重复着"以后还打我不？"此时阿哥清楚，阿嫂还在气头上是硬碰不得的，只要阿嫂失去理智再用一点力，阿哥这命根便彻底完蛋了，更何况今天自己实在不该失去理智，自己太过分了。好汉不吃眼前亏，立即忍痛低声央求："老婆，老婆大人，我再也不敢了，再也不敢了，再说了，大人打架不兴抓这个的，哪里兴抓这个嘛？"许久，见阿哥那痛苦的表情，阿嫂才渐渐消了气，放手了。

阿嫂阿哥的"五爪金龙"都给对方以致命的教训，从此阿哥再也没动过阿嫂一个手指头，对赌博更加深恶而痛绝之。经此一役，阿嫂也从沉溺赌博的噩梦中醒来，忍痛"金盆洗手""重新做人"，再也不去"开心天地"寻求扳本了。之后不久，"开心天地"便被政府取缔，阿嫂学会了麻将，但能牢记教训，打得都不大，无聊的时候总算有了新的消遣，也不能不说是件好事了。

我们的好乡长

别看阿哥喜欢喝酒，但对后厨之事一直不在行，也不用心。没结婚前与同事搭伙或在食堂里吃"大餐"，伙食团里有的是好厨手，根本不用阿哥操心，因此阿哥落得清闲，大多做的是饭后工作——洗碗，这事简单。结婚后有阿嫂当家主内，自己又是领导，工作忙，应酬多，就更不用阿哥出手操刀掌勺主厨事了。

话说又是一个夏天的双休日来临，出城太远，干部们都是在山上度周末的，不过山上比城里凉快多了，政府大楼里的干部只有自己找乐子消磨这长长的夜晚了。下班后，楼上的陈副乡长硬拉阿哥去搓两把，说三缺一，领导也要与群众打成一片嘛。自从阿哥在城里定了一套房子后，为还房贷，阿嫂便把持了家里的经济命脉，阿哥常常自我调侃："我的荷包比脸还干净嘞！"所以打麻将就相当于要了阿哥的命了，更何况阿哥对麻将始终提不起兴趣呢。但同事诚邀又不好硬推，只好对在厨房准备晚饭的阿嫂说："老婆你去顶，今天的晚饭交给我负责。"

阿嫂身怀六甲，在家静养待产，无聊之极，真是想睡觉就有人送上枕头了，于是草草交代后便欣然上楼了。阿哥见阿嫂其实将晚餐的菜已准备停当了：西红柿炒蛋，五个鸡蛋调好了，西红柿切碎了，葱花备好了，还有就是南瓜花煮汤，蒸茄子，这都是他最爱吃的。

太阳就要落坡了，该到晚饭时候了，阿哥也准备好了，看着自己准备的菜，色、香、味俱全，很是诱人，忍不住想先尝为快，于是动手夹了一小块西红柿炒蛋放进嘴里，顿时一股强烈的味道刺激得阿哥将炒蛋吐出——太咸。

原来阿嫂在调蛋时已先放了盐，阿哥不知也不问，平时对放盐的适度就比较茫然，想当然地又加了一大勺盐。孕期的阿嫂最忌重口味的，一般喜清淡，怎么办？不可能倒了呀。

阿哥急中生智——稀释盐味。于是急忙又拿来5个鸡蛋，打碎，将炒好的蛋倒入一起调匀，入锅复炒，一会儿一大碟西红柿炒蛋便出锅了。阿哥不放心，又夹了一块尝尝后，依然眉头紧锁——咸！心里直骂娘，今天这盐巴质量怎这高了呢？阿哥真急了。

阿哥真不愧是阿哥，端着炒蛋敲开了一楼小兰家。小兰家就是附近村的，为人又好客，经常有村里的亲友来访，都要留下吃个便饭才走的，村里人不论菜好菜孬，有酒就行。阿哥见几个老乡正在就着几样简单的菜下酒，便喊小兰出门口悄悄说："你们快帮我把这碟蛋吃了，否则，我要被你嫂子骂死嘎了的！我马上另外炒给她。"

小兰笑嘻嘻地接过菜，进屋说："我们梁乡长见你们来嘎，我这又没得什么菜，特意炒了鸡蛋亲自送来给你们下酒呢。"

老乡们无不激动地说："感谢乡长，梁乡长真好，真会体贴我们农民，真是我们的好乡长！"小兰在闷笑。

农民都是很纯朴的，竟然一传十，十传百，从此，阿哥送西红柿炒蛋给乡亲下酒的故事在乡里乡外流传开了。阿哥真想不到，是乡亲们为他解了一道难题，竟然还博得了好名声，内心羞愧不已。

二十六只土鸡

阿哥在家里排行老三，上有姐哥下有弟，父母甚是得意：对得起梁家祖宗了！

当教师的大哥接连生了两个女儿便上了结扎手术台，在家务农的弟弟婚后生了两个女儿后也被计生部门撵得到处躲，而阿哥虽是个副乡长，30多岁了却连个女朋友都找不到，更不用说给老梁家续香火的事了。姐姐倒是有一男一女，但在二老心里那是外家，生得多少个崽都与梁家扯不上半毛钱关系。阿哥三兄弟像没事人一般，二老却心急如焚，古人云："不孝有三，无后为大。"觉得儿子不争气，自己在人前也抬不起头。二老长吁短叹，痛心疾首：难道我梁氏一脉就在你三兄弟这断了不成？给祖宗丢脸哟！

阿哥终于在33岁上完了婚，总算暂时了却了二老一桩心事。婚后不久，阿嫂王小草便有了身孕，阿哥夫妇倒不着急，是男是女都一样，却着急坏了梁老奶：如果又是个没带"把"的怎么办？

梁老奶喂了一只雄赳赳的本地大公鸡，大公鸡手下还管着两只本地母鸡，清明节前夕两只母鸡便抱了窝，每窝13个蛋。二十几天后26只小鸡仔相继破壳而出，没一个是寡蛋，让梁母很是欣喜：这可是好兆头呢！决定将这些鸡仔好好伺候，静待儿媳小草给她平安生下一个胖孙子。

入秋后，梁母带着她的26只本地土鸡进了月亮山区。

阿嫂的肚子也越来越大了，但梁老奶看在眼里急在心头，怎么也高兴不起来：胎位太高，又喜吃酸，而且这儿媳妇脸部光滑，没有平常孕妇特有的斑点，这明显又是女儿相呀！

乡政府机关的干部们和阿哥一样都是些爱开玩笑的主，有的说阿哥阿嫂看起来就是一脸的外公外婆相（只能生女儿的意思，当地人的习惯称呼），有的甚至干脆喊阿哥阿嫂"外公外婆"！阿哥阿嫂与同事们戏谑惯了，知道是玩笑而已，没当真过。可梁老奶的脸却挂不住了，几天不出门，郁郁寡欢，终于病倒了，嚷着哭着要回家。阿哥见母亲传宗接代的封建传统观念如此顽固，也生气了，难道我们只是传宗接代的机器不成？只知道要孙子，难道就不怕伤了儿子儿媳的心？但眼见阿嫂临盆在即，自己工作又忙，只好低声下气抚慰母亲："这些人是故意说反话的，小草一定生的是儿子，一定！"

见阿哥说得这般肯定，梁老奶好像在茫茫大海中抓到一根救命稻草般急切地说："如果生的不是儿子怎么办？"阿哥哪知道是男是女呀，此时是"骑虎难下背"了，为了稳住母亲，只好硬着头皮说："如不是儿子，你可以立马回去，也不用你伺候了，这26只本地土鸡挑回老家去！保证不吃你的土鸡！"梁老奶无语了，只好留下。

一天下午后半晌，天上突然下起了大雨，阿哥下班回家没像往常那样看见老母亲在伺候她的26只土鸡，问阿嫂，阿嫂说："不知去哪了，只是上午老奶问我什么地方有古井、古桥、古坳、古树什么的，我随便说了几处。"

阿哥急忙带上两把雨伞冲入雨中，却见梁老奶手挎竹篮回来了，全身湿透，冻得直发抖，篮里还放着三块肥肉和三个酒杯、一瓶酒、一把柴刀。见儿子来接，梁老奶高兴地说："天平哪，我已经去山脚修补了桥，去对门坡拜了坳和树，还去井边烧了香，神仙会保佑我抱上孙崽的！"见母亲如此，阿哥还能说什么呢，只有赶快烧水让母亲洗澡了。

　　傍晚时分，阿嫂住进了医院产房。梁老奶不愿跟着去，她怕看了不如愿的结果伤心，一个人待在家里一边提心吊胆地等着，一边默默焚香祈祷观音菩萨保佑儿媳小草给她生下一个胖大孙子，一夜没合眼。

　　天大亮了，门外终于响起了脚步声。阿哥心情好极了，是来给老母亲报喜的，阿嫂果然生下一个男婴，这下母亲应该放心了。但临到门口，本就喜欢开玩笑的阿哥改变了主意，决定先吓一吓母亲，再给母亲一个惊喜。故意拉长了苦瓜脸对母亲说："平时叫她多吃些甜的，她就是不信，偏要吃酸的，唉——！"

　　梁老奶本来就愁容满面，听阿哥如此一说，脸上顿时阴沉得拧得出水。梁老奶二话不说，提起自己简单的包裹噔噔噔走下楼，将鸡圈门打开，26只本地土鸡一窝蜂蹿出圈门，咯咯咯——叫着围住梁老奶，见没有吃的便纷纷跑下山自己找食去了。"就知道你和老大、老四一个样，都是不争气的东西。这26只本地鸡也不带走了，留着给她娘俩吃吧，我走了！"

　　看着老母亲气鼓鼓的悲伤样，阿哥心里又好笑又好气又可怜又伤心，只有摇头苦笑，本是来报喜的，为什么还要戏弄顽固的老母亲，让老母亲伤心呢？阿哥后悔不迭。

约法三章

阿哥婚后第二年便圆了父母的抱孙梦。阿哥那高兴劲就甭说了，对阿嫂更加百依百顺，从此，再也不"车坏摆门坡"了。

家里有个女人就是好。原来堆放着东倒西歪啤酒瓶和乱七八糟空烟壳、烟头的墙角，早已被阿嫂清理干净，一张仿大理石茶几就把那地方霸占了，茶几上放着几只百合花，一些水果，狭窄局促的小客厅顿时有了新鲜感觉。阿哥幸福感满满的。

可人生不如意之事十之八九，在享受阿嫂悉心照顾的同时，生性豪爽的阿哥，又有点受不了阿嫂的管束。是单身狗时，下班后都能聚拢一群烟朋酒友嗨到尽兴，如今可不行了。不知什么时候，茶几中央出现了一张纸，上面覆盖了一层塑料薄膜，四周用透明胶密封，纸上写着"约法三章"四个字，是阿嫂的手迹，阿哥一看内容：

"一、不准在家喝酒。"也罢，并没有说不准喝酒的，不在家喝就去外面喝也无妨，能喝酒的地儿多的是。

"二、不准在家抽烟。"这一条好像也没多大问题，遵命就是，进家以前先抽个饱。

但阿哥一看第三条，心里顿时"咯噔"一下，这是不平等条约，是霸王条款："三、在外面抽烟、喝酒了不能回家。"这不是明摆着要我老梁戒酒、戒烟吗？俗话说："人生在世，烟酒二字""朋友朋友，烟烟酒酒"，不能抽烟喝酒了，就没了朋友了，那人生还有什么意义呢，那"我"还是"我"吗？阿哥沮丧，阿哥痛苦，阿哥憋屈，却无处讲理。

阿嫂解释说，这都是为了孩子好，这烟烟酒酒的，对孩子伤害有多大呀。这个家里是不能有烟味、酒味的，抽烟喝酒后更不给亲密接触，阿嫂斩钉截铁地说。打蛇就打七寸，这一棒恰恰打在阿哥的七寸上，阿哥顿时趴了。

阿哥思之再三，决定分步实施，为了老婆孩子，先戒烟，营造一个环保的家庭环境，想到那"饭后一根烟，快活似神仙"的日子将一去不复返，阿哥的失落感也是满满的，一进到家，每每看到那几排字，字字钻心，阿哥的喉结都会狠狠的动几下，这戒烟是得有钢铁一般的意志的。但心想到娇妻的决绝态度其实也是为了自己和孩子，心里也就释然了。

阿哥戒烟戒酒的消息不胫而走，在乡里引起不小震动，大多认为这是讹传，不足为信的。"以梁乡长的为人，能戒得了烟酒？我这田字倒起写！"武装部的田干事说。"废话，你怎么不说我这王字倒起写呢？"财会室的王会计笑着说。总之，大伙儿就是不信阿哥能戒烟戒酒的。

耳听为虚，眼见为实，为探虚实，这天下班后，阿哥的那些烟朋酒友们，提着烟酒，各怀心思看阿哥来了，阿哥看着兄弟们手上那东西，眼睛顿时发出绿光。

都说婚姻是爱情的坟墓，坟墓里的日子快活与否，此时的阿哥最清楚。以阿哥平时的为人和个性，现在怎会怠慢这些兄弟呢？忙接过东西，众人落座。老田马上递给阿哥一支"遵义"，阿哥抬抬屁股，急忙伸出左手，正想用食指和中指把那遵义夹过来，抬眼一看，妻子的眼睛射过来一道精光，射得阿哥顿时身子后挫，左手还停在半空中，动作十分笨拙和滑稽。阿哥一惊，巧妙地把准备接烟的食、中二指一转，即呈"二"字状，歪扯着嘴笑说："哥哥戒、戒烟已两、两天了，你们的嫂嫂闻不得这烟味。"说完喉结又狠狠地活塞了一次。朋友们见此情景，大笑不已。

戒酒保证书

阿哥生平有两大爱好，就是抽烟和喝酒，读大学进修时，常跟一酒友在晚自习后到宿舍楼顶对饮。要说阿哥爱酒的故事，说一整天也说不完，略举一例吧。常说烟酒不分家，但有酒无菜也尴尬，阿哥和他的酒友，都同属穷人的孩子早当家系列，有一天，两人买了两斤散装苞谷烧后，再也搜不出能买一包鱼皮花生甚至散装瓜子的钱来。正束手无策之时，阿哥见一自来水龙头在滴水，创意十足的阿哥突然来了灵感，跑回宿舍拿来了饭钵，装了满满一大钵水，以水当菜，两人对饮起来，竟然酩酊大醉。

结婚后，阿哥被阿嫂的约法三章强制戒了烟，幸好那三章里还没提到戒酒，爱好还不至于被一棒打死。从此，阿哥紧抠字眼，打了个擦边球，远离烟朋，亲近酒友。其实阿嫂想，这烟酒同时戒难度太大，也不太近人情，家里没个接待陪酒的也不是个事儿，何况阿哥身为乡镇领导，应酬是不可能少得了酒的，农村工作，不喝酒推动工作谈何容易，这一点，作为山里人，阿嫂心知肚明，只要阿哥不太过分，也就睁一只眼闭一只眼了。因此阿哥每天不是下村检查工作时与村民拼酒，就是下班后三五酒友东家聚，西家拢，免不了三更半夜才醉归，反正不上床睡觉，在沙发上和衣而眠，不影响阿嫂和孩子睡眠就得了，不算违约的。

开始阿嫂还可忍受，可日子一长，阿嫂就受不了了，几次威胁警告后，阿哥有所收敛，可过不了几天，又旧病复发，且有愈加严重的态势，常被酒友架着回家，不省人事，当然，晚上睡沙发。一个周末半夜，阿哥坚决不准酒友相送，结果走上四楼时以为是到了自家五楼了，便掏出钥匙开门，却怎么插不进锁眼，幸得口里还不停地反复哼着"我是一只小小小小鸟，飞呀飞，飞呀飞，飞不高嗷嗷……"惊动了四楼房主老管，起身开门发现了昏昏然的阿哥。这一次，阿嫂实在忍无可忍了，一句话不说就带着宝贝儿子回了娘家，将一纸离婚协议书扔给阿哥。

第二天中午醒来，阿哥见了离婚协议书，是真慌神了，急忙买了点心糖果，直奔丈人家。敲开门，见妻子逗着儿子玩积木，阿哥尴尬地把东西放在茶几上，一脸惶恐地将一张纸条递到阿嫂手上，原来是阿哥写的保证书："本人郑重保证，从此不再喝酒，如若再犯，任由老婆大人处置，决不反抗。"

在阿哥声泪俱下的哀求和岳父母的再三劝导下，阿哥终于带着阿嫂和宝贝儿子回了家，阿嫂甩下狠话："这可不是老娘逼你写的啊！若违反，老娘是不会客气的！"从此阿哥唯唯诺诺，竟然变了个人一样，男子汉大丈夫，能伸能屈，进得了厅堂，就下得了厨房，还学了厨艺变着花样整好菜哄阿嫂开心，一家人又回到了往日的恩爱和睦。

一个月后的一天晚上，阿哥又带着满身酒气跟跟跄跄扑进家，阿嫂一见，顿时爆发了，立即大吼："离——婚——！"并冲进卧房打开大衣柜里锁着的小抽屉，取出阿哥写的保证书甩在阿哥脸上。

阿哥不慌不忙从脸上扯下保证书，放在眼前仔细端详了许久，看着看着就露出了笑容："老婆呀，我今天多喝了几杯啤酒而已，不要这样嘛！"阿嫂一见，更加怒不可遏："看你那呆样，像公牛喝了母牛尿般！还笑得出？"阿哥笑着递过保证书，阿嫂不解，也仔细看起来，脸色顿变，原来在"从此不再喝酒"的"喝"与"酒"两字之间赫然出现了一个小小的"白"字，变成"从此不再喝白酒"了。究竟何时增加怎么增加这个"白"字，只有阿哥心里清楚了。

阿嫂顿时傻眼了，自知不可能用一纸保证书而断绝阿哥的这唯一爱好的，长叹一声："罢了——"只是，阿哥朝自己肚子猛灌啤酒外，确实不再沾一滴白酒，一度成为江城"啤酒之王"。

不过，按阿哥的观点，米酒也不是白酒的，只是介于白酒与啤酒之间的低度酒而已，后来逐渐过渡到喝米酒了，这是后话。

茅台杯与啤酒杯

那年，阿哥通过了阿嫂的"约法三章"，留住了阿嫂，保住了家庭。之后，阿哥以"蚂蚁搬家"的韧劲不断蚕食阿嫂的耐心与忍性，其中，最关键的一着是在"保证书"里"从此再也不喝酒"的"喝"字与"酒"字中间加了一个小小的"白"字，从而迫使阿嫂逐渐开了阿哥的"啤酒"之戒，但阿哥一直在做着"慢工细活"，想方设法过酒瘾。

阿嫂心软，又好面子，对阿哥戒酒的"管理"外紧内松，即严禁阿哥在外喝酒，但她也知道内外一齐紧全面杜绝是不现实的，反而会适得其反。鉴于阿哥腰不好，气色也差，阿嫂亲自买了十几斤好糯米酒泡了党参、枸杞等中药，金黄色泽的药酒，十分漂亮诱人，阿哥可以在家里喝两小杯枸杞酒养身，就这样，阿哥躺在阿嫂的温柔乡里，倒也惬意舒心，只是没过酒瘾。

一个周末，有远方同学来看望阿哥、老坏。老坏说去饭店聚一下，阿哥却坚决说要在家里接待，且必须在阿哥家里，家宴才是最高礼节。当然为什么必须设家宴接待，只有阿哥和老坏知道。

阿嫂在家里热情接待了阿哥同学一行，亲自主厨整了一大桌特色菜。席间，阿嫂从玻璃坛里舀了半斤枸杞酒放在阿哥面前，并向客人说明原委，阿哥笑着点头招呼同学们要吃好喝好，由于身体的原因只能喝点枸杞酒养身了，请大家原谅。

阿哥好酒，家中有各式酒杯，最小的是茅台酒自带的玻璃小杯，小巧而精致，容量不足10毫升，今天阿嫂为阿哥准备的正是茅台杯。最大的是高大厚实带耳形手柄的玻璃专用啤酒杯，每杯容量400毫升，今天除阿哥以外全部用此杯。阿哥身边的老范本是酒徒，只是今天身体不适，饮量少。阿哥频频举杯邀饮，同学之聚甚是欢悦，见阿哥自觉喝枸杞酒，阿嫂便放心回房辅导儿子小青作业去了。

见阿嫂离桌，阿哥马上端起老范面前的大杯一饮而尽，然后又斟满酒杯，同学们瞟了一眼紧闭的房门，都会心地笑了。不一会，房门轻响，阿嫂探头，阿哥立即举起茅台杯邀约大伙儿一饮而尽，见阿哥如此，阿嫂便悄悄缩回房了。阿哥频频端起啤酒杯与同学们叮叮当当碰了起来，同学喝半杯，阿哥却杯杯见底。

晚上10点，儿子小青要休息了，阿嫂悄悄开门探头，阿哥见房门轻动，立即端起茅台杯一饮而尽。阿哥的半斤枸杞酒也见底了，每人面前都滚了七八个啤酒瓶，只有阿哥面前空空如也。此时的阿哥半斤枸杞酒外加老范的8瓶啤酒下肚，说话已经捋不直舌头了，足见过瘾矣！

阿嫂一愣，看来阿哥久不喝酒，酒量可是大不如前了，半斤糯米枸杞酒怎就成这样了呢？阿嫂心里纳闷不已，从某种意义上来说，酒量是身体的试金石，一个喜欢喝酒的人突然喝不得酒了，不是身体有问题才怪。从此，阿嫂更担心阿哥的身体了。

患难之交

阿哥生性诙谐逗趣，整天乐哈哈的，外人看来，这样的家庭一定是和谐而充满情趣的。殊不知家家都有一本难念的经，一个家庭没点争吵是不可能的，也是不正常的。鲜为人知的是，阿嫂虽满脸笑容，清纯可人，但心直口快，刚直不阿，常常担纲小姐妹们的保护神，小姐妹们的丈夫问起老婆跟谁在一起时，只要说有阿嫂在，就放心了。当然阿嫂也经常充当"电灯泡"，疯玩的小姐妹们有时也"拉虎皮，做大旗"，谎称有阿嫂在。

所谓"清官难断家务事"，阿哥阿嫂两口子也有因家庭小事而争吵不休的时候，有时甚至爆发"战争"，谁能想到，每次战败的竟然都是阿哥，而且脸上常留有战败的痕迹——九阴白骨爪印。但阿哥总是乐呵呵的，不以为意，每天都毫不顾忌的昂首挺胸上班，同事问起时，阿哥笑嘻嘻地说："你知道的，哈哈！"同事们可佩服阿哥的气度与坦诚了。

一日，阿哥副镇长被石鹏书记直接电召至办公室。

阿哥一见石书记就乐了，原来石书记脸上脖子上也挂彩了呢，几个爪印才结的疤，难怪这鹏哥书记三天不见影子，原来如此也！

石鹏书记的夫人鹏嫂小潘长得更是清纯漂亮，笑脸可人极了，在城里上班。小潘个子与阿嫂一般，却比阿嫂更是刚烈，在争端中只要阿鹏哥不相让，便会怒发冲冠，哪管你三七二十一呀，随手操起菜刀、柴刀、水果刀当武器一阵乱舞。"好男不跟女斗""好汉不吃眼前亏"等古语常成为阿鹏哥的家斗法则和最堂皇的溃败理由，为免受伤，气恼之极却又无可奈何的鹏哥只好夺门而逃，退避三舍。鹏嫂当然见好就收，会站在楼梯口用菜刀连连击打铁栏杆，吓得鹏哥跑得更快，哧溜便从七楼跑到了一楼。站在七楼的鹏嫂顿时被阿哥仓皇撤退的狼狈相逗乐了，闷头偷笑，正如农村俚语"拍簸箕吓麻雀"也。但家庭矛盾往往就在这一追一跑一骂一笑中戏剧性地冰释。

以前每次冲突时鹏嫂从来不会用九阴白骨爪往鹏哥脸上招呼，所以鹏嫂素以小巧玲珑、温柔典雅的形象示人，鹏哥也从未因有"外伤"而误工。

因工作需要，鹏嫂与阿嫂成了同事。不久，鹏哥也请病假隐居在家三天不出门了，员工也甚是纳闷，这鹏哥很是敬业的，每天都是第一个出现在办公室，在鹏哥的带领下，政府机关无人敢懈怠，机关作风井然有序，工作效率高。这次阿鹏书记缺工，让职工们颇感意外，却无人知道病因，鹏哥更是拒绝同事探视。

鹏哥躲在家里舔伤，百无聊赖，无所事事中突然想起了阿哥曾经挂的"外伤"也与自己无二，便在晚上召其至办公室聊天解闷。一见面，鹏哥苦笑着问："是你老婆教的吧？一定是的！"

阿哥只有苦笑："非也！非也！书记你可冤死我了，这一招岂用教？女人的撒手锏呀，苦也！苦也！"

"别抵赖了，以前她不会用这招的，唉——"鹏哥长长叹了口气。

阿哥无语了，也只有叹气罢了，谁让自己要讨老婆呢。

正所谓"同是天涯沦落人"，两人同时叹气不已，遂成同病相怜的"患难之交"。

留言条

阿嫂娇小漂亮，又比阿哥小一轮，阿哥对阿嫂可谓百依百顺，万般宠爱，阿哥如老鼠掉进米缸，幸福死了，往日曾背弃阿哥而投入秘书怀中的旧好们只有干瞪眼。

当然，理想是丰满滴，现实是骨感滴，牙齿和舌头之间也有打架的时候，舌头也有被牙齿误伤的时候。阿哥阿嫂婚后的生活也与大家一样，是丰富多彩的。有喜人的，更有恼人的。

究竟是"工作"重要还是"家庭"重要，很多家庭为这个问题争论不休，仁者见仁，智者见智，没人能说得清楚。

阿哥阿嫂也不例外，这天，也为家庭与工作的关系处理上相互杠上了。阿哥是领导，整天忙工作忙应酬，坚持说做好工作是本分，应酬就是工作，不管上班还是应酬都是为了家庭；阿嫂则认为家才是人生之本，一个人只顾工作应酬不顾家庭是弃本逐末，是扯淡的，是毫无意义的。两人僵持不下，谁也说服不了谁，第二天还得上班，晚上两人气鼓鼓背对背睡下了。

阿嫂每天上班下班接送孩子上学，料理家务忙得脚不沾地，累得够呛，没闲心为争吵而伤神，不久就进了梦乡。

可阿哥却在为当天处理乌丢和加料两村农民山林纠纷问题而苦恼，翻来覆去就是睡不着。据可靠消息，双方青壮已自备枪械，并疏散了妇幼老弱与牲口家禽，第二天必将再聚争议山头。根据多年农村工作经验，这是最危险的信号，稍有不慎就会引发大的流血冲突，这将是严重的问题，情况紧急，责任重大，阿哥心急如焚，哪里睡得着觉。阿哥已向县里汇报请求紧急增援，县里正在连夜部署警力赶赴出事山头，阿哥作为当事乡镇领导，自当冲锋在前。

越着急越睡不着，半夜3点，阿哥担心自己不能清早准时起床，那会误事的，怎么办？急中生智，起身在一张纸上写了几个大大的字："老婆：请务必在6点半钟叫醒我！！"将纸条放在阿嫂的梳妆台上，还用阿嫂的那把牛角梳压在纸条上，每天起床阿嫂都会梳头的。然后阿哥上床躺下，不久，困倦袭来，终于沉沉睡去。

第二天，阿哥被一阵急急的拍门声惊醒。原来秘书小梁见县里组织的驰援队伍都已经到了，而迟迟不见阿哥下楼，小梁只有上楼拍门了。

阿哥一跃而起，阿嫂已不见了，只见太阳已透过窗户照进床上，阿哥大惊：误事矣！急忙起身一看手表，已8点钟了。这死婆娘怎么不叫醒我！！气急败坏的阿哥一看阿嫂的梳妆台上，牛角梳压着两张纸条，一张是阿哥昨晚的留言，一张是阿嫂的留言："老公：快起床，6点半了！！"

阿哥顿时晕了。

体验洗脚

阿哥在乡镇上班时，长年下村奔走在大山里，回家后常热了水烫烫脚，据说此法最能疏通足部经脉，消除身体疲乏。有时竟然洗着洗着便睡着了，直到水冷了才醒，阿哥常想，如果有人能帮忙按摩一下就更好了。可是在偏僻的乡镇，是不会有人开展这项业务的，所以一回城，便常相邀几个朋友去洗脚城泡脚，尽情享受专业按摩师的按摩服务，回到家时往往已是深夜，次数多了，阿嫂颇有怨言："成天待在乡下，回城了也不回家，不知道干些什么鬼名堂？"阿哥说："没什么鬼名堂的，累了洗洗脚罢了。"

阿嫂温婉含蓄，属宅女型，平日在城里上下班三点一线，很少出门，自然也不能体味阿哥的辛苦。

又是周末，阿嫂知道阿哥回城了，晚上，见阿哥还没到家，便电询阿哥："在哪？这么晚还不回家？"

"和朋友在外洗洗脚。已差不多了。"

"家里有盆有水，非得去外面洗？是不是有人帮洗……女的？"

"当然有人帮洗呀，有女有男，还按摩呢。不按摩我来这干什么呀？"

"哼！难怪，有人按摩呢，你们洗得我也洗得，明天我也要洗脚。"阿嫂斗气说道。

"那好呀，舒服着呢！我陪你洗，来体验体验吧。"

第二天晚上，阿嫂电邀同事欧阳说："我家老梁请我一起去春来洗脚城体验体验，你陪我去吧。""好呀好呀，我家老杨也爱去那洗脚，这回我俩也好好享受享受去。"欧阳高兴得差点跳起来。

二人与阿哥来到春来洗脚城。阿哥悄悄拉过一个洗脚妹："你再找一个妹仔，你们一起给这两个阿姨洗，不要怕，下手可重一点。另外，再帮我找666号技师来，她力气大。"

阿哥对阿嫂和欧阳说："忍着点啊，你们是第一次呢，痛是正常的。"

阿嫂和欧阳细皮嫩肉又是首次临阵，抗搓力自然差，再加上技师先有了阿哥的面授机宜，下手自然是不轻的，阿嫂和欧阳很是难受，但又怕自己不懂规矩被人笑话，因此死扛不出声，痛得满头大汗。

回到家里，阿嫂说："搓得老娘全身骨架都散完，难受死了，这是什么鬼享受呀，简直是地狱，再也不去洗这鬼事子脚了。"阿哥装着无辜："是呀，谁说不难受呢，没得法哟，应酬嘛，难受也得受哟！你以为我多想受呀！"

阿嫂痛得一夜睡不着，哼哼唧唧嘟嚷不停，见阿嫂难受如斯，阿哥心疼了，都怪自己太狠，更怪俩小技师下手太重，也陪着难以入睡，但又不好说什么。

从此阿嫂再没去过洗脚城，也不再过问阿哥洗脚之事了。

半夜的酷笑声

长期的"酒精考验"，阿哥的身体终于有点撑不住了。前段时间，阿哥下乡镇检查工作，喝几杯米酒后就觉得腹部隐隐作痛，一旦有预感就得跑医院，因为第二天一定拉稀，一拉就是几天，拉得阿哥虚脱去，必须住院打点滴方可奏效。阿哥一直以为是农村售卖的米酒有问题，但后来喝白酒也闹肚子，才觉得是自己的肠子坏了。阿嫂说："你是上半生将一生的酒全喝了，肠胃哪有不坏的呢？"于是力劝阿哥趁机把酒戒了，以后凡辛辣刺激的菜都不要吃了。

阿哥早已适应热闹的生活，却痛苦地陪着阿嫂在家过着清汤寡水的日子，按阿哥的话说是"舌头都起青苔了"，但胃舒服了许多，只是右下腹时有隐痛罢了。戒酒后一个月的一天深夜，阿哥被腹部一阵又一阵绞心般的剧痛惊醒。阿哥本来就非娇生惯养的人，很耐痛的，可此时却痛得直喊娘，躺也不是坐也不是，滚下床缩成了一团，全身是汗，这下可把阿嫂吓坏了，急呼120救护车。医生一查，原来是阑尾炎发作，必须手术切除。

术后的阿哥老实多了，享受着阿嫂的超级特护，衣来伸手，饭来张口，还时不时有老坏几个铁哥儿们和师妹们带了烧烤和啤酒来探望，一来就在阿哥面前摆开酒菜，一顿猛喝，直让阿哥口水流了又吞，吞了又流，只有满脑子的无奈。

在家静养期间，让阿嫂苦恼与无奈的倒不是师兄师妹们在阿哥面前喝酒，勾引阿哥蛰伏的酒虫，而是阿哥的一个怪德性——不愿在抽水马桶上小便，说那样屙不出尿。不巧的是阿哥术后的一个星期，由于县城水管改造，每天只有晚上有几个小时来水，阿嫂只好将家里所有的容器包括洗衣机都装了水。阿嫂每天下班回家，一进洗手间就会闻到一股浓浓的尿味，急忙打开排气扇，舀水就冲，直到没了臭味，然后才冲阿哥吼开了："我跟你说了一万遍嘎，要蹲起屙尿，蹲起屙尿，就是不听，硬要站起屙尿，屙得到处都是，臭死嘎！"原来阿哥伤口尚未愈合，不方便尿尿，准星就差，尿不进便槽里，导致尿星四溅，又不方便弯腰舀水冲，待阿嫂回来时尿液早已氧化——臭了，只好用大量难得的蓄水冲洗，难怪阿嫂要生气了的。

但令阿嫂气昏的还不是尿骚气熏天臭，而是阿哥一句不阴不阳的回敬："我天生就是站着屙尿的人，蹲着就屙不出呀！"

一天夜里，阿嫂被阿哥的一阵爽朗的笑声惊醒，将近一个月没听到快乐的阿哥这么舒心地笑了，阿嫂也不习惯，甚至还担心阿哥如此忧郁于身体不利，如今虽然是半夜里的笑声，也多少让阿嫂放心了些。突然笑声一止，又传来阿哥唉哟哟的痛苦声。阿嫂大惊，关切地问："你怎么回事？笑笑哭哭，哭哭笑笑，像公牛喝了母牛尿一样，撞见笑哭鬼了？"阿哥不语。再三追问之下，阿哥才从痛苦中缓过气来，轻轻地说："刚才在梦里喝花酒了！"

阿嫂一听阿哥是因为在梦里与美眉们畅饮花酒才笑痛的，顿时气晕："痛死你去！德性不死不改，活该！"干脆抖来一脚，转过身去，再也不理阿哥了。

原来，在睡梦里阿哥又回到了现实中，与老坏和师妹们在一起喝酒聊天，气氛热烈，笑声不断，阿哥是性情中人，居然大笑出了眼泪，哈哈哈哈！笑得从梦中醒来。突然右腹一阵剧痛传来，阿哥笑得太开心，将未完全愈合的伤口笑得崩裂了。

梦演沙金

小城六洞地区的侗寨里有一出经典的古侗戏，这是一个凄美的爱情故事。故事梗概是：有一个帅气而多才的侗家小伙子沙金，家里已有妻小，因为歌唱得特别特别好，寨子里最漂亮的姊妹俩培鸾、培月竟然同时深深爱上了他。真是爱得死去活来天昏地暗，在无数个月黑星稀和明月朗朗的夜晚，沙金不是与大姐缠绵就是与二妹亲热，在狂热中享受着神仙般的日子。

不久，迫于生计，沙金乘木排沿都柳江南下柳州做生意了，而此时姊妹俩双双发觉自己已悄悄有孕在身。未婚先孕、与有妇之人苟合，在民风淳朴的侗寨里是备受家人唾骂、族人不齿的丑事，而自己心爱的沙金又不在身边，姊妹俩无计可施，自己酿的苦酒只有自己吞下。两姊妹抹着眼泪一起来到都柳江边，望着浩浩江水，想到自己心爱的人在江水的那一头，不知二人的苦楚，姊妹俩抱头痛哭，哭干了眼泪，哭哑了喉咙，哭软了身子。在夜幕降临时刻，双双牵手跳进了都柳江，希望自己的魂魄随江而下，去到柳州心上人的身边。

一年后，沙金回来了。途经贯洞一个弯道时，沙金忽然看到两个美丽的侗女坐在弯道旁的井边向他招手，仔细一看，原来是日思夜想的培鸾、培月姊妹俩在这等他，沙金大为感动，于是，与姊妹俩互诉相思之苦。但令沙金奇怪不已的是，三人在一起说了很多话，却始终牵不到姊妹俩的手，沙金很困惑，很苦恼。

沙金哭着说："我为什么牵不到你的手？"

姊妹俩说："真想牵到我们的手吗？"

"真想。"

"你会后悔的！"

"我绝不后悔！"沙金斩钉截铁地说。

"那好，只要你低头喝口井水就可以牵到我们的手了。"

于是沙金毫不犹豫地将脑袋伸进井里低头喝水，培鸾立即压住沙金的头，培月抬起沙金的脚，不消一刻钟，沙金就随姊妹俩到阴间做风流夫妻了。

几百年来，这出侗戏在六洞地区经演不衰，往往从大年初一贯洞启演，然后到各村各寨巡演，大受侗家人喜欢，直到月底才在人们的阵阵惋惜声中退去。

但是奇怪的事却连连发生，最近几十年来，凡主演沙金的演员都命运坎坷，甚至悲惨死去，所以若是家中独子，家人是断不允许当主演的。这出经典侗戏已停演多年了，原因是主演小伙子沙金的青年前几年也死了，村民们都说是这出侗戏有神奇的魔力，牵引着演员入戏太深，沙金灵魂附身也带着演员追随漂亮的培鸾、培月姊妹俩去了，因此没人再敢出任主角。

这天晚上，电力线路修整，停电了，屋里只有两根泛着黄光的蜡烛，师弟老坏和阿哥一边喝酒一边讲这关于沙金与姊妹俩的悲惨故事，老坏本来口才就好，讲得声情并茂，阿哥阿嫂听得出了神。阿哥神往之情油然而生，眼睛放光了，高兴得手舞足蹈，仿佛自己就是沙金一般。忽然阿哥满脸惋惜地说："可惜呀可惜！"说得阿嫂和老坏二人莫名其妙，纷纷问："你可惜个什么呀？"

阿哥沉默了好一会儿，说："可惜没人找我演，为什么没人找我演沙金呢，有这么漂亮的两个姑娘跟我，我就演了，做鬼也风流！我家有三弟兄，我不怕。"

在旁的阿嫂顿时来气了，指着阿哥的鼻子恶狠狠地说："你贷了几十万的款想叫我帮你还？休想！要做风流鬼也得把账还完了再去！哼！你以为我嫁给你是用来还债的？"原来阿哥阿嫂二人买房之后，又贷款买了一间门面请人做起了瓷砖生意，生意又不景气，还账压力山大，阿嫂天天在嘟囔呢，一听阿哥想去演沙金做风流鬼就一肚子气，怒不可遏，趁机爆发了。

阿哥顿时成了软柿子，不敢吱声了。忽然叹道："唉——，看来这负债之身做风流鬼都难哟！下辈子都不想贷款了。"

阿嫂不在家的日子

别看阿哥在单位里讲义气够朋友有模有样颇为吃香，在家里还时不时数落阿嫂的不是，可是，在家里没阿嫂细心打理还真不成个样子。这不，这天阿哥又与阿嫂为居家小事争了起来，阿嫂一气之下请了年假带着孩子随团坐高铁下桂林旅游去了。阿嫂临走前扔下一句："看你一个人在家成什么样子？"阿哥也生气地回敬道："你不在地球照样转！"

阿哥开始了没有阿嫂唠唠叨叨的日子：耳根清净，自由自在，好不惬意！在外与朋友拼凑了几餐后觉得在家吃素净的小炒菜比在外吃地沟油安全卫生有味道，就开始想阿嫂炒的家乡小菜了。恰逢双休，便宅在家里，懒得下楼，翻来翻去找到一小把面条，下素面勉强对付了早餐。中餐呢，从冰箱底部翻出一小包阿嫂冰冻的麻竹笋片和腊肉一块，阿哥大喜过望，立即动手精心做了一道菜——腊肉酸汤麻辣笋，外加俩炸得金黄的鸡蛋，可谓色香味俱全。

菜起锅了，阿哥揭开饭锅，空空如也，才想起还没煮饭，只好一拍脑袋，扑哧一笑。打开米袋准备补煮，同样空空如也，阿嫂休假前就已清空米袋了的。你还学日本鬼子扫荡，坚壁清野？阿哥来气了。也罢，就吃俩鸡蛋吧，先午睡，老习惯改不了。

下午有俩小师妹请阿哥往一线天自助火锅城。阿哥喜热闹，说为不至于浪费锅底费和座位，须再喊两个朋友做伴，小师妹欣然答应，五人热热闹闹自助了一番。

俗话说"家中有粮心不慌"，不是吗？午餐有菜无米的尴尬不可再有矣！虽是"单身汉"，家里总得有米才行呀，以防万一呢。于是饭后驱车南下开泰超市，取散装米5斤装袋，到收银台结账时，一摸衣裤荷包，瘪沓沓的，身无分文，阿哥大急！原来晚上换装出门，将皮夹落家了。又一想，平时上高速付过路费时往往将零票随意放手刹处的小箱里，以备不时之需。急跑回车里摸索好一会儿，只找到1.5元，这能抵什么事？无法嘎，真的是一文钱难倒英雄汉呦！否则秦琼当年也不会卖马的，看来今天老天注定要出我梁天平的丑了。"有钱男子汉，没钱汉子难"呦，回去退米吧！

阿哥红着脸从收银台提米准备放回米仓。忽然有一只手从后面搭上肩，转身一看，原来是朋友老万，老万皮笑肉不笑："怎么了？不要了？""不要了，这米不好！""别装了，我在门口看你好久了，没带钱吧？你这不打牌不抽烟的，'净身出门'正常得很。哈哈！"阿哥想不到自己的尴尬被朋友"抓拍"了个正着，无法抵赖，只好也讪笑着说："明早再买也不迟。""不迟？你中午发的说说我看了呢，颗粒无存。是吧？"随即从米架上扯下两袋20斤装"泰国香米"。"这样吧，我今天没开车，你一袋我一袋，但得麻烦你将我这袋送上我5楼的家中。我这腰昨天被闪了一下，用不上力。"不由分说将两袋米直接摞在阿哥肩上，推着阿哥出了收银台。

20斤米虽不是太重，阿哥一口气帮老万送上5楼也是气喘吁吁。回到车上将老万送的20斤拉到自家楼下，又一口气扛上5楼自家门口，更是累得不行了，还出了一身臭汗，伸手摸钥匙开门进屋，一摸，阿哥顿时呆住了，全身都找不到房门钥匙。

我的嘎娘耶！原来阿哥一听久不见面的小师妹有请，一激动起身便带门而出，将皮夹、钥匙都锁在家里了，皮夹里有现金、信用卡、身份证、驾驶证呢。有阿嫂在家，从未着急，如今，阿嫂不在家，三天后才回来，现在怎么办？阿哥差点晕了！

幸亏手机还在，只有找"开锁王"了，平时到处是野广告，今天偏偏找不到一条开锁的，只好电告师弟老坏，明天再处理了。

打落牙齿往肚咽吧，坚决不能让阿嫂知道的，阿哥在想。

打造节约型社会

阿哥崇信古训"男主外，女主内"，家里的事很少过问，阿嫂也懒得要他管，管也不像样。可不是，才做一件事就出问题了。

自从国家强制实行带薪休假制度后，单位职工纷纷提出休假申请。阿哥是工作狂，对实行带薪休假制度后各股室常常只有一半人上班，一些工作受到影响，心生不满，但又不好不批假，就干脆自己不休得了，因此，5年来阿哥自己没有请过一天年假。为此，阿嫂十分恼怒："你屁大点的官也不休？还想向四大班子领导看齐不成？你不享受年假也当不了县级干部！"

阿哥很是无语又无奈，想来想去，阿嫂也说得对，不休白不休，不休也没人说你好。于是决定趁儿子暑期还未上学之时，与阿嫂同时请年假一周，一家人外出旅游一番。临行前，阿嫂关好窗子提着行李下楼了，再三交代最后出门的阿哥要关水阀，要反锁大门。自来水总闸在橱柜角落里，阿嫂人矮手短够不着，须阿哥动手。阿哥关了水闸反锁了大门，见自家门口的路灯还亮着，觉得人都不在还亮灯很是浪费，就顺手拉了电闸。打造节约型社会，就得从我做起，从现在做起，从身边的小事做起，阿哥在单位里经常告诫职工出门、下班要随手关水关电关空调，不要浪费，资源是大家的，要养成勤俭节约的好习惯。今天阿哥身体力行关了水电后便飞奔下楼了。

一家三口从北海到桂林尽情地玩，好不畅快，第7天下午5点，阿哥阿嫂终于回到家里。开门开窗透气，按下客厅顶灯，不亮，才想起自己亲自关了水闸和电闸的，急忙推上电闸，又蹲下身子伸手拧开水闸，突然一股怪味袭来，厨房里的电冰箱嗡嗡直响，声音比平时大而持久，冰箱门下面满是污水。阿哥一想，坏了，临走将电闸关了，满满一冰箱的冰冻香猪肉、牛肉、粉蒸肉、冻水饺汤圆、鸡鸭肉还有一整只果子狸……想到这，阿哥吓出一身冷汗，这可怎么办？怎跟阿嫂解释呢？这可是阿嫂和宝贝儿子最喜欢的菜，自己很少在家吃饭无所谓，可这……

阿哥毕竟是阿哥，趁阿嫂和儿子在房里清理行李时，赶快悄悄打电话给师弟老坏："哥回来了，你不准备接风？"

阿哥带着一家人与师弟在餐馆里一聚。入席前，阿哥悄悄与老坏说了关电闸外出旅游的事。阿坏大笑："笨也！没想到肉要冷，冷要冰，冰要电吗？"笑归笑，老坏吃饭时还是装腔作势有板有眼地说起前些天全城停电24小时，害得自己家冰箱里有异味，冻肉解冻了，为演得更真实，还现场打电话问死党阿才："前天停电你家的冻肉解冻了没？有异味否？丢了吗？"阿嫂听了说："不会吧？就停一天电，不开箱就不会解的呀？"老坏说："反正我家的坏了，丢了，多可惜呀。"

饭后回到家里，电冰箱已不再响，阿哥知道解冻的腐肉又冻住了。于是对阿嫂说："凡是解冻过的肉不吃就很容易变质，滋生的细菌、病菌会几何级数增长，即使再冰冻也没用的。"阿嫂本来就爱干净，听说肉坏了，忙说："快点彻底清理冰箱！"阿哥说："好嘞！你们歇着，我一个人就行了。"阿嫂看阿哥一改往日不理不问的态度，变得如此勤快，也很高兴。

可是，当阿哥清除冰箱所有杂物，关上箱门，提着4袋足有40斤腐败的冻肉下楼时，心情比冻肉沉重十倍。"天灾人祸，天祸人灾也，惨重的教训！为了节约几度电，浪费了几千块！"边下楼边嘟囔着。

快乐的阿哥整整一个月都不快乐，心里忐忑不安，一想起这事就后悔自责得要命，心疼得睡不着觉。好在阿嫂为人实诚，虽有过疑惑却也不曾考证停电的真实性，也就相安无事到现在。

阿嫂的钥匙

话说阿哥出差邻县榕江，出席州政府临时通知召开的安全工作紧急会，时间是上午9点30分，地点是县政府5楼会议室，为了赶会，阿哥上午8点就起程出发了。

车出北门不久，手机响了，是阿嫂焦急的声音："你拿我的钥匙了？"阿哥说："我怎么会拿你钥匙？你真无聊，自己找找！"阿嫂急道："我找了所有地方了，都没找到！只能是你拿了。"阿哥顿时火了："我拿你钥匙干什么？难道我还会拿你钥匙开箱偷你的钱不成？偷你的卡取钱还差不多！你自己丢三落四的把钥匙丢哪了还怪我？快去找，莫来烦我了！要出远门就得未雨绸缪，提前准备好手机、身份证、银行卡，丢人不怕，怕的是丢证！我告诉你。"阿哥已是尽量耐着性子教训阿嫂了。

阿嫂被阿哥一顿劈头盖脸的教训弄得无语之极，只有忍气吞声继续找。又过10分钟，车过腊俄桥了，阿哥手机又响了，传来阿嫂几乎是哭腔的声音："已找遍每个地方了，都没有，你不妨摸摸你衣服试试看？9点钟的车，我们的车马上到了。"

原来阿嫂参加一个旅游团去云南，出发时间是上午9点，现在已8点半了，叫阿嫂如何不急？急电阿哥只是想抓一根最后的救命稻草罢了。阿哥无奈，只有伸手摸了摸衣袋。顿时一愣，原来阿嫂的钥匙果然在自己衣袋里，只是不知是怎么来的。只好反问阿嫂："你钥匙怎么跑我衣袋了呢？马上想法帮你送来，放心！"

立即停车腊俄桥头，掏出钥匙交给司机："小宋啊，你立马开车返回，将钥匙送我家去，白楼左端顶楼，红的是一楼大门门禁的感应钥匙，一靠上去自然开了的；这把是我家大门钥匙，插钥匙往右转两圈，听咔一声响就可以了！"小宋说："你将嫂子手机号给我就行了，嫂子下楼来拿吧，太复杂，不会。"阿哥说："不是的，我出门时习惯反锁门了，你嫂子被反锁里面出不来，必须从外面开门。"小宋顿时笑得直不起腰了，如此小心谨慎与阿哥平时的大大咧咧性格可是相去甚远呦。

小宋飞驰送钥匙，阿哥只有招了一辆出租车继续前往，刚刚赶上开会。

会议持续到下午5点才结束，榕江县安排全体与会人员共进晚餐，阿哥碰到几个老友，自然免不了多喝两杯的。阿哥交代小宋送钥匙回家后也不要来接了，自己想办法回去，且时间已晚，只好在榕江住一宿了。晚上10点，已七分酒意的阿哥走进酒店登记住宿，可阿哥翻遍了皮包和衣袋都没找到身份证，只好掏出驾驶证递给总台。总台小姐客气而坚决地说："请原谅，先生，只有带个人有效身份证才能入住，安全工作很重要，必须要身份证扫描的，全城都一样。"

至此，阿哥也傻眼了，身份证放家里了。上午你救了阿嫂，可今晚阿嫂是救不了你的了，阿哥！

百分之五十与百分之百

工作上，阿哥绝对是一把好手，作风严谨，拼劲十足，加班加点乃至通宵达旦都是常事。但生活却太随意，单身狗时，在朋友家随便对付中餐、晚餐，或几家人转圈吃饭，有时间了又一起转战到家里，对锅碗盆瓢洗衣做饭之事不甚上心。

阿嫂进门之后，有阿嫂承担起家务，阿哥就更轻松了。但一个人轻松惯了也容易滋生惰性，或潜在的惰性因子会在轻松的环境中疯长，阿哥逐渐对阿嫂产生了依赖便是明证。阿嫂爱干净，屋里闻不得烟味，地上看不得纸屑，桌上不允许有灰尘，穿衣裤不得超过三天，洗菜淘米必须清洗三次以上，这与阿哥大大咧咧的性格有些格格不入。

阿嫂没正式工作时理所当然承担了全部家务，但阿嫂上班之后，阿哥就不能不分担点家务了，已经不是单身狗了。

这不，那天下午阿哥出差回家，见电视柜上似乎有灰尘，便随手拿起一块抹布三下五除二干开了，末了又抄起拖把把地板拖了一遍，见阿嫂还没回家，顺便又把一把白菜洗了，再淘了米煮了饭，然后坐在沙发上打开电视，静候阿嫂的到来。

不一会儿，阿嫂回到家，阿哥主动笑嘻嘻迎上前汇报了刚才的工作，等阿嫂表扬呢。谁知阿嫂一看地板便数落开了："怎么拿拖厨房的拖把拖木地板了？你看你看，擦得满地板是油。还有，电视柜怎么能用洗碗布抹呢？你真是越帮越忙，这不是给我添乱吗？"阿哥心里堵得不行，还有这规矩？还是当懒人的好，"懒人有福"。

阿嫂下厨炒好菜煮好汤，打开电饭锅盛饭时才发现还是生米，原来阿哥淘了米插了电却忘了按煮饭键了。这还不算完，阿嫂突然发现白菜汤里还漂着一只胀鼓鼓的菜虫，顿时恶心不已，气得阿嫂第二天都吃不下饭。从此，阿嫂再不让阿哥做这些事了，阿哥真是好心干了坏事，尴尬不已，不过，也落得清闲，享受照顾，对做家务更不上心了。

一天，阿嫂正在炒苦瓜肉片，有快递员电催下楼签领寄件，阿嫂着急下楼，交代阿哥："来帮我一下，再炒一会儿便起锅，不要炒老了哟。"阿哥应声说道："好嘞！"几家伙便炒起了。煮白菜豆腐汤时，阿哥忽然多了个心眼，故意多放了一大勺盐。一会儿阿嫂回来了，吃饭时发现炒菜没放盐，而汤菜却咸得进不了口，原来阿嫂忘记交代炒菜是起锅前要放盐了。阿嫂大怒："不是没盐就是盐重，你是不是故意气我的？别人都说你风趣幽默，我怎么没感觉到呢，这不是和你在家一样样的吗，要么一言不发，淡然无味，要么粗言粗语，伤人心，伤树皮，这日子真是没法过了！"，阿哥知道自己错了，急忙赔上笑脸："老婆，莫生气，都是我不好，都是我的错，不过你言重了，言重了，平淡才是生活的本真，平平淡淡才是真嘛。""哼！你以为我不知道？平平淡淡才是真指的是朋友交往，你我是朋友吗？分明是你放盐重了，怎么反说是我盐重了？真是岂有此理！""是，是，是我盐重了！我言重了！"见阿嫂将"言重"误会"盐重"了，便借驴下坡。阿嫂见阿哥如此，终于破涕为笑。从此，阿哥又"失去"了下厨的机会。真是"按下葫芦浮起瓢"，生活让阿哥加重了些另外的烦恼——洗碗和洗衣。

不过，不久之后阿嫂发现阿哥洗的碗不是还沾着油腻就是碗碟缺角如被老鼠啃过一般，才买的十个碗没多久就只剩下5个了，阿嫂又是一阵数落后阿哥便从"洗碗工"岗位上下岗了。

一个周末，阿嫂出门之前交代阿哥必须将家里囤了两天的四条裤洗了，阿哥的两条，阿嫂的两条，阿哥又是一声十分爽快地回应："好嘞！老婆放心好了！"

下午阿嫂回家一看又是气不打一处来："连洗条裤子都不成，分明有四条裤，怎么只见三条了？幸亏是在水龙头下清洗，如果是在河边清洗的话还不得全丢了？真不知你是怎么过来的，笨死呀！天下哪有比你还笨的人呢！我嫁给你真是倒了八辈子霉了。"阿哥一点不生气，说："嘿嘿！老婆呀，样样都会做的人心眼多，你嫁给那种人你最多得他50%，而嫁给我，你可是100%拥有我呢，哼！你赚大了！还说那些话。""你——！"阿嫂气得说不出话来。从此，阿哥又"失去"了洗衣的"权利"。

第二天，阿哥主动收叠晾干了的衣服，悄悄将自己的两条裤子从一个衣架里取下分叠，原来是两条裤子套晾在一个衣架上而已。

可恶的旧冰箱

工作上的严谨与生活上的随性构成了阿哥人生性格的两重性，如一页纸的正反两面，其实这并不矛盾，各有各的精彩。

这不，那台老旧的海尔冰箱终于出问题了。

这冰箱还是在老房子居住时买的。冰箱正常使用年限为6年，但阿哥觉得没啥大问题，声音大点，结冰多点而已，又没坏，怎么就不可以用了？因此一再搁置阿嫂更换冰箱的提议，一用就是10年。这其中，曾经停止运行过7天，那是前些年全家外出旅游时阿哥误拉电闸停电所致，一整箱各类存货全报销，让阿哥痛心了好一阵呢，好在自己及时补救，将责任全推给了电力公司，嘻嘻，阿嫂直到现在还蒙在鼓里呢。

又到周末，阿哥想起许久没与老坏师弟和师妹们相聚了，决定周六不出钓，亲自下厨将压箱底的那只"白面"（果子狸）与师妹们分享了，这野味还是月亮山的兄弟悄悄送来的呢。儿子小青读大学后，阿哥阿嫂各忙各的，很少在家吃饭，平时阿嫂也只是放些蔬菜、香料什么的在冷藏室。星期五晚上，阿哥打开冰箱准备取冰冻室里的肉出来解冻，发现冰箱结冰严重，所有抽斗均冻住无法抽出。打电话咨询家电修理店的朋友阿福，阿福说，唯一的办法就是断电后打开冰箱门，用电吹风吹热解冻。

阿哥依照吩咐连夜操作将第二天用的果子狸取出，并趁机将冰箱彻底清洗了，需要继续冰冻的肉类放回后再次通电。第二天早上起床打开冰箱检查时，竟然发现冰箱没一点降温的迹象，阿哥纳闷之极，干货好处理，这生货可不能没有冰箱呀。急电阿福。阿福问："听听压缩机运行不？"

"没问题，一直在响呢。"

"那肯定是漏气了！"

"漏气？怎么办？"

"修呀！"

"那快点派人来修哩！"

"检查，检测，修理，起码得两天，工具不齐全，得送到店里来才行呢！"

阿哥无奈，只好上街找了个三轮来拉冰箱。一问价钱，100元，从七楼搬下一楼至少80元搬运费，另加车运费20元。阿哥嫌太贵，说我累死累活上班一天才150块钱呢，你一小时不到就得100块，未免也太黑了吧？说好说歹砍了20元，80元成交，老式冰箱太重，阿哥还帮工人一起抬到楼下，累得一身汗。阿哥心想，这80块钱也不好挣呀，不过应该分一半给自己才对的。

老坏带领师妹们陆续进家。阿哥正在厨间忙碌，突接阿福电话："确实是压缩机铜管破了，漏气。"

"那怎么办？"

"看样子得大修，冰箱太老旧了。"

"那就修呗！大修得多少钱？"

"得换铜管，而且铜管只能在箱外了。连工带料700块，我收你600块，算不收钱帮你修。嗯，材料还得发货，一个星期后来取吧。"

阿哥大急，我的天哪！10年前新买才1300块呢，修一下就要我半台冰箱钱？而且一星期后我那堆肉怎么办呀！看来只有换台新冰箱了。于是嚅嚅地问："那卖破烂值多少钱？"

"20元！"

阿哥一听，傻眼了，搬运费都80块了呢，不若做个人情送给阿福算了。于是说："那送给你了！"

阿福说："嘿嘿，那我就帮你处理了！"这阿福，连一声谢谢都不说呢。

阿嫂一直默默地在家里扫地抹桌，看着阿哥干着急。这时候笑了："真是老不中用了，早听我的换个新的不好？偏偏要多花80块钱请人搬运，还想修理再用呢，多加几个钱不就得新的了吗？再则，这100多斤废铁再加上压缩机起码价值超过100块了呢，你还送给他了。都说从北京到天津，买家不如卖家精，你倒好，你和阿福谁是买家谁是卖家都不清楚。"

"嘿嘿！我是送家，他是收家，没买卖的，在我们眼里，旧冰箱是垃圾，在修理店里，那可是宝贝，拆解的废件可再利用呢，算是我为变废为宝做个贡献了！"阿哥心想后悔不已，但也只能装着坦然了。众师妹哈哈大笑："大师兄终于想通了！"

正在这时，门外有人敲门，阿嫂笑嘻嘻地开门，是海尔店的两个员工抬进一台新冰箱。阿哥大喜，正愁这菜无法处理呢，真是雪中送炭也，来不及多想，连忙通电使用。

过后阿哥想，莫不会是阿嫂捣的鬼？怎么会全冻住了呢？怎么会不降温了呢？这么大一个冰箱才值20块钱？她早就算好要换新冰箱了，白害我瞎折腾了这么久，还多花了80块呢！看来这女人的心思比男人细多了，也罢，换了就换了吧！

二叔的幽魂

阿哥既不高大也不帅气，但在阿嫂王小草心目中一直是一个敢于担当、值得信赖、乐观豁达的人，认为在阿哥身上最不缺少的就是胆量。岂料却因一件偶然的小事，阿嫂发现了阿哥一个从不敢示人的"秘密"，成为阿哥生活中最不堪的"短板"，直让楚楚可人的阿嫂顿时暴发"英雄气概"，陡生要护卫阿哥的勇气。

兰草的二叔当年外出修铁路，成为大山苗寨出山的第一人，转为正式铁路工人后定居湖南，因为二婶是湖南衡阳人。二叔前些年因病去世了，堂弟和堂妹都有了自己的新家，二婶年长念旧，不想挪窝，一个人留守在老房子里，每到周末子女们回老屋与老母一聚，子孙承欢膝下，其乐融融。这次阿嫂随阿哥去长沙出差，决定转道衡阳看望老人家，表达后辈的一片孝心。

晚饭后，堂弟堂妹回了自己的家，阿哥多喝了几杯酒，便也入房休息了，只有阿嫂陪老人聊到晚上10点。

晚上10点半，迷迷糊糊中的阿哥突然听见房门"咔嚓"一声开了，还分明听到"笃笃"两声脚步。阿哥以为是二婶来看望自己，便撑起身睁眼朝房门看去。这不看则已，一看不禁大吃一惊，房间里除了自己和还靠在床头准备睡觉的阿嫂，什么人都没有。

"你看见有人进来吗？"阿哥惊问阿嫂。

"有呀！"阿嫂见阿哥如此一问，觉得奇怪，故意说。

"哪个？在哪？"阿哥有些惊悚。

"我二叔呀，在这呢。二叔，你老人家来嘎？"阿嫂故意逗阿哥。

明明房间里没人，却听阿嫂说已走了多年的二叔在此，阿哥再也忍不住了，顿时吓得躲进被窝里缩成一团，浑身颤抖。

只听阿嫂还在与"二叔"有一句没一句地聊天，"二叔呀，你来看我们一下就是了，你也回去吧？天已不早了！""二叔是不是想我们老家了？"阿哥更怕了。

这时，阿哥又觉得有什么东西"嗖"地蹿上床，靠里床停下，还伴有轻轻的呼吸声。阿嫂说："二叔呀，这是你以前睡的床吗？难怪你要上床来呢！"蒙头缩在床中间的阿哥吓得大气都不敢出，全身抖得更厉害。阿哥哪曾经过这阵势，憋了好久，终于忍不住大声叫了起来："妈矣——"声音里充满了惊恐。

"哈哈哈——你还怕二叔？"阿嫂终于忍不大笑起来，笑得眼泪水都出来了。

在隔壁准备休息的二婶先是听见凄厉的惨叫声，接着又是一阵爆笑声，以为出了什么事，急急起身赶了过来。"兰草，你们这是怎么了？"

"刚才我二叔开门进来看我们，我们跟他聊天呢，天平激动得哭了！哈哈哈——"阿嫂调皮地笑道。

"瞎说！在哪？"

"在这呢。"阿嫂指了指蜷缩在床头的一只猫。

"唉哟，是这么回事呀，这小家伙怪精灵的，会自己开门进出房间的呢。"二婶也笑了，接着从床上拎起那只猫："原来你又跑到这里来了呀，走，我们出去，今天你的房间有客人，我们去那边住。"

惊魂未定的阿哥急忙坐起，用被子裹住瑟瑟发抖的身子，满头汗水，惊恐地看着阿嫂，表情尴尬极了。

原来，堂弟们搬走后，二叔妈一个人觉得无聊，便收养了一只猫做伴。谁知这只猫聪明极了，竟然学会了自己开门进出房间，刚才它见阿嫂进房关门后，突然跳起用前爪勾住门锁扶手下拉，房门便轻轻开了。这一幕恰好被靠在床头还没睡的阿嫂看见了，故意吓一吓阿哥罢了，真想不到阿哥竟然吓成这样子，阿哥终于暴露了自己最大的弱点——怕鬼！

阿哥小时候在外婆家听多了那些毛骨悚然的鬼怪故事，对鬼怪滋生了莫名的恐惧感，从此落下病根。读小学时与小伙伴们在油茶林里装斑鸠套，一天傍晚，阿哥还在装最后一套，回身一望，没了伙伴的踪影，便大喊："阿能！"没人应，"阿圣！"还是没人应，便哇一声哭了，扔下斑鸠套拔腿便往山上猛跑。此山是不祥之死（非正常死亡，如难产死、毒蛇咬死、跌崖死等）墓地，不久前刚有个叫玉妹子的少妇难产死入葬，阿哥勾头装套时会不停地喊着小伙伴们的名字，伙伴们也会马上回应，表示大家都在。阿能阿圣素知阿哥胆小，这次两人躲在油茶林里故意不回应，顿时吓得阿哥毛发竖起，大哭狂奔，当阿哥跑到面前时二人突然站起大笑。从此阿哥对鬼怪恐惧感更甚了。

阿哥知道这是自己的弱点，又怕别人恶作剧恐吓自己，所以从不甘示弱于人，连与自己生活十多年的阿嫂也没讲。要不是这次小猫开门事件让阿哥原形毕露，阿嫂还真不知阿哥深藏心底几十年的秘密呢，不禁对阿哥陡生可怜，这么一个粗犷的大男人，竟然怕鬼，真是稀奇。也终于明白了平时阿哥为什么从不睡床外而睡靠墙的床里，走夜路时从没走在后面，也尽量走前面的真正原因了。

该死的大憨熊

读大学的儿子小青放寒假回家了。

阿哥这么多年来一心扑在工作上，几乎是阿嫂一人在精心照顾儿子，很是辛苦，阿哥心下愧疚不已，如今儿子离家上大学了，自己也退居二线了，总算轻松了许多，阿哥想弥补弥补对阿嫂和儿子的亏欠。于是提议一家三口自驾旅游一星期，得到阿嫂和儿子的热烈响应。

夫妻二人同时请了一周年假，一家三口驾车直奔北海。寒冷的冬天，去三亚好倒是好，但太远，自驾游不现实，去北海是再适合不过的了，回程还可以去桂林玩玩呢，小城一出城便是广西地界。

一家人这么放下一切，轻松清爽地出游还是第一次呢。阿嫂一高兴，一反往日的节俭风，买的东西塞满了后厢，那只布娃娃大灰熊只能和阿嫂一起坐在后排了，大灰熊憨态可掬，童心未泯的阿嫂可喜欢了，一直抱在怀里，双手插在大憨熊毛绒绒的胳肢窝下，好暖和。儿子喜欢坐副驾，视线好。

终于要赶回上班了，年终事多呢。一家人在桂林吃过晚饭后启程，不久阿嫂便抱着大憨熊迷迷糊糊睡去，这几天一直在各个景区和商场里逛，怪累的，阿哥是专门旅游的，从不操心购物的事，只在乎妻儿是否玩得开心。

阿哥驾车赶到龙胜与三江间的大坡坡顶时已是晚上9点钟，儿子小青说要停车小解，于是一家人车停坡顶，男左女右就在路边解决了。

阿哥回到车上，见儿子小青已安坐副驾位，黑暗中斜眼瞄了一眼，阿嫂已端坐后排，于是一挂挡，车子便离开了山顶。

车行10分钟后到达坡脚，小青已入梦乡，后排也静悄悄的，想来也睡了，毕竟已是深夜了。阿哥有些困了，想找阿嫂聊聊天解乏，于是，讲了一些单位里的趣事，连自己都笑起来了，后排的阿嫂却没丝毫反应。这婆娘也睡了？平时我讲笑话时她会笑个不停的呢，怪了，阿哥心想。回头一看，吓呆了，脸色顿时煞白，后背麻凉凉的，后排只有端坐的大憨熊，哪有阿嫂的影子，阿哥急刹停车，小青猛一前倾，也吓醒了。阿哥下车在后排仔细一搜，只有布娃娃大灰熊、阿嫂的挎包和手机。

在这荒郊野岭上，在这月黑风高的晚上，什么事情都可能发生的，但愿不要出什么事才好，阿哥心里在祈祷，急忙驾车原路返回，一路狂奔一路鸣笛给阿嫂壮胆。5分钟后，终于在一个弯道上碰到了在寒风中摸黑下山的阿嫂，阿哥一直悬着的心才终于落了地。

原来爷俩上车时，阿嫂还没上车，黑暗中阿哥错把端坐后排的大憨熊当成阿嫂了。见车子走了，阿嫂急得在车后大喊大叫，可是在北风呼啸的山顶，在四门紧闭的车里，爷俩哪里听得到。阿嫂急忙摸索上衣口袋，发现手机落在车上了，无法联系爷俩，真是叫天天不应，叫地地不灵，极端无助的阿嫂只有硬着头皮摸黑慢慢往前走，只望爷俩能提早发现人丢了回来接应吧。

看到毫发无损的阿嫂，阿哥后悔得抓起大憨熊就往外扔，直骂："该死的大憨熊！该死的大笨熊！"阿嫂一把抓住大憨熊，怒道："与我的熊熊有什么关系？你才是该死的大憨熊！你比这大笨熊还笨！"阿哥无语，愧疚之极，心里却直骂自己是个粗心的大混球。

鸡爪宴

岳父母不愿进城来看阿哥一家三口，不为别的，就为女儿家里太干净。

王兰草虽无严重洁癖，但将家里收拾得整整齐齐，地面、桌面干干净净，一尘不染，进家离家都得换鞋。二老在乡下惯了，嫌麻烦，哪比得了在家里来去自由。更要命的是岳父旱烟袋不离口，烟味特浓，口水多痰多，在家里一口浓痰吐出，啪！钉在地面上，用鞋底一踩一拖，便无事了，在火塘边则直接吐进火灰里便了无踪影。在女儿家里不能抽旱烟，味太重、烟太大、痰太多、处理太麻烦！将就抽卷烟吧，又不过瘾。

这次为了岳母脚疾二老进城看病来了。恰值双休日，二老难得进城一趟，阿嫂决定在家好好陪二老两天，星期一再带母亲去县医院诊疗。周六上午便邀了同寨在城里上班的王久、东生两家人作陪聊天；阿嫂的死党欧阳、水珍听说二老进城了便相约同来看望。阿嫂一看，够人数了，急忙组织大家上桌麻聊。老人家见家里热闹，自然是高兴的。

按阿嫂的指示，阿哥打开冰箱取果园鸡肉解冻。本地特产果园鸡肉多味道好价格公道，是阿嫂的最爱，时常买了炒泡椒鸡吃。冰箱里塞满了切块包装好的鸡肉，阿哥心想，今天人多，便选了其中最大的一包再加一小包鸡肉，锅不大，再多就无法炒了。另取了香猪腊肉、香肠、花生米、家乡油炸豆腐片等，配上其他小菜。

下午3点，阿哥死党老坏来了，阿哥交代："你给我整你最拿手的泡椒果园鸡，二老在家里只吃白切鸡的，改改口味，一定喜欢。"

老坏是美食家，自称有国家二级厨师证（虽然朋友们都没见过证件，但其厨艺却是有口皆碑的），本身学的是美术专业，最喜欢的是将厨事当艺术来做，可谓精雕细刻，讲究营养搭配和色香味搭配，有老坏操刀，阿哥阿嫂素来十分放心。今天为大师兄设宴招待二老，老坏自然更不敢怠慢的，信心满满地说："大师兄放心好了，一定发挥最高水平。"

夕阳西下，老坏脱下围腰高声一喊："吃饭啦！"到开饭时间了，阿嫂招呼大伙入桌。只见满满两大桌菜，色香味俱全，两个火锅腾起诱人的泡椒果园鸡香气溢满整个客厅，这味阿嫂极其喜欢。阿嫂忍不住打开锅盖，见锅里全是鸡头、鸡脖、鸡爪、鸡翅、大片家乡油炸豆腐，阿嫂心想，这老坏也够坏的，怎么就这么"艺术"呢，刚好将这些没肉的放在一起？于是又打开另一锅，傻眼了：怎么也全是鸡头鸡爪鸡翅呢？大伙儿一看，也全乐开了，说今天开的是果园鸡爪宴！笑声满屋。

原来前天知父母要来，阿嫂便打电话给在山上果园里养鸡的朋友订两只鸡，顺便宰杀了，在山上杀，安全卫生，没有专业宰杀店的沥青味。下午下班后，阿嫂亲自开车上山取鸡，临别，朋友另外拎了一大包交给阿嫂，说是仁和大酒店定点来买鸡，不要头、脚、翅这些没肉的东西，丢了又可惜，她便打包冰冻了，知道阿哥喜欢啃这些的，取了一大包给她带回。谁知阿哥选大包的拿，取的正是这包鸡爪。

想好好招待二老，还喊了这么多亲朋相陪，想不到吃的全是些没肉的骨头，阿嫂感到很没面子，便怒责阿哥："你是怎么搞的？笨得连鸡肉和鸡脚都分不清？"阿哥知道又是好心办坏事了！他平时哪里管冰箱的事呀，红着脸说："这么多人，我当然捡大包的取，哪个叫你整一大包鸡脚呢？"说得阿嫂也无语之极。

"你两个争个鬼哟，鸡头鸡爪鸡翅一点都不干净呢，全是毛，害我帮你们修理都修得手痛完嘎，是你两个故意安排的啊？哈哈！"这老坏向阿哥挤眉弄眼，又使坏了。

"那你怎么不讲一声？"阿哥大声责问说。

"我以为你叫我来是专门做鸡爪宴呢！"见老坏如此一说，阿哥也无语了。

老坏转向二老说："伯，只要是我做的，哪怕是骨头都好吃！我们喝酒。哈！"

岳父拈一只鸡爪就啃，连连说："嘿嘿！不碍事，鸡脚也好吃！好吃！"

全是你的镜头

本来阿哥的视力是不错的，但自从进乡政府工作后整天与文字打交道，从秘书到办公室主任，写领导讲话、写总结计划、写汇报材料、起草文件报告、看书学习充电，几年下来，工作上去了，视力却下来了，不得已戴上了近视眼镜。升任副乡长后，还是分管办公室工作，乡长书记又是农村出身的基层干部，实际工作经验丰富，但对文字材料的把关是难以胜任的，那就全交给阿哥吧。所以，工作业绩不断提升，阿哥眼镜的度数也不断攀升，到升任镇长时，已是400度了。

多年来，阿哥一心扑在工作上，回家看望阿嫂的时间就很少，照顾孩子的任务几乎全是阿嫂的。与其他乡镇干部夫人一样，在心里为丈夫感到骄傲的同时，阿嫂也免不了抱怨："全乡干部就你最忙！你看人家城里的干部哪个不是下班了就带老婆孩子散步？"阿哥很是无语，知道辩解也无益，干脆不说了。但对阿嫂愧疚感日盛，总想找机会弥补弥补。

机会终于来了。过了春节不久就是三八节，阿嫂说，今年她参加三八节广场舞比赛，要阿哥无论如何都要回来给阿嫂拍个视频做个纪念。阿哥刚刚提任镇党委书记，也认为值得庆贺，便满口答应了，趁机好好表现一番，让阿嫂开心。正好，斗山镇所在地的婆娘们也经常跳广场舞，何不好好训练一番后，带这些婆娘们去县城参赛？阿哥书记的想法得到了镇妇联主席的强烈支持，带领妇女们整日在镇前球场上狂练。阿哥书记一有空就临场观看，鼓励婆娘们一定要好好跳，为斗山镇争光，所有费用由镇政府负责，届时他要亲自带队上县城参赛，婆娘们那个高兴劲就更不用说了。

三八节那天一大早，阿哥便亲自与妇联主席一起带领斗山镇代表队的婆娘们浩浩荡荡开赴县城了。

比赛开始了，阿哥的斗山镇代表队果然表现极佳，勇夺乡镇组第一名，阿哥高兴得鼓掌拍得手都红了。

今天阿嫂特意请"薇薇新娘"的化妆师为自己精心打扮了一番。阿嫂本来就面容姣好，只是几年来为儿子为丈夫为工作费心费力，才致容颜不驻罢了。儿子长大能自理后，阿嫂便参加了广场舞锻炼，对自己的舞姿一直是自信的，只是从没为自己留下完整的舞蹈影像资料，甚为遗憾，如今阿哥终于能为自己放下工作亲自临场拍摄，怎能不精心表现呢。梳妆完毕，对镜一看，真是光彩照人，如同换了个人一般，阿嫂十分满意。阿哥一看也是大为吃惊，不禁由衷赞叹："老婆真漂亮也！"阿嫂更是欣喜不已。

阿哥寸步不离阿嫂，生怕一离开，到了阿嫂的节目上场，少拍了点视频，影像资料不完整，那可是对不起阿嫂的大事呢。交代妇联主席安顿好斗山镇的婆娘们后，阿哥早早地调整好摄像机镜头，等待阿嫂上场。终于等到阿嫂的节目上场了，阿哥急忙下到比赛场地，从阿嫂出场到结束，整整10分钟，阿哥一直稳端摄像机对准阿嫂跟踪拍摄。阿嫂生怕阿哥拍摄的视频中自己表情不好影响质量，便着意将自己的表情和舞姿都展示到了极致。

比赛结束了，阿嫂队伍表现不俗，取得二等奖第二名。回到家里，阿嫂笑容灿烂，开心极了，阿哥也趁机讨好阿嫂说："老婆，你看，全是你的镜头，今天可是累死你老公我了！"阿嫂异常兴奋，还未卸妆便坐下来从阿哥手里接过摄像机，准备好好欣赏一下自己的舞姿。可是，不看则已，一看，阿嫂脸色大变，如当头一瓢冷水，从头凉到脚，怎么从头看到尾都看不到一点自己的影子？阿嫂顿时火冒三丈："这是你老婆？那就离婚，你讨她当老婆去！"阿哥大惊，凑过来一看，果然不是阿嫂，而是队里身材与阿嫂一般，更加漂亮的另一个年轻队员。

这时阿哥也傻眼了，真是欲哭无泪，呆呆地杵在客厅里不知所措，更不知为何变成了别人，明明是镜头一直对准阿嫂的呀。心中对阿嫂的那份愧疚更加强烈了。

原来阿哥为了拍摄方便，让眼镜暂时下岗了，比赛时，场上队员衣服款式、颜色完全一样，化妆后全是美女，阿哥相信自己对老婆的那份感觉，认定那位身材娇小、气质超群的人是自己的老婆，于是，就一直追踪拍摄，才帮阿嫂的同事拍了个比赛全过程视频，最后结果是"镜头里全不是你"！怎能不令阿嫂生气呢。

（朋友彦芳提供初稿）

一地鸡毛

　　人人都说阿哥的生活充满阳光，没有忧愁，可是又有谁知道，其实阿哥是将阳光和欢乐给了朋友，谁不会有烦恼和孤苦无助的时候呢？

　　话说儿子小青出生时，阿哥早已年过而立，虽非中年得子，可在农村，他这种年龄再过几年就可以当公了，老家人是崇信"早栽秧，早打谷，早生孩子早享福"的传统观念的，又没能搭上二胎的末班车。大哥和三弟都没有儿子，因此，一家人对儿子小青十分宝贝，阿哥更是寄予了厚望，将自己不能实现的大学梦全寄托在了儿子身上。可是，自己和阿嫂工作实在太忙，儿子断断续续在爷爷奶奶外公外婆家度过好长一段时光，大家都将小青当成心肝宝贝，什么都顺着小青的愿望，致使小青从小任性，简直就是一头倔牛。

　　其实小青聪明伶俐，学什么会什么，唱歌、跳舞、美容、主持、游戏样样都拿得起，特别是外语更是棒棒的，一口美式英语让前来指导的老师大为惊叹，曾成为小城杀入"英语风采大赛"贵州决赛圈的第一人。小青还从六年级开始自学韩语，又成为小城韩语第一人，一心想留学韩国。就是学习上不专心，一直不愿参加补课之类的，成绩自然不理想，从小学进初中上高中都只在中游徘徊。这让已主政一方的阿哥颇为自卑而无奈，特别是在众友晒子女成绩时心情尤为落寞，因为大家都知道这不是拼爹拼娘而是拼子拼女的时代了。

　　可是，这几天阿哥如刚从酷热恼人的夏天退回到舒心的春日暖阳里，还没高兴过来好好享受又突然掉进了刺骨的冰窖一般。快乐的阿哥天天满脸霜降，干脆将手机关了，和阿嫂在家生闷气，两天不吃饭了，没胃口。

原来，儿子小青从高三下学期开始，突然放弃了所有业余爱好兴趣，解散了自己亲自组建的舞蹈队和外语社，一心一意回归学习。阿哥心想，晚了！三十晚上喂鸡，能肥吗？考个专科吧。岂料小青是个聪明的孩子，一旦专心做某件事就能成功，从初一上学期身高165厘米165斤硬是减到初三时的172厘米130斤就是明证，学习也不例外，两个月突击，竟然精进不少。

高考放榜了，小青竟以超二本线20多分的成绩压住了许多平日学霸，再次成为校园里的爆炸新闻。阿哥喜出望外，扎扎实实为小青骄傲了一把。

可是不几天，小青在深夜里发来一条信息："老爸，由于志向是外语翻译，我只能在北京的高校里寻找这个专业，其余均不考虑。"

第二天早上阿哥一看就傻了眼了，千军万马进城门，北京高校都是热门的，哪会有适合小青分数的二本院校呢？第三天，小青说，直接读北京三本对外经贸专业，学费每年2.5万，如果没钱就读一个专科，到时再专升本，目标还是外语。

这更要阿哥的命了，本省的二本院校外语、对外贸易专业多的是，一定能上呀，非得要去北京喝西北风吸漫天雾霾吗？超了二本线还非得去读专科，这是什么年代了呢？不上二本只能报读三本是可以理解的，但上了二本还非读三本，能理解吗？且不说亲友们的眼光，单就4年凭空多出来的10万元学费，也让阿哥阿嫂够呛的了！阿哥知道任性的小青是头倔牛，心里沮丧极了。

最让阿哥难以接受的是，自负的小青竟然在提交报考志愿时不成功而不自知，导致北京的三本院校都无缘录取，自己发现时录取已全部终结，无力回天矣！自负的小青遭受了沉重打击。其时，倔强的小青已赴北京的一家"肯德基"店打工近一个月了，自觉无颜见江东父老的小青竟然再次做了惊人之举，自己联系了一所专科学校，没有再回家，而是直接去学校读书了。可怜的阿哥心伤得像碎了一地的鸡毛！

谁说阿哥的心永远阳光呢！

谈微色变

阿哥学会了上QQ写日记、发说说不久，就闹出了个不大不小的浅黄色笑话，和师妹们小聚醉酒后在说说里写下："昨晚和师妹搞六回（绿肥），爽多！"清醒后阿哥尴尬万分，好一阵子不敢联系师妹们。从此，阿哥"谈Q色变"，退了QQ，打死也不玩了！

阿嫂小阿哥12岁，本来就不是同时代的人，思想观念超前多了，QQ、微信、陌陌都玩，更喜欢网购，当然不愿阿哥被排斥在便捷的现代通信大门外。便帮阿哥申请了微信号，加了微信群，介绍了微信的强大功能：聊天、交友、发信息、发图片、发视频、付费、购物、浏览海量信息等等。阿哥一看，这比QQ好玩多了，于是将对QQ的恐惧置之脑后，玩起了微信。

在诸大小师妹中，阿哥与五师妹关系比较铁，主要原因是五师妹与阿哥的初恋玲儿容貌、身材、性格上有几分相似，让阿哥看到了玲儿的影子。尽管当初玲儿弃阿哥而随了鸟哥，使鸟哥一夜之间从"陪相公读书的书童"变成了"相公"，阿哥很恨玲儿的目光短浅，但是心底里，始终有一丝割舍不掉的情结，此乃人之常情也，不足为怪。阿哥与五师妹常常分享一些图片、视频。

一天晚上，阿哥在外应酬，在回家的路上给阿嫂发了一条微信："老婆，你热水着，我回来洗澡。"还补了一句："你也洗澡等着，哈！"家中用的还是老式电热水器，需要先通电预热水的，阿嫂平时节约，往往到一家人洗澡的晚上才通电热水。

阿哥到家后发现洗澡水是冷的。"老婆，怎么不通电热水呀？我不是发微信通知你了吗？"阿嫂说："你哪时发的什么微信呀？"阿哥打开微信一看，吓了一大跳，原来，酒后醉眼昏花，车上又抖，五师妹的微信图像与阿嫂的图像很是相似，便错发给五师妹了。下面还有五师妹的回复"！！"和"大师兄，你发错了吧？"阿哥只有立即回复："对不起，真发错了。"

阿哥与众师妹嘻嘻嘻哈哈哈惯了，无所谓，但五师妹夫就不乐意了，正好悄悄看了老婆与大师兄的这几条微信后心里更不高兴了。五师妹夫思前想后，第二天在办公室还是偷偷用他人的手机给阿哥发了条手机短信以示警告："你给我小心点，别把别人老婆当成自己老婆了！！……"

阿哥看后大吃一惊，知是五师妹夫误会了。因与五师妹夫也很熟，不便解释，有些东西越说越不清，但"小心"和"……"却让阿哥多了几分担心，所以一下班就回家，连续好几天晚上不出去应酬，心里想，保不准晚上回家路上不知哪个角落飞出个夜岩石或闷棒什么的，那才冤枉呢。

双休日晚上，阿哥夫妇正在客厅看电视，门口传来笃笃笃的敲门声，还有人轻轻叫："开门哩！开门哩！"声音有点诡异。阿哥留了个心眼，从猫眼往外一瞅，昏黄的路灯下有两个不认识的青年，头发卷黄，手臂刺青，手握一把长刀。阿哥大惊，退回客厅立即打了110。10分钟后5个警察赶到，惊魂未定的阿哥向警察详细汇报了刚才的情况，但俩卷毛已不见了。

几天后，阿哥接到警察电话，要求他马上去派出所一趟。当阿哥急匆匆赶到派出所时，见俩卷毛双手反铐蹲在角落里，确认就是几天前晚上提刀敲门的俩家伙。

经过审问，原来他俩是追债公司的打手，债主聘请他们专门对欠债者实施恐吓、绑架、闷水、剁手指等勾当，手段残忍，危害极大，警方布控后抓获多人。阿哥住在五楼，四楼户主是条赌棍，欠下高利贷几十万元无力偿还，便到处躲债。那天晚上俩卷毛奉命追债，悄悄摸黑爬上楼梯来，错将五楼当四楼了。

原来是虚惊一场！阿哥长舒了一口气，狠狠地瞪了俩卷毛一眼，退出了派出所大厅。这次经历对阿哥来说却是平生第一险，打击很大，他认为最终原因是微信惹的祸，为什么受伤的总是我呢？从此，谈微色变，又退出微信。

大孝子

当听到爷爷辞世的消息，阿哥才猛然想起爷爷是最疼爱自己的，为了工作，一直在大山里忙碌，没能陪爷爷度过最后的时光，觉得欠爷爷的太多，如今却已是为时已晚，报效无门了，不禁悲从中来。看来只好在灵堂前最后好好尽孝以慰心意了，阿哥心想。

阿哥急急从月亮山上赶回家里，跪拜堂前恸哭不已，历数爷爷对自己的关爱，痛诉自己的不孝，声嘶力竭，泪流满面，亲友纷纷前来安慰。爷爷高寿，83岁无疾而终，属于"白喜"，家中老幼虽悲，但如阿哥般放声恸哭的真不多，特别是孙辈中仅他一人，也就难怪亲友戚然不已了。

按家乡风俗，丧事期间主家是不能沾荤酒的。当所有法事都做完时已是第六天晚上了，阿哥每天从早到晚忙碌，一天只睡两三个小时，已是疲惫不堪。想到过了今晚就可以解除荤戒了，阿哥心里急盼夜晚快点过去。一星期来每天看着亲友们大肉大酒，而自己却只能清汤寡水，真是饿得眼冒金星，难受极了。

这天晚上，法事结束，锣息了，夜静了，亲友们也早早回家歇息了，只有堂屋里几支蜡烛还在晃着桔黄的灯焰。阿哥正想好好睡一觉，突然大门外一串鞭炮声响，原来是德云、卫东、老雷等几个老同学从远方赶来悼念梁公。得知老同学还没吃晚饭，阿哥急忙架上火锅，上了酒肉招待老同学。

见同学们开心地吃肉喝酒，阿哥清口水直冒，只好强忍着相陪。

德云一抬头，见阿哥满脸难掩的馋样，便把门关上，一脸讪笑地说："天平哪，你已饿一个星期了，反正家里的老人都休息了，现在已是第二天凌晨三点，按理已是过了第七天，几个小时后就起枢上山了，你就提前解禁陪兄弟们喝酒吧？"大伙纷纷相劝。阿哥迟疑半晌，终于忍不住了，一杯又一杯干了。

天刚蒙蒙亮，起枢时辰已到，门外响起了阵阵唢呐声和鞭炮声。可怜的阿哥竟然沉醉不醒，全无知觉。眼看就要起枢了，德云和老雷只好硬拉阿哥起床，戴上孝帕，拖着阿哥上路。

一路上，阿哥一直勾着头跪在地上，好在德云等几个老同学使劲扯起，随着送葬队伍一步一叩头往山上走。见阿哥如此"悲伤"，寨子的人无不向阿哥伸起了大拇指："天平真是个大孝子！"

第三辑　工作情调

个别同志不服从安排

勉鸠乡农牧站的韦站长退休了，女出纳小王随老公调外地了，负责畜牧兽医的老石又患病离岗住院治疗，局里暂时没有人调进来，才参加工作两年的阿哥便成了站里的光杆司令——实际负责人。

好在阿哥年轻，身体好，精神足，业务强，一个人东奔西跑，如灭火器般，哪里出现火苗就往哪里扑。本来阿哥学的是植保专业，农村人可不管你是学什么的，反正你在农牧站工作有事就喊你，正如他们根本分不清医生与护士，穿白大褂的都是医生一样，农村真的太需要技术人才了，阿哥感受太深。阿哥好学，两年来跟着老石学会了兽医诊断治疗方面的基本技能，还真派上了用场呢。勉鸠乡国土面积宽广，村寨居住分散，又是九山半水半分田的地区，紧急情况出现了，一个电话来，阿哥提起兽医包就走，往往回到站里已是半夜。就这样，阿哥一个人连轴转愣是将一个站的工作顶了下来。乡政府领导看在眼里，村民更记在心里。

前段时间摆王村部分香猪出现了发热、拉稀、厌食现象，好几头猪已死亡。阿哥闻讯赶到，发现是猪瘟，于是立即采取了果断措施：一是所有存栏生猪全部注射治疗和预防；二是死亡猪一律不准再食用，就地掩埋；三是禁绝放养，全部生猪实行圈养，避免交叉感染。在阿哥的努力下，疫情很快得到控制，农民的损失降到最小。

摆王村可是香猪养殖大村，如果复发了就难控制了，年底了，阿哥不放心，又下摆王村巡视来了。在村里，阿哥碰到乡政府的秘书小马，小马告诉他，农牧局昨天下午来电，通知明天下午在县农牧局四楼会议室召开年终总结会，乡政府领导通知阿哥出席会议。阿哥与小马一起翻山越岭走回乡里，已是半夜，人困马乏，倒头便睡。

第二天下午，阿哥准时出现在农牧局四楼会场。会议主持人是潘局长，按照会议日程，下午是汇报时间，每个站长都要上台汇报情况，时间是六七分钟。轮到勉鸠乡了，阿哥说："我们没有站长，我是代会的，就不汇报了。"潘局长坚决不允，阿哥只好硬着头皮走上发言席，而且还像其他站长一样装模作样从包里取出两张纸铺在桌上。说什么呢？自己第一次参加这种会，又没时间准备总结材料，但又不能上了发言席站着不说话呀。阿哥心一横，干脆将近三个月来自己一个人在勉鸠乡东奔西忙当农牧救火队员的经过绘声绘色地讲了，这不像汇报材料，以阿哥特有的幽默表达出来，趣味性强，精彩，辛酸中透着快乐，欢笑里饱含艰辛，成了别开生面的情况反映，竟博得全场最热烈的掌声。

末了，潘局长提醒说："不要光讲工作情况和优点，也要讲工作中存在的不足。"经局长这么一点，阿哥慌了，抬起头想了好久，一冷场，场下的就不耐烦了，有些人干脆说："缺点呢？说呀！"阿哥更慌了，于是说：

"至于缺点嘛,嘿嘿!就是——就是——个别同志有点不服从工作安排!"

会场顿时一片哗然。潘局长也笑了:"你一个人在站里,还有谁不服从工作安排?"阿哥说:"局长,我是在做批评与自我批评呢。"说得潘局长顿时无语,本来准备调两个人进勉鸠站去的,但都嫌月亮山上的勉鸠乡太偏太远路太差工作难度太大而找各种借口不进去了,才导致站里只有阿哥一个人顶了三个多月的。阿哥轻轻一敲,潘局长惭愧了!

潘局长走过来,拉过阿哥的发言稿一看,愣住了。抬眼爱怜地看了看这个刚才还在侃侃而谈现在却窘态毕现的年轻人,点了点头。原来那是两张一个字都没有的白纸。

过年后,阿哥走马上任勉鸠乡农牧站站长,手下还有两个新来的年轻人。

贴心秘书

当年新分配工作时,阿哥是在乡农推站当技术员,只因在老惑、新惑村当驻村干部期间,写了一短篇通讯稿《老惑村的"羊财路"》发在地区报上,说的是老惑村村民充分利用山高林密田地少的特点通过大力发展本地山羊致富的事。乡长一看,这崽还能写文章?不错嘛。于是,阿哥便成了乡政府办秘书。

西部乡镇,山高路陡,生活艰辛,教育滞后,村民整体文化水平低。当时正值"撤区并乡建镇"时期,干部很是缺乏,西部干部大多是半文盲,初中毕业的都很少。乡党委王书记、政府的韦乡长都是正宗的本地干部,都是20世纪60年代初期小学毕业后就参加工作,经过多年培养走上领导岗位的。这些干部，农村工作经验很丰富，工作思路接地气，能与普通群众打成一片，同吃同住同劳动，吃苦耐劳，最受群众欢迎。

但这些老干部几乎都有一个共同的短板，就是文化程度低，在大山里已是鹤立鸡群了，所以学习文化的积极性也不高，对于文字的把握就更谈不上了。因此，平时讲话还头头是道，但开会学文件、念讲稿时，稍微生僻一点的字就很容易读错，而且根本不会断句。曾有一个真实的故事：加遥公社建了一栋两层楼砖房——公社办公楼，这在大山里是空前的，必须庆祝，于是，秘书为公社书记写了两页讲话稿，在庆祝会上，公社书记激情飞扬地念稿，第一页稿子的最后一句是："……这是我们区第一幢砖房，今天正式投入使用，对我们全公社来说，是一个巨大的鼓——！"台下哗哗啦啦响起了掌声，群众也不明白这"巨大的鼓"是什么"鼓"，书记停了就鼓掌。掌声停后，书记才翻开下一页，一看下一页的第一颗字是"舞"字，方知自己可能念得不对，于是又补充了一句："啊，这边还有一个'舞'"。良久，台下掌声、笑声雷动。

一到党政办，阿哥就注意到乡领导不会断句和经常念错字的问题了，直接和间接地提了多次，也有点收效，但因基础差，改观不大。阿哥无语了，阿哥在想，在我们农村也许不会有多少人去在意一个字的读音是否正确，但如果以后出外面讲话，错得这么多，别人一定会笑话我们西部干部的水平差的。然而，阿哥很快就有了应对措施，此后，不论乡长还是书记，在念讲稿时再也没读错过字，也念得通顺多了，干部们都在暗地里说，领导的水平提高了呢。只有阿哥在暗笑，还不时摇头。

第二年，阿哥晋升乡党政办主任，办公室新来了一个叫余新的大学生。阿哥主任再三交代余秘书："书记和乡长的讲话稿必须交给我修改！"

不久，乡里召开全乡农业和旅游发展大会，还有县领导、农业、旅游部门和月亮山区几个乡镇的领导参加。余秘书将王书记的讲话稿交阿哥审查，阿哥提起笔就划掉了好些内容，加了好些标点符号，将长句改成短句，又改了好多个字，转交秘书重新抄写。秘书一看，呆了，原来阿哥将"推荐"

改成"推见"、将"造诣"改成"造意"、将"奢侈"改成了"奢此"、"酝酿"成了"孕娘"、将"纷至沓来"改成了"纷至踏来"等等，总共有13个字。本来余秘书是很尊重阿哥的，但经这一改，阿哥的高大形象立即在余秘书眼中消失了："这种水平的人还配当办公室主任？真是天大的笑话。"于是，秘书根本就不理阿哥，讲话稿仍然保持原样，一字不动。

第二天下午开会，县政府分管农业和旅游的姚副县长带队出席。主持会议的王书记一念就露馅了："……这个项目是经县农业局和旅游局的大力推'存'，在姚县长的精心指导下，顺利实施的……"姚副县长眉头一皱。之后，书记又将"造诣"读成了"造旨"，将"奢侈"读成了"奢多"。"……在上级领导和各部门的大力推动下，项目取得了圆满成功，各方游客纷至、纷至——，纷至——"书记又卡壳了，这"沓"字怎么读呢？王书记突然想起中学老师为他的孙子取名"王垏（nie）宝"，"垏"和"沓"一个是"土"在下，一个是"水"在上，水土水土嘛，应该是差不多的吧？最后，一张嘴就读成"纷至垏来"了。"……我们月亮山区的旅游开发还可以怎么做？大家可以继续'温朗温朗（酝酿）'……"县里来的干部都忍不住笑了，姚副县长是外来干部，不懂"温朗"是什么意思的，气得火冒三丈："你不会写不会读，难道不晓得先看一遍稿子怎么念呀？不会读的字不可以问别个一下？不会查字典？"

气得阿哥也将余秘书逮到办公室，关上门就是一顿教训："你以为只有你知道我那样改是错的呀？问题是我们的领导年纪大了，识字又不多，眼睛也不行，他认得吗？他会读吗？这就是要结合实际，到哪边山就唱哪首歌！"小秘书无言以对，吓得大汗涔涔。从此，对阿哥更是佩服十分了。

经过阿哥的调教，余秘书进步很快，后来一路仕途亨通，现在已经是副县级领导干部了，但他一直怀念在月亮山与阿哥共事的时光，并一直认为阿哥才是最贴心的秘书。

计划外怀乃

"贫穷"与"落后"就是一对孪生姊妹。

在边远贫困的农村，真正难做的工作只有两样——教育、计生。其实这两个既是难点又是重点的工作是相辅相成的，文化教育落后，村民认识上就必然欠缺，根深蒂固的多子多福的传统思想观念就难以改变，于是，陷入越生越穷，越穷越生，越穷越落后的恶性循环中。所以，真正有见识，有作为的乡镇领导一定是将教育与计生工作同步进行，双管齐下的。

月亮山腹地的勉鸠乡也不例外。考虑到阿哥的工作能力，一上任勉鸠乡副乡长，乡党委便在阿哥身上加了码、压了担，破天荒地将农业、教育、计生三大难点工作全压在阿哥身上。果然不负众望，在阿哥强有力的推动下，成功将教育和计生工作纳入在月亮山区具有重要制约作用的《村规民约》中，并成功处置了几起违反《村规民约》中关于教育、计生条款的事件——罚120斤肉、120斤酒、120元钱，在月亮山区引起了极大反响。三年之内，勉鸠乡学生入学率、巩固率大幅提高，成功控制了全乡的人口增长速度，教育和计生各项指标考核取得良好成绩。

但是，教育工作绝不是一蹴而就的，需要长期不懈的努力方能改变落后状态，这一点，作为分管乡长，感触最深：教育落后是贫困的根源！

一日，阿哥带队到高尧村开展计划生育宣传工作，高尧是一个十分边远落后的苗寨，距乡政府驻地40多公里，已经深入黔南境很远了，村里的干部没有一个小学以上毕业的，文化最高的就数读过小学四年级的文书王世南了。为充分体现"计划生育村民自治"，阿哥决定将宣读并解释《计划生育村规民约》的任务交给村王文书负责，要求王文书事先学习内容，熟悉稿子，以免出错。

王文书战战兢兢接下了任务，反复熟悉村规民约内容和阿哥写的宣传讲话稿，每有不会读的字，便问阿哥。可是不会读的字有点多，阿哥正与支书、村主任商议召开群众大会之事，无暇理会，就对文书说："王文书啊，中国的字，识字读字，不识的字读边边，没有边边的就只有查字典了。"王文书哪里会查什么字典，当初在村里的小学读书时公社派来的那个老师，也只读过六年级，老师都不会查呢，更何况哪有钱买字典呢，王文书连字典的角角都没见过。文书无奈，只好自己去琢磨了。

到了晚上，村里100多户人家，每家每户来一个人，黑压压的将小小的村委会门口坐满了，阿哥和村两委班子成员端坐在"主席台"前，看到村民们来得齐刷刷的，阿哥很是高兴，说明村民认识到位，认识是落实的基础。

支书和村主任通过广播用苗族语安排了村内系列工作之后，由王文书一字一句地宣读阿哥结合《计划生育村规民约》条款写的宣传讲话稿，全体干部群众洗耳恭听，全场肃静。当王文书念道："……第四条：严禁计划外怀乃。要坚决杜绝计划外怀乃，育龄妇女如果发生计划外怀乃，必须采取紧急避乃措施……"阿哥险些爆笑，几次想过去纠正文书的读音，但看看台下百多号群众并无什么反应，根本就不知道"怀乃"其实就是"怀孕"，当然就更不知道什么是"避乃"。看来即使纠正了也没用，群众听不懂，只得强作镇定，面色严肃地直视前方。看来，这一晚上的宣传被你这"计划外怀乃"全废了，这"严禁计划外怀孕"才是整个村规民约中关于计生工作的重点呀。

王文书满头大汗勉强念完后，阿哥控制不住恼怒，抓住文书大声质问："我的嘎娘呀，你以前读书一定读进牛屁股了吧？你还紧急'避奶'？只怕你一见'奶'就摸上了哟！那是'怀孕''避孕'呀！"王文书吓得脸都黑了，知道自己念错了，做错了，浑身颤抖。

见王文书那可怜兮兮的样，阿哥知道怪也没有用，谁叫我们没有文化呢。没文化，真可怕！阿哥摇摇头，笑着安慰王文书说："不过你还真说对了，妇女怀孕后一定会奶的！"

（朋友盛梅提供初稿）

粪不顾身

西部乡镇，山高坡陡，村民居住分散，交通极其不便，往往靠双腿丈量，下村一次，没有几天工夫是做不成什么事的，这需要毅力和精神。很多女同志视西部为畏途，这也是阿哥工作多年仍找不到女朋友的重要原因。

但西部同样有优势，森林覆盖率高，空气清新，食品绿色，民风淳朴，每一条山溪水都纯净得可以直接饮用。每下到村里，累了，跳下清亮的水里，将一身臭汗一洗而净，这是阿哥最大的享受。

那年夏天，分管农业的姚副县长率部分分管农业的副乡镇长前往勉鸠乡考察香猪养殖。勉鸠乡素来是香猪的主产地之一，近年来，在阿哥副乡长的狠抓之下，率先改进养殖方式，更新养殖观念，大力发展以村为单位的规模化养殖，并取得了突破性进展，香猪存栏和出栏数大幅飙升，群众受益颇多。

考察组参观完加月村养殖场已是傍晚时分了，天气又热又燥，副乡镇长们纷纷询问哪里有洗"农民澡"的地方，阿哥骄傲地说："哼，我们这什么都不好，就只有水好，哪里的水都可以直接喝，还不放心洗澡？"

在阿哥的带领下，一行人来到山脚，一条清澈无比的小溪哗啦啦流过，清得让人心痒，两岸梯田一层层堆砌望不到顶。走到一个水潭，阿哥第一个跳下水里，一些人还在观望，潭里的水似乎不是很清澈呢。阿哥一跳进水潭就觉得有些不对劲，一股浓浓的猪屎味扑鼻而来！本想像以往那样，先闷起头喝个饱再洗，今天可不行了，一咬牙，不吱声。

于是又有两个乡长跳下水潭，也是一激灵，臭味难忍，但也不吱声。待十几个人扑通扑通全跳进水潭了，最后进水的人才大声吼起来："怎么这么臭呀！"

大伙儿哈哈哈哈哈哈笑个不止，齐声说："谁说不是呢？我们一下来就知道了，忍着等你呢。"此时阿哥已经爬上岸，看着水里的乡长们直笑："这才叫做'粪不顾身，便勇前进'呢！你们这些乡镇长吃多了我们月亮山香猪肉，也叫你们尝尝月亮山香猪粪味道如何？"大伙儿怒骂阿哥太不地道，纷纷跑到上游清洗。

阿哥也纳闷了，以前这潭水清幽幽的，今天怎么这么臭呢？

仔细一看，原来有一根塑管直埋潭底，巡山一望，山坳上正是阿哥引以为骄傲的加月村香猪养殖场。三排标准猪圈，每排10圈，每圈差不多10头，共300头香猪集中排放的香猪粪便村民们用不完，剩下的大部分直排潭里。以前都是每家每户散养的，粪便正是最好的农肥，农户自行处理，未对环境、水系产生过影响的。如今集中圈养后管理成本倒是降低了，但粪便对水资源环境的影响却大增。据阿哥所知，当前全县所有规模化养殖场都选择临水而建，全部实行直接排放。月亮山区是最后的净土，可不能将这月亮山区清净的山泉变成一条条让人不敢下河洗澡的臭水河呀！阿哥打了一个冷战，陷入了沉思！

阿哥一夜难眠。第二天，送走了客人后，阿哥对月亮山规模化香猪养殖场进行了调研，问题十分突出。一个星期后，一个《规模化香猪养殖场将对水资源环境产生严重影响》的调研报告送到了分管的姚副县长案头。几经努力，终于使江城规模化养殖场圈舍建设标准、污水处理要求及管理规范以县政府文件下发并得到有力落实，江城水资源得以有效保护。

是谁放的毒

　　阿哥阿嫂结婚时，阿嫂没有正式工作，还属于待业青年。婚后不久阿嫂便有孕在身了，待在家无事可做，颇感无聊，乡政府下面是一大片农田，便学周边农户和其他干部家属的样子养了一大群鸡鸭，一来有事可做，二来秋天临盆时这些鸡鸭正好派上用场。

　　阿嫂精心饲养她的鸡鸭，鸡鸭们长势良好，稍大，阿嫂便给每只鸡鸭身上做了记号，以免和别人家的鸡鸭相混。早上喂食后放出笼，在田野里啄食嬉戏，傍晚时分，阿嫂便站在自家廊沿上喊几声："来啦——来啦！"在鸡鸭圈里撒几把谷米什么的，鸡鸭们便争先恐后回到它们的圈里。鸡鸭们真争气，不出两个月，鸭褪绒毛鸡登翅了，喜得阿嫂合不拢嘴：再过一个多月等宝宝生下来时正好。

　　可是事情来了。8月，正是田里的谷子饱籽的季节，而阿嫂及其他家属和农妇们养的鸡鸭也大了，虽常常"严加管束"，总免不了有些捣蛋鬼偷偷下田，田里的谷物可经不起鸡鸭们折腾的，村里意见可大了。但鸡鸭很多都是政府领导家属的，包括副书记和政法委书记的婆娘都养了一群鸡呢，平时领导们又不管这些事，村里又不好怎么说，但农户们可不乐意了，终于找上乡政府讨说法了。

　　那天，阿哥从村里检查工作一回家听到了不好听的话。阿哥一惊，怎么可以让鸡鸭坏了村里的谷物收成呢？这还了得？

　　为表示歉意，第二天阿哥去农牧站买了一瓶乐果，又从家里取了两斤大米，用乐果浸泡了。阿哥又在乡政府周围做了宣传："请大家把自己的养牲管好，不要放出来，明天要放药了！"大伙儿见梁副乡长亲自宣传，自然是要管好自己的鸡鸭的。

傍晚，阿哥亲自将药谷遍洒在农田周围，还在两张破课桌正反桌面上用红漆写下了几个腥红显眼的大字："注意！田里已放药！！"面朝政府大院竖在田埂上。

刚刚处理完，便接到邻县县政府办公室的电话，加退村失火，请求勉鸠乡政府组织人员前往救援。原来加退村距勉鸠乡很近，而距其所属的计划乡政府却很远，该村学生都是来勉鸠乡上中学的。刻不容缓，火情就是军情，阿哥立即发动群众和教师、干部前往救火，抢救群众财产。火势完全熄灭时已是第二天上午8点，阿哥带队赶回乡政府时已是中午时分了。

疲惫不堪的阿哥一进家便惊呆了。阿嫂哭成了泪人，见阿哥进家便诉说："不知是哪个砍脑壳死的故意毒死了我的鸡鸭！坏了良心的人不得好死！"

阿哥一看，三至四斤大的鸡鸭滚了一地，还有两只鸡在流口水，不停地抽搐，眼看也要完蛋了。这些鸡鸭正是蓬勃生长即将成熟之时，却不小心死在阿哥的药下了。

原来阿嫂调教有方，鸡鸭听话，不用管理，将鸡鸭关在楼下一片用栅栏和塑料网围起的空地上，撒了一地谷子，昨天下午便放心回了一趟娘家，晚上回家时见鸡鸭归圈了也就懒得理了。谁知半夜里有只调皮不堪的小狗抓破塑料网进到里面捣蛋，开了一个洞，早上鸡们鸭们醒来后便纷纷从破洞里钻出去，欢欢喜喜跑进农田寻食了。

见阿嫂哭泣不已，阿哥深感愧疚，又无可奈何。正是"哑巴吃黄连，有苦说不出"，只好将已死的鸡鸭掩埋，以免狗们猫们误食造成二次中毒，然后给中毒较轻的鸡鸭灌肥皂水，强迫将毒谷吐出，以减轻中毒症状，企望还能起死回生，减少损失。

第二天，只见乡党委韦书记咧着嘴讪笑着对阿哥说："梁乡呀，你的那些鸡鸭不要救了，即使救活了也不行，到时候不小心老婆杀错吃错了中过毒的鸡鸭岂不影响下一代？"阿哥一听，觉得十分有理。便说："书记呀，都养这么大了丢了多可惜呀。"书记说："没关系的，干脆放血杀了，减轻毒性，再把内脏全部清除了，还是可以吃的嘛，哈哈，咱们农村都这样的。"说完便讪笑着走了。

第二天，阿哥便将有轻度中毒症状其实现在已经复活的鸡鸭全宰了，按书记的"指示"清掉了所有内脏，拿到乡政府食堂里，那可是8只肥嘟嘟的鸡鸭呢，全乡政府的干部毫不客气地大快朵颐，终于为阿哥解决了这一难题，只有阿嫂躲在家里哭呢！

好大一只王八

那一年春天，乡里接待了一拨省城来月亮山考察生态农业的人。两天行程中，客人们无不被勉鸠乡规模宏大的梯田群、梦幻般的晨雾、香喷喷的烤香猪、青悠悠的韭菜、嫩生生的春笋、醇香无比的糯米酒和热情好客的山里人彻底征服，更为阿哥副乡长的直率与豪爽所感动，他们大快朵颐，尽情享受来自大山的感动。

一个叫王别远的科长，他们都喊他"八哥"，多才多艺，是省文化厅的干部。八哥个子不高，说话幽默，头发少，口才好，酒量高，这些都与阿哥相近，所以阿哥也觉得蛮亲近。想不到，酒到酣处，八哥竟然纵情高歌一曲《回到拉萨》，顿时震撼全场，这就更对阿哥乡长的胃口了，两人你一曲我一曲就把夜宴推向高潮。在频频换盏交杯中得知阿嫂姓王，八哥顿时站起拥抱阿哥，高喊："姐夫哥，有缘，真有缘，快哉！你哪天上贵阳来，无论公事还是私事，你必须打我电话，当弟的分分钟赶到，尽情整一杯小酒，否则就是姐夫哥看不起我这个小舅子，我也不会再来走你了。"

阿哥觉得八哥也是性情中人，为人豪放实在，遂引为知己。此后几个月，两人常常写信问候，每次都提到贵阳一聚的愿望，两人还计划在梯田稻黄鱼肥时节搞一次贵阳摄友走进月亮山的活动。

稻子抽穗的季节，阿哥上省城开会，阿哥决定先不吱声，想给八哥一个惊喜，因为第二天就是星期六，中午与八哥好好一聚，顺便对接摄友进山活动事宜，下午再返程。阿哥昨晚喝了几杯酒，正好睡觉，心无羁绊，一夜睡到大天光，早上起床时已是9点多了，与司机在宾馆旁的早餐店里叫了肠旺面，一边吃一边往街上张望。

忽然，马路对面有个人背着手悠闲走过，阿哥喜出望外，那不是王别远王八哥吗？真是说曹操，曹操就到。

阿哥立马拨通了王别远的电话。对方的声音依旧那么爽朗而透着满腔热情："哈哈，我的姐夫哥，早上好！你在哪里呦？好想你哩！"

"昨天下午在省城开会，刚刚起床，正在吃早餐呢。在贵阳不？"

"咋个昨天晚上不提前联系我呢？"

阿哥微微一愣，说："昨天是公干，也没空联系，今天空了，是星期六嘛。"

"这个就是你姐夫哥不够意思了，真是太不巧了，昨天晚上刚好有事下安顺一趟，正在处理一件事情呢。要不，你在贵阳玩一天，今天晚上一定赶回，明天请你吃饭。一言为定啊！"

阿哥看着站在不远处街口打电话的王别远，又是一愣，马上说："我玩一天没事，只怕这只山鳖等不得呦，特意从山里给你逮了只大王八，7斤8两呢，已经三天没得吃喝，快不行了呢。"

"是这么回事呀，这个可是大事呢，等不得的，是得马上处理，你在哪个位置？你弟媳马上过来。"

"好的，我在太慈桥发烧友宾馆，要快点哟，慢了的话就活不成了的。"

"好的，马上就到。"

"看来不行了，这只大王八没得气了，只有丢了，死了的王八就不要再吃了。可惜！"

说完，阿哥将王别远的号码删除了，跟司机说："走，返程！"

司机在一旁听得一愣一愣的：这里明明是机场路林达酒店呢！怎么又成了太慈桥发烧友宾馆？你哪来的王八呀？

乡里欠我一只鞋

阿哥分管教育、卫生计生、农业多年，觉得乡里产业固然难有大的起色，但最重要的还是教育落后，群众的教育意识差，人口素质跟不上，归根到底，要拔穷根，根子在教育，特别是西部片区7个村，连一所像样点的学校都没有，这哪出得了人才呢。因此，在阿哥极力呼吁、奔走下，充分利用州教育局副局长在乡里挂职蹲点的优势，顺利促成了一个教育项目：在乡西部片的中心地带建一所寄宿制小学，服务7个周边村寨近8000人口。要知道当时全县都还没一所真正意义上的寄宿制小学呢，这可是开全县先河的大事哩。

项目确定了，除了州拨款、县配套、乡出力、村出地、农民出工外，要想办一所全寄宿的学校，还差一大笔资金。怎么办？乡里几经研究，决定上省找有关部门反映情况、解决资金。说干就干，书记、乡长、副书记三大员一起上省城跑建校资金，一行人带着几袋江城特产椪柑，匆匆忙忙地就赶往省城。到了省城才发现平时在乡里大家也都算是能呼风唤雨叱咤风云的人物，可到省城却什么都不是了。偌大的城市，人来人往，车流不断，几个人东南西北都分不清楚，别说去找项目，那几袋椪柑就是白送给人家也不知道拿到哪里去送给谁呀。大家商量了许久，决定厚着脸皮去找一位曾经在县里工作过的老领导，让他引荐引荐，也许有熟人引荐事情办起来会稍稍顺利些，于是书记拨通了老领导的电话。还好老领导答应引荐，不过正在外面办事，要一两个小时才能回来，让阿哥一行在自家小区楼下等着。

人生地不熟，阿哥一行只有坐在车上死等。阿哥有个烂习惯，一坐下来无聊了就喜欢脱鞋，将那有着浓烈豆豉粑味的脚掌撑在凳子上，阿哥此时又烦又闷无聊之极，自然忍不住要一脱为快的了。书记素知阿哥这烂毛病，拦是拦不住的，只得叫司机把车门打开，并让阿哥把脚伸到车外去，不准放进车里，以免污染车内空气。阿哥只有遵命，两只脚轮流伸出车门外，只是此次阿哥并未完全脱鞋，而是将鞋挂在脚尖，让臭脚透透气而已。阿哥拿出手机，一边给师妹们发短信聊天，一边哼着盗版的《想妹多》，聊着聊着乐哉美哉地脚尖也跟着有节奏地抖晃起来。正在忘我之时，一不小心，弧度大了点，脚尖控制不住，鞋子飞了起来，掉到小区的绿化草地里不见了。阿哥正准备下车找鞋，只听书记说："领导来了，赶紧扛上椪柑跟上楼去！赶紧，赶紧！"情况非常紧急，阿哥来不及找鞋，连忙拐到车后打开后厢，与司机一道一人扛上一袋椪柑，一脚穿鞋，一脚打着光脚板，一瘸一拐一颠一簸地跟在领导和书记、乡长身后。爬到七楼，气喘吁吁，终于到了领导的家门口。还好，领导家是脱鞋进去的，没有发现阿哥只穿一只鞋子。

工作汇报结束，老领导为大家谋划了一套行之有效的办法，并答应第二天亲自带着阿哥一行去走几个部门，力争把阿哥一行反映的问题解决。一行人心头那块沉重的石头总算放下来了，从领导家中出来，已是傍晚时分，天色渐暗。四个人马上去掉鞋的小区草坪一阵乱摸，几乎要将草地踏平，只差挖地三尺，可就是找不着阿哥那只该死的鞋子。时下省城正在创建文明小区，城里卫生保洁的阿姨无处不在，兴许那只鞋子早已被城市里的环保阿姨收进垃圾桶了。几个人站在草坪里正不知怎么办的时候，旁边过来两个大爷，一阵乱吼："嘿，嘿嘿，搞哪样？咋个在草坪上乱踏乱踩哟，不晓得这个是城里头的草坪，是不准踩踏的呀？真是乡下人不懂规矩得很！"阿哥等人一听，鬼火冒，但这是别人的地盘，只好忍了，乖乖地退出草坪，不敢吱声了。

没办法，阿哥只有就近在街边买了一双皮鞋。但是阿哥也把话放出来了，如果此行目标实现，就算乡里欠他一只鞋！书记、乡长无奈地摇头笑答："如果事情办成，乡里还你一只鞋！"

第二年，全县第一栋寄宿制小学教学楼在西部片区山顶上耸立，可是阿哥那只鞋子的事却再也没有人提起。只有阿哥还会时常在酒后念叨："乡里欠我一只鞋……"

（朋友盛梅提供初稿）

自己安排的假期

县政法委办公室张主任将要外出挂职锻炼学习半年。

办公室历来是党政机关部门的中枢，承担着上传下达、协调处理、文字材料、安排部署、接待应酬等工作任务，是最能锻炼人的岗位，办公室主任作为这个部门的领头羊更是一日不可无。政法委杨书记早注意到斗山镇政法委梁天平书记农村工作点子多，思路接地气，工作方法灵活，为人豪爽，敬业爱岗，吃苦耐劳，且又是乡党政办主任出身，阿哥便成为到县政法委跟班学习任办公室主任职位的不二人选。这对阿哥来说也是绝好的锻炼机会，可阿哥却老大不愿意，婚后不久，正是小两口卿卿我我，油油腻腻的时期呢！

阿哥在乡政府党政办主任岗位多年，深谙其中滋味。此时，正是省际边界、县际边界、乡村间甚至小组间山林土地纠纷频发关节，省政法委将对县禁毒工作进行考核，公路建设如火如荼，群众纠纷案件又多，甚至发生多起械斗案件；春节后又是苗乡侗寨热衷于斗牛的时期，安全隐患很多，政法委工作进入高度紧张状态。军人出身的杨书记作风严谨、顽强，召开政法委全体干部会议宣布："鉴于当前我县政法工作形势严峻，任务十分压头，所有干部职工都要发扬连续作战的精神，我宣布，从我开始，全体干部职工，每个月只能休息两天，每个干部的休息时间由办公室梁天平主任根据工作实际需要统一调度、妥善安排，再报我审批！"

在乡镇工作，忙起来可以20天在村里连轴转，几天不洗澡，不换洗衣服，几个月没回家，已是家常便饭，对阿哥这种工作起来如拼命三郎的人来说，这根本就算不了什么，更何况一个月还可以有两天假呢。就这样，阿哥根据书记的要求灵活安排、妥善调度，政法委工作井然有序推进，第一个月便在省政法委禁毒工作验收中取得了好成绩。通过全体干部职工的共同努力，又成功制止了两起村寨之间的严重械斗事件。创新村寨管理模式，在全县范围内将婚丧、教育、卫生、计生等纳入村规民约立碑树警，进一步强化村寨管理的规范性。四场斗牛也没有出什么乱子，相反，根据阿哥的建议，县政法委还充分利用斗牛这一群众参与度高、人流量大的特殊场合，巧妙地将斗牛变为宣传国家政策、法规、法令和安全管理的大会场，收到了良好效果。简报、视频上报州、省政法委，立即受到省、州表扬，成为创新管理的典型。

这一个多月可把阿哥主任累惨了，每天晚上完成手里的工作已是深夜了，闲暇时阿哥还能与阿嫂通通电话，忙时连短信都没空发，好在阿嫂温柔体贴，没有责备阿哥，但阿哥心里却一直过意不去。月底，阿哥怯怯地向杨书记提出，想请两天假回家看看，杨书记这才恍然大悟，阿哥新婚，便连连道歉，并向阿哥说："特批你三天假，明天就回家！"阿哥好不高兴，别的干部才两天，书记批了三天，这是对自己爱护和肯定呢。

可是，第三天上午，阿哥便阴沉着脸回办公室了。同事们都觉得奇怪，纷纷问："梁主任呀，不是还有两天假吗？怎么就提前回来了呢？""你不休干脆换成我休得了！"阿哥气鼓鼓一句话不说。

下午，阿哥直接跑到杨书记办公室。杨书记看着阿哥主任阴沉的脸色，也觉得奇怪："为什么提前回来销假？不是特批你三天假了吗？"许久，阿哥终于憋不住了，大声说："书记，你批的是什么假嘛？这假有什么用嘛？待在家里还不如回来上班？"

原来阿哥得到书记准假后，第二天便早早启程回到乡里，阿嫂见了也很高兴。但第二天早上，阿哥便气鼓鼓地摔门而出，临走前还将门口挡路的几张小板凳踢飞到板壁上，弄得咣咣直响，门口带领小鸡讨早食的母鸡一阵慌乱，咯咯咯咯大声抗议不已。原来是阿嫂刚好来亲戚了，"大姨妈"一直守着阿嫂不让离身呢，这让盼星星盼月亮般盼了一个多月的阿哥气恼至极，他恨透"大姨妈"了！

至此，杨书记顿悟，笑得差点直不起腰来。"原来如此呀，都怪我，都怪我！没看时候批的假是我的不对。"豪爽的书记连连道歉。"从此以后，你梁主任的假由你自己安排，自己批准，依然是三天！全单位只有你一个人有此特权哟！"又是杨书记一阵爽朗的笑声。

各打五十大板

阿哥调任南部重镇斗山镇副镇长，继续分管教育、卫生、计生等工作。阿哥长期在西部乡镇工作积累了丰富的处理农村事务经验，上任不久，处理农村事务的能力再次得到同事和上级的认可，第二年便提任镇政法委书记兼副镇长。上任镇政法委书后处理的第一件案子竟然让豁达的阿哥心中堵得不行：怎么又是这种事呀？

话还得从那次会议说起。镇里召开了一下午紧急会议，部署安排应对省、州计生明察暗访工作，这可是乡镇最头疼的工作呢，弄不好可要出大事的。因此，镇里通知各村支书、村主任、妇女主任必须到会。时值栽完秧后春闲时段，村里的劳力不是南下广东打工，便是外出到附近县份打季节、钟点工了，老寨村村主任前些天也跑到一个亲戚在邻县开的一家工厂帮忙打工去了，因此老寨村只有村支书和妇女主任二人下山开会。散会晚饭后已是傍晚时分，附近村寨的村干部陆续步行回家，最远的芒粑村干部干脆住在镇里的接待室了。老寨村不远不近，10公里山路，走小路翻过两个山头就到了，支书和妇女主任商议后决定急步启程往回赶。

支书在前开路，妇女主任紧追其后，渐渐地，妇女主任有些跟不上了。翻过第一个山头时太阳早落坡了，为了在天完全断黑前爬上第二个坡，得加快速度。山路陡而弯，支书见主任跟不上，只好拉着主任的右手助力往山上爬。终于按时爬到第二个山坳，两人衣服都透汗了，二人气喘吁吁。眼看再翻下坡就到家了，妇女主任实在走不动了，趁势坐在山坳的草地上，说歇歇再走也不迟。支书便挨着坐下，刚才走得急不觉得，如今坐在一起又休息了一会儿，支书才发觉自己的手依然捏着妇女主任的手，此时妇女主任香汗涔涔，支书不觉春心荡漾，紧捏了一下妇女主任的右手。

妇女主任正值而立之年，男人外出打工已有半年，家里只有一儿一女一老太，支书也时常过问妇女主任家农事，时不时还援手帮点小忙，妇女主任对支书也颇有感激之情。此时此刻此情此景，两颗心的火花便点燃了山坳的草地。

突然咳嗽声响起。二人藏身之所本来并非路旁敞亮之处，如果二人不动便也不会被人发现的。怎奈支书一听有人咳嗽便急了，脱身抓起衣服便往路上跑了，妇女主任只得抓起衣裤便捂住身子。

咳嗽之人是本村的一个计生钉子户，老婆连生四胎均是女儿，怀上第五胎后便早早躲外地待产了。一个月后的一天，婆娘念家，悄悄回家想看看几个女儿后再走，岂料第二天便被镇计生工作队盯上了。婆娘悄悄回家的那天，支书恰巧碰见男人，便关心地问起他婆娘的情况，嘱咐他注意安全。男人以为支书定是知道婆娘回来了才装模作样假惺惺关心的，一定是他报的点，否则哪有那般巧？从此便恨上了支书。

支书刚才趁天黑起身猛跑，倒把男人吓了一跳，以为撞到鬼了，但一看这模糊的身影就知道是支书了。再凑近一看草丛里一个女人抓着衣裤捂住雪白丰满的身体，原来是妇女主任，顿时知道是怎么回事了。于是上前问："主任在干吗？"妇女主任不知怎么回答，好久才说："我——我——在找虱子呢！""这天黑得走路我都要挞倒嘎，你还找虱子？哄鬼喝酸汤？"男人笑着揶揄妇女主任。

第二天一大早，男人便到镇里报案来了，接待的正是阿哥。民不报，官不举，如今民已报案，阿哥带着司法所所长和助理随男人往大山深处的老寨村取证处理，走了两个多小时山路到达目的地已是中午11点半了，人困马乏。在村委办公室将支书、妇女主任、男人三人对六面将并不复杂的整个经过弄了个清清楚楚，明明白白，支书和妇女主任都承认了错误。

老寨村地处深山，山高路陡，林深田少，贫困面大，如今村支两委的主要领导走的走了，不走的都涉事了，午时早过，还真没人招待镇里来的干部。阿哥一行早已饿得肚皮都贴到后背去了，心下窝火之极。于是，站起宣布审理结果："支书、妇女主任各罚人民币50元。"男人听后露出了胜利者的微笑。谁知阿哥话锋一转，面向男人："你，罚款50元！"

男人惊呆了，大声为自己辩护。阿哥怒道："没你这无聊的报案，我们会饿到现在还没饭吃吗？不罚你难道还罚我呀？"

事后，司法所长问阿哥为何如此处理？阿哥意味心长地开导说："这农村呀，这样的事可多了，如今'单身'农妇多，支书、妇女主任身上的担子重呀，有时还应付不过来呢，这是个社会问题，单纯的司法程序是不可能完全解决问题的，都得内部协调处理，只要不出大事，稳定是发展的基础呀。"所长连连竖起了大拇指："梁书记高，高！"

从此，斗山镇再也没收到过类似的举报和信访件了！斗山镇至今仍平安无事！

强者的法则

江城西部月亮山腹地民风虽彪悍但很淳朴，对人对事没有客家的弯弯绕，直来直去，崇尚大山法则——尊重强者。阿哥在此工作期间，开始吃过不少亏，后来在工作中不断总结经验，因势利导，逐渐掌握工作要领，得心应手，充分尊重当地风俗，发挥自己的强项，为当地老百姓解决了很多棘手的实际问题，深得当地老百姓的信任和喜爱。阿哥被尊为"梁八斤"的故事就在月亮山周边地区广为流传，至今仍被人们认为是农村工作可行性经验。

"要致富，先修路"成为共识，农村公路建设是首要任务。尽管资金少，修路成本高，公路等级低，但群众热情高涨，几乎每个村都修通了"毛马路"。其中邻县的摆王村与勉鸠乡的加旺村接壤，都修通了公路，因分属两县，两村之间还有短短4公里未连通，阿哥看在眼里急在心头。在阿哥的多方努力下，县交通局终于立项了，两县邻村百姓无不欢欣鼓舞，大力支持。

开工建成之后不久，县纪委转来一封举报信，上有州委书记的亲笔批示：务必妥善处理！原来是摆王村有一个村民直接写信给州委书记，反映这条"县际公路"所经之处的林木没有得到补偿。阿哥一看，气就来了：虽是"县际公路"，却是实实在在的"村际公路"，按规定，通村公路所占林地之林木，由所有者自行提前采伐，是没有补偿的，且经过双方全体村民签字同意后才破土动工修建的。信访者的大名赫然在上：王老久。

第二天，阿哥自己掏钱买了一头70斤的香猪，70斤米酒，亲自带领乡里的干部和加旺村组干部抬着酒肉浩浩荡荡开往摆王村。苗族尚酒，阿哥一行受到村民的热情接待，当晚，摆王村全部村组干部和村民代表共30人齐聚王老久家中吃肉喝酒。当酒肉全部喝完吃尽后，全都趴地上动不得了，唯有阿哥坐得直直的。王老久大为感动，勉强站起，趔趄走到阿哥面前，竖起大拇指，说："梁乡长，你是这个，我再不会给你惹麻烦了！"本次交锋以阿哥的全胜告终，阿哥顿时名声大震，成了月亮山区的传奇人物——梁八斤。

月亮山腹地的污牛村与黔南地区的家弄村接壤，有一面山坡自古以来一直是污牛村村民管理，但家弄村村民认为是他们的坡，一直争议不断。勉鸠乡争取到一个扶贫项目，将整面坡几百亩坡地"坡改梯"种植高产油茶。有一天，家弄村所属的乡党委杨书记带领村组干部7人突然造访乡里，杨书记展开卫星定位图说："根据卫星定位，这面坡属于家弄村，因此请你们立即停止项目实施，否则引起两县村民争端由你们负全责！"

书记、乡长外出学习、开会，命阿哥代表党委、政府全权接待，并处理好相关事务。阿哥知道山林权属纠纷是农村最常见也是最棘手的问题，决定用土办法解决。阿哥立即高规格接待客人，一面安排乡政府食堂杀猪宰羊买酒备饭，一面电召污牛村组干部齐聚乡政府陪客。

宾主坐定，酒过三巡后，阿哥大声说："咱们苗家人最重的是情义，没有说不通的理，没有解不开的结，大家都是隔壁邻居，乡里乡亲的，有必要为一片没长几根毛的坡地大动干戈吗？"众人鸦雀无声，抬眼望着阿哥。稍事停顿，阿哥继续说："各位乡亲，我也不是月亮山上的人，只是机缘巧合来到这里工作的侗家仔而已，我有个想法，不知各位同意不？就是想与大家打个赌。"抽签、捡阄、打赌是大山里常见的事，村民们习以为常，有种约定俗成的说法——愿赌服输，好汉阄上死。见阿哥如此说，双方纷纷表示同意。

阿哥慢慢说:"我这个外乡人想来当个见证人,由我舍命陪君子,与今天在座的各位客人每人喝一碗酒后,大家再平起喝。如果我醉了,我们放弃这个开发项目,如果我的客人醉了,我们就继续这个项目,以后不要再为这点荒山扯皮了,行不?"众客人面面相觑,甚感惊讶:我们可是7∶1呢,还会怕?

污牛村的干部不禁大惊,苗家都善酒,万一有个三长两短可不是开玩笑的呢,个个忧心忡忡,只是领导主动提出也就不好再说了而已。杨书记见己方有明显优势,都说双拳难敌四手,何况我可有7双手呢,再不济也能拼个牛死马也瘸呀,如此阵势若不答应也是骑虎难下背的,于是一拍大腿,大声说道:"就这样定了,人要脸,树要皮,若我们不赞同,我们丢不起这个脸。"大家欢呼,双方摆开了阵势,其他人纷纷停下围拢观战,并作见证。

只见阿哥从容举起土碗分别与7个客人一一干杯,至此,阿哥已是10碗米酒下肚了,依然气色不改。面前摆着8碗酒,阿哥端起与7个客人同时一饮而尽,三碗过后,7个客人中只剩下5人了;又3碗后,又有4人倒下,阿哥依然坚挺。再加两碗,最后1个客人杨书记终于坐不稳了。阿哥站起,晃了晃,又稳稳坐下,双目如剑,直直看着杨书记,杨书记惊呆了,如此英雄,怎不佩服?

从此再没有过关于这面坡的争端,尽管这面坡在卫星定位图里依然属于家弄村。

第二天傍晚,阿哥终于醒来了,床边坐守的是污牛村的8个村组干部。

给屁股保湿定型

　　农村工作既单调又丰富，既复杂又简单，阿哥农村工作经验丰富，自然深谙其道。每到一村，阿哥必先召开村组干部会议，然后自掏腰包买肉买酒和村干部们吃饭喝酒，大家边喝边聊感情就建立起来了，和农民的心铁了，大家成了朋友，工作也就好搞了，什么保学控辍、计划生育、防火安全、春种秋收全都迎刃而解，这是农村工作的特点。只是有一点，必须舍得喝，不怕醉，所谓"舍得一身醉，不怕圈里睡"就是要和农民打成一片。但醉酒后有时会闹些啼笑皆非的故事，也是在所难免了。

　　县里连续发生的好几起寨火事件，江城农村聚族而居现象十分普遍，传统村落农户房舍密集坐落，防火形势十分严峻，县政府将在大型村寨开辟防火隔离带作为一项硬性任务，各乡镇务必加以落实。一日阿哥率队下到加洼村召开安全防火隔离带工作会议，动员五户农户拆迁，经过艰苦细致的努力，终于达成共识，阿哥初战告捷，很是高兴，慷慨解囊请全体村干部和五户户主吃饭。在村组干部的猛烈攻势下，阿哥终于支持不住了，村主任连忙扶着阿哥到楼上客房休息。

　　一觉睡醒已是次日上午8点多钟，想到还有一系列工作任务，阿哥一骨碌就爬了起来，咚咚咚走下楼去，可是脑袋却还是晕晕乎乎一片空白。阿哥走到堂屋前的长木凳边，扶着板壁一屁股坐下来，闭上眼，深深呼吸一口气，顿时眼睛大亮，清醒了许多。突感屁股上湿漉漉的，站起来一看，发现凳子留下一个水灵灵的屁股印，这难道是自己刚刚留下的？这不可能呀。阿哥纳闷，仔细一看地上，有一摊水沿着木地板向里屋方向延伸。阿哥大惑，朝着里屋问道："是哪个在凳子上泼水了？"这时村主任夫人端着一盆洗脸水从里屋出来递给阿哥洗脸："唉哟，梁乡长怎么坐那里了呀，这不是泼水，是我家那狗仔刚刚在凳子上撒了一泡尿，还没来得及收拾呢。这狗仔太调皮，喜欢在板凳上屙尿，烦死嘎。"

村主任夫人这一句话险些没让阿哥晕死过去，阿哥顿感全身发痒，用手摸摸屁股，湿乎乎的一片，凑到鼻尖一闻，一股正宗的狗童子尿味差点把阿哥呛翻。自己这次下村原本计划时间不长，没有带换洗的衣物，这可怎么办？阿哥想着想着，心中顿生一计，不如用香水喷喷，反正大热天的，会很快干的，先把臭味除了再说。于是就问村主任："有没有香水？"

村主任见领导坐了自家小狗仔的尿，整个裤裆湿巴巴的，也是手忙脚乱，万分愧疚，立即答道："有的有的。"随即转身进入洗漱间拿了一个布满灰尘，黑黢黢的瓶子递给阿哥。阿哥接过瓶子，来不及看一眼就往自己屁股上"嘘嘘嘘嘘"一阵猛喷。咦，香味还不错，可怎么屁股上黏糊糊的？再问村主任："你家的香水是什么牌子的，怎么感觉不一样呢？"村主任说："不记得了，是前几年去广东打工买的，好久没用了。"

阿哥扭身定睛一看，顿时脸色大变，只见那黑黢黢的瓶身隐隐约约印着几个大字——"保湿定型啫喱水！"这下可好，连屁股都给定型了，我是要干的，反而保湿了呀！阿哥又差点晕了过去，脸上歪扯歪扯的，十分难看，不知如何是好。

今天还有很多工作要做呢，堂堂政府副乡长，屁股给"保湿定型"成这样，怎么去做事呀？正焦急之时，村主任说："梁乡呀，你就放心在我家好好待着，你的事就是我的事，乡里的事就是我们的事，什么也不用操心，有我和兄弟们呢，你交代的工作我们保证全部给你做稳妥，做不好你撤我的职好了。"

万般无奈的阿哥看到村主任这么够朋友，心里安慰了许多，就算再醉一回，屁股再定型一次，又何妨？值了！

（朋友盛梅提供素材）

豪情似酒

征地拆迁补偿是任何发展中的乡镇绕不开的坎，阿哥书记深知这是最容易引发群体性事件的敏感问题。其实有些问题说难不难，说易不易，只要因势利导，不怕吃苦，真心付出，就能做得通。这是阿哥乡镇工作经验的总结，大白话，谁都会说，但搁谁手里谁才知其难。

斗山镇是江滨小城的卫星乡镇，早已纳入城区旅游同步开发的规划，须征镇内辖区高栾村村民良田10亩，拆迁9户人家。王县长已向阿哥下了死命令，为保证工期，必须在一个月内完成所有征拆补偿工作。阿哥深感任务艰巨，立马组织工作组进驻高栾村，但遭到村民的强烈阻挠，有的反映祖祖辈辈就这么点田了，不能再征；有的反映房屋已搬迁多次；有的反映补偿款达不到要求……连续两个星期的艰苦努力，总算做通了群众的思想工作，基本同意征拆，但无论如何都没有一户村民同意在征拆补偿合同上签字。

不同意签字就发放不了补偿款，工作就是停顿的，眼看20多天过去了，工程机械纷纷进场，只待村民签字领款即可动工，阿哥异常焦急。凭着多年西部历练的丰富经验，阿哥深知，村民总体是善良的，只是觉得补偿款低了而已，但国家政策不允许呀，为政者就是要在国家政策与群众意见中找到契合点，解决实际问题。补偿款高低是政策规定的，一点都不可以突破，一旦有异，将影响全县征拆工作的推进。

阿哥审时度势，决定再出险招，以情动人，以理服人，于是宣布若村民再不签字，将马上提请县法院依法强拆。

果不其然，涉及征拆的9户村民次日大早便全部集中到阿哥办公室了。阿哥早已胸有成竹，热情招呼村民们到办公室坐定，便开始了与村民的座谈拉锯战和持久战。两个小时过去了，三个小时过去了，已是中午12点半，村民们丝毫没有妥协，阿哥也隐约听到村民肚子的咕咕声。阿哥知时机已成熟，便电话吩咐办公室送来早备好的酒菜，与村民一起在办公室就餐。

阿哥以侗家崽最独特的热情招呼着村民。"无酒不成礼仪"，阿哥顺势开启了喝酒的节奏，端起一次性酒杯邀大伙儿一饮而尽。几杯下肚，情便在酒中逐渐升温，阿哥又主动敬每人一杯，阿哥书记的热情让上访的村民渐生歉意。当阿哥聊起乡镇工作的难与苦时，大伙儿便都有了同感，此时，阿哥已是14杯下肚，村民每人也有5杯了，但阿哥依然气色不改，其他村民已开始高谈阔论。此次上访的实际带头人贾全两眼眯眯，口水挂嘴，直呼："梁书记好酒量！好领导，直爽！够哥们义气！"

阿哥顺势说："好个啥呦，我这点事都办不成还好什么嘛，我也想给你们提高补偿标准呢，政策又不允许，不提高呗，你们又不同意！你们不同意呗，我只有辞职了！"

村民一个个都不说话了，9双眼睛直瞪瞪望着阿哥，脸上写满问号。阿哥说："不是吗，县长规定的时间马上到期了，我们没完成任务，不辞职也得被免职呀！不说了，我们喝酒！反正过两天就不是你们书记了，喝酒先！"

贾全说："书记呀，你够义气，你牛，我也不能熊，我想再跟你喝一杯，我的协议，拿来，我——签！"阿哥端起酒杯与贾全一饮而尽，贾全第一个歪歪斜斜地签了字并按下手印。

阿哥站起来，大声说："各位，大家都是明眼人，我已是第16杯酒了，我决不强迫大家喝酒、签字，只要自愿签的，就是还认可我梁天平的，我每人敬一杯，喝死了绝不怪大家！"

大家一阵哗然，"酒精"考验的豪情征服了所有人，事已至此，村民们纷纷响应："梁书记，我签，你不要喝了！"阿哥举杯与签字的村民一一饮尽！

24杯米酒少说也有4斤，其实阿哥近来一直不喝酒的，因为胃一直疼。

（朋友帮豪提供初稿）

贫困户告状

真是"林子大了，什么鸟儿都有"，农村工作千头万绪，阿哥什么人没见过？什么事没碰见过？什么场面没处理过？阿哥总是有条不紊地处理得停停当当。可这件事却让好脾气的阿哥暴怒了。

那天上午快要下班了，阿哥办公室里来了一个农妇，衣衫破烂，蓬头垢面，全身散发着一股酸臭味，神情激动，嘴里絮絮叨叨不停地用苗语说着什么。这么邋遢的情形，阿哥工作十多年倒还是头一遭遇到呢，心里在嘀咕：这老人家怎么了？

阿哥招呼老人坐下，耐心听了老半天，才明白这是来向阿哥告状的。她说，她老了，做不得什么了，没有吃的，没有穿的，而村里的支书、村主任却不可怜老人家，这些年来一直是低保户，还好一点点，今年低保也取消了，救济也没了，支书、村主任把政府给她的低保款和救济粮都吃了，叫她怎么活呀！这事你们管不管呀，这还是共产党的天下吗？还有王法吗？都说梁镇长心最好，她就找来了。说到伤心处竟号啕大哭，鼻涕口水一起来，样子着实可怜。这救济粮、低保户之类的事，虽是民生工程，事关民众生存，社会稳定，但一般是村一级处理的，如今却闹到阿哥镇长这儿了，那是必须要处理的。

阿哥急忙召来民政办的小马哥："马上带老人家去吃饭，下午下村核实情况，明天早上向我汇报，这些干部太不像话了！必须严肃处理。"

小马哥是本地人，熟悉本地情况，当天下午就将情况了解透了，真实情况让阿哥气不打一处来，并陷入了深思。

原来这是乌努村的农妇，其实年纪并不大，只有40多岁，有两个儿子，大儿子已成家另外过了，二儿子也已成年只是尚未成家。前些年，丈夫去世时，二儿子尚未成年，村里将她作为贫困户，得到了很多照顾，什么救济粮救济款救济物得了很多。可是，现在儿子已长大成年了，而且高高大大肥肥胖胖的，于是村里决定取消她家的低保户，而将低保户转给一家孩子考取大学的村民了。可是多年来这俩娘仔把接受照顾吃救济当成了理所当然，别人家的田地里长的庄稼远远比她家的好，收成远比她家的多，原因是什么？大伙都知道；懒！娘懒，仔更懒，地里草比禾高，能丰收？

小马哥的调查让阿哥书记陷入了沉思：救济是救急，救一时，能救一世吗？扶贫先扶志，没了志，扶也无益，可不能让讨救济、吃救济成为一种习惯和依赖呀！阿哥决定以后贫困户、低保户的确定必须严格界定和甄别，决不能让救济变成懒惰的温床！决不能让低保户成为光荣。

阿哥以为农妇不会再来了，哪曾想到过不了几天农妇又来了，还大声指责政府不关心老百姓的死活，让村干部吃了她家的救济粮、救济款也不管。

此时的阿哥想起了一个故事，说的是一个青年每天定时送5元钱给一个有手有脚的流浪汉，如此坚持了两年多，但终于有一天不再给了，并告诉流浪汉说他要结婚娶妻了，用钱的地方太多，没能力资助他了。哪曾想到流浪汉一巴掌打在青年脸上，还恶狠狠地说："你怎么可以将我的钱送给别的人呢？"原来流浪汉将年轻人的救助当成了理所当然，不但受之无愧，而且潜意识里，这每天5元就是自己的收入，如今转给他人了，如何不叫他伤心、愤怒呢？

阿哥气得再也没耐心听她诉苦了，从不对农民发火的阿哥终于忍不住吼起来："真是人懒无药医！有手有脚没灾没病，低保户这么好当？你老人家40多岁，我老人家也40多岁了呢，如果你那宝贝儿子现在是大学生，我马上号召全乡镇干部资助他，你老人家一定吃上低保！"

农妇从此再没告状了。

睡午觉的羊

县畜牧局引进一批高个子鲁西牛和黑山羊分发给贫困户及创业能手饲养，以示范带动整体推动群众脱贫致富。阿哥书记认准了这是好项目，经多方努力，斗山镇终于争取到了该项目。

阿哥十分关心项目进展和效果，决定带分管扶贫的男副镇长和分管农业的女副镇长以及扶贫工作站主任深入养殖示范户实地督查项目实施情况。一行人赶到老寨村里，找到项目实施户之一、村里的致富带头人——村主任。村主任说："牛羊都养在山上，牛刚刚配种待观后效，羊已发展到57只了。"阿哥听了很高兴，想不到发展得这么快，决定亲自到山上去看一看。于是阿哥一行跋山涉水走了一大早，终于到达大山里的养殖基地。只见那里山青水秀，流水淙淙，山花烂漫，野果飘香，阿哥顿时被这美景迷住了。可是看看羊圈，怎么只有十几只羊呢？

看出大家的疑虑，村主任笑着说："羊都上山吃草了，到了下午两三点，羊吃饱了就会回来，现已晌午，不如我们就在这整个午饭，等羊回来再看？"说完，走进养圈里捉了一只羊，正要举刀宰羊，立即被阿哥喝止："刀下留羊！我们是来看羊的，不是来杀羊的！"阿哥坚决不准杀羊。村主任无奈，只好杀了一只棚养的鸡招待阿哥一行。

下午3点钟，果然见羊儿三三两两下山来了，可是阿哥亲自数来数去，却只有37只。便怒斥村主任："你这不是骗人吗？国家扶贫资金能当儿戏吗？"村主任连忙回答："57只绝不玩假，有的羊吃草走得太远，走不回圈，一定是在路上睡午觉了，天黑才回来。要不我们也睡睡午觉？"阿哥怒不可遏："全天下的羊只有你家的会睡午觉？为什么这37只不睡？偏偏那20只在山上睡午觉？我倒要看看你玩的什么把戏！今晚我们就不走了，就陪你住棚守羊，等你睡午觉的羊回家！"

见书记真动怒了，村主任忙说："决不会骗你的，天黑了我去抓些蛤蟆来晚上宵夜，这个山冲，人间仙境，要啥有啥，野生的蛤蟆美味得很，只要我一出马，8斤蛤蟆手到擒来！"阿哥最爱吃那些古里古怪的东西，野味对阿哥来说无疑是个不小的诱惑，这又不是伤农。

这下可苦了阿妹副镇长了，一个女孩子怎么能和一群男人在荒郊野外住在牛棚嘛。但是官大一级压死人，阿妹副镇长深知阿哥书记一根筋，工作起来是不要命的，这算什么呦，事到如今，不住也得住了。阿妹只好一个人爬到山顶给老公发了条信息，哭掉了半碗泪水，又摘了些野菜闷闷不乐地回到牛棚。阿哥看到好久没有吃到的野菜，更加来劲，立即张罗着做晚饭，还说难得有这么好的机会体验牛棚，正好听个虫鸣鸟叫，今晚要多喝几杯，来个一醉方休，乐得他直哼他的经曲名曲《想妹多》。

傍晚，众人就着虫鸣鸟叫羊咩牛哞喝了几碗村主任自酿的米酒，自是十分惬意。暮色笼罩了整个山冲，村主任发动了自建的小水电，咦，山沟竟也亮起了灯光，野外的生活更加别有风味，村主任这家伙脑瓜还真灵光，阿哥想。村主任说："手电筒不够用，三个领导就在牛棚打王八，扶贫站主任和我下山冲摸蛤蟆。"

阿哥三人正打王八，突然"嘟"地一声，小水电出现了故障，停电了，牛棚里一片黢黑。三人胡乱摸索到门口，只见不远处走来一盏忽明忽暗的灯光，和着啪嗒啪嗒的脚步声，不一会儿扶贫办主任踉跄回到楼下，三人连问："抓到几斤蛤蟆？村主任人呢？"主任垂头丧气地回答："一只蛤蟆也没抓到，村主任醉酒了，走到田埂就在那里睡着了，我一个人也拉不来，你们快来帮忙。"原来自酿米酒度数不高，好喝，可后劲大，村主任一到田埂风一吹，酒劲就上来了，坐在田边就睡着了。三人一听，顿时皱了眉头，这下可好，蛤蟆影子都不见，村主任还躺在田埂上。一群人摸到田埂，好不容易才把村主任弄回牛棚。

还好，村主任家的牛棚条件还算不错，两铺床各靠着一边墙，中间还有一些距离可打地铺。阿妹连忙占据了其中一铺，用鼻子闻闻被子，把多余的一床扔给门口的扶贫办主任，说着便和衣躺下，用被子裹紧全身只露出两个鼻孔出气。

阿哥看出阿妹副镇长心里害怕，故意凑过去附在阿妹耳边，关心地说："不用怕，有哥在呢。"不想阿妹回答："怕的就是你，回你那边去！"说着，在地上画了一条三八线，被子裹得更紧了。其实，阿妹很感激阿哥的关心，只是带着玩笑性地骂阿哥，在这万籁寂静的深山里，有阿哥的一句温馨的话语，一直提着的心总算能够放下了，带着甜甜的笑容进入了梦乡。

第二天天刚蒙蒙亮，阿哥就爬起来了，亲自到羊圈把羊数了一遍又一遍，确实有57只羊，心想，那20只羊真会睡午觉？村主任没玩把戏，只是这8斤蛤蟆泡汤了，倒是可惜得很呢。不过，弄清事实真相了，这牛棚没白住。

（朋友盛梅提供初稿）

真诚镇长不真诚

邻县的真诚镇引进百香果试种植获得成功。百香果品质独特，几乎一年四季都挂果，亩产多达千斤以上，管理相对简单，药用价值高，销路广。阿哥镇长想，斗山与真诚海拔相同，土质相近，气候相仿，应该可以成功引种的。于是阿哥率部分村干部赴真诚镇考察，万万没想到是此行让酒坛上威名赫赫的阿哥威名扫地，至今羞愧不已。

谁都知道阿哥人称"梁8斤""18瓶"（一夜砍下18瓶二锅头），真诚镇镇长潘荣和阿哥是农校同学，自然是十分熟悉的。如今老同学率队考察来了，可自己本身酒量不济，镇里的干部也没称得上斤两的，如果让阿哥一个人就"通杀"了，如当年长板坡一战，常山赵子龙几番冲杀如入无人之境横扫千军般，那不丢真诚镇的大丑了吗？怎么办？潘镇长在冥思苦想。要知道，农村工作最是离不开酒的，在某种程度上说酒是润滑粉、是敲门砖，特别是下村开展工作更是干群关系的黏合剂，乡镇之间相互考察走访，拼酒也是常规节目。

下几个村实地考察后，让村干部们眼界大开，纷纷表示要引种百香果，阿哥深感此行收获颇丰。

晚宴就在镇政府食堂。酒过三巡后，见四个身着标准侗装的漂亮村姑每人端着一壶酒一个杯唱着动人的大歌款款走进门来。唱侗歌敬酒是侗族地区待客的常规礼节，潘镇长一示意，敬酒从门口一桌开始，阿哥他们最靠里，自然是最后敬的了。香醇的美酒，在美妙的歌声中，一杯杯从壶里流进杯里，再从村姑的杯里流进客人的喉里，人们心甘情愿地接受这高山流水式的戏谑，在村姑们夹菜送到嘴边几次都吃不到的哄笑声里，酒兴在恣意挥洒。

最后是阿哥这一桌，潘镇长示意从其他人开始，阿哥最后。终于到阿哥了，侗歌也唱得好的阿哥早已按捺不住激动的心情，随口高歌回了一首敬酒歌，大意是邀美丽的姑娘们同饮这杯美酒，成全我一片痴心痴情。歌声一停，顿时赢得了全场热烈的掌声，见阿哥镇长唱得这么好，四个姑娘二话不说与阿哥一碰杯便同饮了第一杯酒。潘荣镇长站起身说："难得梁镇长也是此道高手，这样，我想请四位姑娘与梁镇长一起坐坐，让大家一起欣赏你们美妙的歌声，大家觉得好不好？"大伙儿齐声喊："好！"在潘镇长的催促下，四个姑娘勉强在阿哥两边坐下。这可是侗家莫大的礼节呢，侗家好客，但敬酒时自己是不喝酒的，也不会专陪一个人，如今竟有四个美丽村姑专陪阿哥，怎不令侗家崽梁天平激动不已呢。

唱酒令歌阿哥是老手，与每个姑娘对一首歌，便喝一小杯酒。令阿哥吃惊不已的是，每一小杯酒虽度数不很高，但却是不同的酒，有普通米酒、糯米酒、煨酒、苞谷烧、米单、米双、劲酒、鸿茅酒、白酒、红酒……阿哥艺高人胆大，又有美女村姑助兴，岂不兴致高昂？来者不拒。歌兴助酒兴，酒兴壮人胆。但令阿哥惊奇的是，才两轮酒，总量不过一斤多，阿哥竟然颇有醉意，唱歌有些跑调调了。第三轮一结束，身经百战的阿哥竟然有些坐不稳了，脑袋一偏便靠在左边村姑肩头，全场响起了胜利的欢呼声："倒了，倒噜！！！"坐在对面的潘镇长一直在微笑，似乎在静静地享受侗歌，此时站起走过来扶起老同学，与几个同事一起往招待所走，一边走一边笑哈哈地说："都说你梁天平是'梁8斤''18瓶'，今天怎么才不到两斤就成这鬼样子了，还不如我呢，看来是盛名之下，其实不副也！哈哈！"

阿哥耳朵听得清清楚楚，就是没力气走罢了，到此时才明白今天是栽在"花酒"和"杂酒"上，是老同学潘荣早就设计好的圈套，看来这真诚镇的镇长并不真诚。

"好你——你个狗东西的潘荣，还说是真诚镇的镇——镇长呢，一点都不——真诚，拿花——花杂酒整我——我老梁，不够意思！"阿哥身后响起了阵阵胜利的欢呼声！

从此，阿哥再不喝杂酒了。"花酒"倒是喝的，不过，不叫"花酒"，叫"草酒"了。

妙计疏堵

江滨小城有一条南下出境广西的通道穿过阿哥任职的斗山镇。

但这条道坡高路陡，弯多路远，崎岖难行，普通老百姓都愿从斗山镇步行两公里到都江岸边，然后乘船上小城、下广西。因此，都江上常年机声隆隆，船影绰绰，是真正的黄金水道。

后来，打通了小城去往三江的公路，也接通了斗山镇至广西梅寨乡的断头公路，水道生意马上淡出人们的视线。随着条件的改善，出行的人多了，车辆也多了，梅寨渡口成为都江上最繁忙的码头，因为这是人们出行的必经渡口：大车40元，小车20元，摩托5元，每人1元，晚上9点以后全翻倍。渡船穿梭不止，梅寨人每家掌舵一天，收钱收到手抽筋。他们无不骄傲地指着一幢幢拔地而起的小洋楼戏弄贵州人："这可全是你们贵州老表帮我们建起的啵！"气得贵州人咬牙切齿，却又奈何不得，因为只有过渡是最便捷的。

阿哥看在眼里，痛在心头，气在脸上。怎么能让6万乡亲的出行全都堵在江边呢？要致富，先修路，必须打通小城至斗山的沿河公路，彻底解决发展瓶颈问题。为此，阿哥率领他的团队，进行了不懈努力，费尽了心血，人们翘首企盼的沿河公路终于开工了，纷纷额手称庆。但是，阿哥从未遇到过难度这么大的协调工作，其间说不尽的苦、累、烦，是外人不可想象的。广西梅寨乡如一枚长楔深深嵌进了小城腹地，小城城边便是广西地界，这条路几乎全走广西境，跨省区开展征拆工作实在太难。而且打通沿河路其实就是断了梅寨村的财路，梅寨人想尽一切办法阻挠正常施工，因此征地难、拆迁难、调处更难，可想而知，短短十几公里路竟然费了近三年时间，让性情开朗的阿哥累得足足住院治疗半个月。

阿哥的心血没有白费，沿河公路终于贯通了，在与广西人打交道的过程中更学会了如何应对各种紧急情况，这是几年来阿哥最深的感受。

可是，事情又来了。新开的公路正式运行一年，便在一次难得一见的冬雨中塌方了，塌方路段达60米，渡口生意陡然红火起来。塌方地农户漫天要价，雇人日夜驻守塌方区，以清障后会再次造成塌方损害农户利益为由不准清理塌方。明眼人一眼就看出这是梅寨人与农户联合实施的堵路敛财把戏而已，每天过渡费收入在1万元以上呢。就这样一天天过去了，年底可是群众出行最繁忙的时段，每天长时间耗在渡口排队过渡不说，还得支付比以往更加高昂的过渡费，群众反映异常强烈，怨声载道，阿哥心急如焚，多次与梅寨乡政府协商无果。人家说，这是农户的事呢，政府哪管得了？

阿哥苦思数天，终于想出了一条妙计。

阿哥将斗山村村主任老田叫到办公室细谈了半小时。于是，第二天在斗山至梅寨公路最狭窄处，人们发现朝路的两端方向各竖了一块告示牌：因塌方危险，此路段严禁通行，请所有乡民绕道行走！两块告示牌中间是堆得高高的巨大石块，连人都爬过不过去更不用说车辆了。每天，老田派青壮村民轮流把守路口，任何人不准通过。路，彻底被阻断了。

一个星期后，阿哥再往梅寨乡政府沟通，梅寨乡政府立即通知梅寨村支两委，就塌方地清障和补偿工作展开协调。

第二天，沿河公路再次贯通。

警察和妓女

阿哥作为宁波市对口帮扶地区的乡镇领导，有幸参加了本地区赴宁波产业考察团，受到宁波市的高规格接待。说实在的，虽然此行收获不少，但宁波的语言和饮食着实让阿哥够呛了一回，直到现在，阿哥依然认为，世界上只有家乡话和朝天辣才对自己的胃口！

考察团到达宁波的当晚，一桌丰盛的晚餐让阿哥觉得有点稀奇古怪，全是些叫不出名字的，没一样是有辣椒的。自己临行前阿嫂倒是备了一小瓶油制朝天椒，但这种场合拿出来显然是不适合的。海虾大得吓人，一碟生海鲜剥壳蘸醋就送进嘴里，活蹦乱跳的虾用黄酒淹几分钟就醉酒不动了，用手剥去外壳掐去头尾蘸芥末酱吃了，主人们吃得津津有味。阿哥大跌眼镜：浙江人真吃得野！但转念一想，自己最喜欢吃的家乡美食鱼生和生羊瘪、生牛瘪不也是生的吗？蘸了米醋、辣椒、拌上花椒末、捶油、姜、葱照样吃得津津有味？外人不是也说吃得野蛮粗鲁吗？怕啥！为表示自己能行，也学样子剥了一只醉虾蘸了一下芥末酱料便往嘴里送，顿时，一股难忍的强烈刺激气味直冲鼻腔，差一点喷出来了！阿哥一咬牙，嚼嚼吞了，眼睛一闭，眼泪就忍不住飘飞了，难受得头晕脑涨，阿哥长舒了一口气，主人们大笑："慢点慢点，不着急！"阿哥顿时想到一个词：残忍之极！

为表示尊重，同桌相陪的主人将一只最大的金色螃蟹夹在阿哥面前的小碟里，这可让阿哥有点不知所措了，怎么吃这大家伙？良久，阿哥也学着众人的样子卸下蟹脚蟹螯，使劲撬开蟹盖吃蟹肉蟹黄，完了，将硕大的蟹螯与蟹脚分进垃圾盘中。定期收拾垃圾的服务生站在阿哥身边好久不动手，问阿哥："先生，不要了？"

阿哥说："是呀，不要了。"

"真不要了？"服务员一脸疑惑，同桌的主人们也在困惑。

"真不要了！"阿哥补充说，也一脸疑惑，一看，全桌只有自己面前的垃圾没清了呢。

见阿哥不解，旁边相陪的主人只好说："除了蟹黄，最美味的就是蟹白了。"并示范着咬破蟹螯坚硬的外壳，轻轻剥开，原来里面全是白生生的蟹白。阿哥后悔了，但服务生早将垃圾清走了。

第二天上午，宁波市召开了隆重的经验介绍会，市委书记亲自作了经验介绍，但市委书记江南口音浓重的"浙普"让阿哥似懂非懂。阿哥只是清清楚楚地记得市委书记讲的最重要的经验是："千道理，万道理，发展才是硬道理，总之，宁波的经验只有两条：一靠'警察'，二靠'妓女'！宁波正是紧紧地抓住了改革开放的好'警察'和千载难逢的好'妓女'，才能趁势而上，打开局面，铸造辉煌！谢谢！"会场里顿时响起了经久不息的掌声，阿哥也莫名其妙地跟着拍手鼓掌。但阿哥却百思不得其解："一个是警察，一个是妓女，是对头呀，怎么就联合起来共同造就了宁波的辉煌了呢？真的搞不懂！"

参观完一个农村生态观光园后，回下榻宾馆的途中，阿哥终于忍不住就这个问题悄悄咨询了陪同的主人。主人说："对不起，我们实在不敢恭维我们市委书记的普通话，让你们费解了，他讲的是，宁波的发展，靠的是良好'政策'和千载难逢的'机遇'！而非好'警察'和好'妓女'也！"

阿哥恍然大悟，汗颜不已："自己的语感咋就那么差呢？"不过阿哥也释然了，自己也不是在酒后将"在河口吃饭"说成"在和狗七饭"吗？其实是一样的。

宁波风俗

话说阿哥们的宁波考察之行进入第四天了，每天中午不喝酒，晚上每桌上两瓶。江南酒淡，阿哥量大，10人一桌，两小圈就没了，那只是小意思罢了，哪里到阿哥脸红呀，因此往往推杯不饮，说自己不胜酒力！

在江滨小城，几乎没人喝低度白酒的，要喝就喝52度以上的。小城流行着阿哥的一句"名言"："两瓶白酒4个人喝？别说有我在哩，我丢不起这个人哟！"明显是嫌酒少，不过瘾。

考察进入第四天下午，同行的一个小城干部与宁波相陪的干部闲谈，无意中说起了阿哥这句经典名言，宁波干部骇然。宁波人不喜烈酒，正式场合往往只象征性礼节性地上一些啤酒红酒或度数较低的白酒，且一般不劝酒，也不规定数量，秉持自觉、适量、尽兴三结合原则，饮酒风尚自然与小城相去甚远。

但自从听过这句阿哥的"名言"后，宁波的朋友心里便有底了，有心探探阿哥的深浅虚实。是夜，破例在阿哥这桌上了4瓶38度绍兴老酒，阿哥一看桌面中央齐茬茬站了4瓶白酒，也就不再推辞说不能喝酒了，杯来杯挡，盅来盅上，你来我往，开怀畅饮了。心想，这酒口感不错，大有"入口柔，一线喉"的感觉，不就4瓶吗？7个人喝算什么？因此一点不担心的，便积极主动开展工作，喝完为止就差不多了。不多时，气氛便上来了，4瓶老酒即将告罄，阿哥以一敌六，一瓶老酒下肚了。6个主人们平分3瓶，已是一个个脸红筋涨，话语越来越投机，阿哥却没事人一般，果然名不虚传，主人不禁连称梁书记好酒量。

阿哥以为就此打住散席了，谁知主人一眨眼，又上了4瓶老酒，门外还进来女士两个，分别坐在阿哥两旁。主人介绍："这是我们办公室的秘书，听闻梁书记好酒量，特意来见识见识的，难得有这么好的气氛，咱放开喝，尽兴为止。"

果然两女士轻声软语，举止得当，不偷奸耍滑，与大伙儿斟酒的同时，自己一杯不落喝干，顿时面若桃色，时不时还挽起阿哥的左右臂，劝酒不迭。不多时，阿哥酒眼有些昏花了，觉得两女直如家乡陪客劝酒的漂亮村姑——村头老张家的两个姑娘，阿哥高兴得眉飞色舞，大呼："宁波也有这么好的风俗？我以为只有我们家乡才有呢！真想不到，哈哈哈！好风俗！好！喝！"

月亮山区，都柳江畔，民风淳朴，好客好酒好热闹，一家有酒十家醉，在小镇里可以做到随时请人陪客助兴，特别是请一些酒量好的姑娘陪客喝酒助兴是常事，久而久之，阿哥便习以为常了。阿哥也常用"米酒，不喝；白酒，小杯；啤酒，一瓶；花酒呢？随便来！"来讽刺"花酒"（有美女陪酒）客的，其实阿哥又何尝不喜欢有女性陪酒助兴呢？

有美女助兴，酒兴直往上蹿，再上的4瓶绍兴老酒不多久也没了，两个女士花容失色，大有把持不住之势，醉了。此时，阿哥又是一瓶半老酒下肚，醉了，但口中依然嘟囔："你们两个虽然漂亮，但酒量可比我们山里的姑娘们差多了！差多了！"可这次阿哥是真的醉了，脑袋一耷拉，扑在桌上起不来了。

有点臭酒的水

阿哥在斗山镇工作期间，有相当一部分精力是与接边的广西乡镇领导协同处理山林纠纷、偷牛盗马之类的事务，以及衍生出来的往来接待、"走相思"什么的，其中最让阿哥感慨的莫过于"广西老表真有空闲"！

谁都知道"上面千条线，下面一根针"，乡镇工作难啊！阿哥做事扎实认真，总觉得需要做的事太多，时间不够用，真不知广西的干部怎么会有这么多时间来贵州"考察""学习""观摩"呢，难道他们真有三头六臂神通广大？而自己几乎抽不出时间去回访，真是无语、无奈之极。广西老表热情、好客、善侃、勤走，这阿哥是早有领教了的，尤其是"勤走"更是让阿哥颇有些不适。

阿哥刚调任斗山镇政法委书记、副镇长那会儿，曾为处理一起斗山镇农民在广西务工时意外死亡之事，带了司法所所长和派出所所长和一个干警特赴百里外的广西泰良镇，与有关部门就死亡赔偿及后事处理达成共识后，客气地邀请该镇相关部门领导在适当时机来斗山镇指导工作。

让阿哥始料未及的是他周一才离开广西，周五就接到泰良镇政府办公室发来的传真，说政法委书记携有关部门领导一行15人将于明天前来斗山镇考察学习！我的天！才隔几天时间哟？我去4人，你老表马上带15人大部队杀回马枪了，也罢，也罢，明天的会俺老梁请假，陪老表。

当晚每瓶228元的"茅台镇原酱"上了5件，吃得老表们大呼过瘾，尽兴而归。要知道阿哥4人几天前在泰良镇喝的可全是几元钱一斤的广西区酒"米单米双"呦。临别，客人照例盛情邀请阿哥带斗山镇的干部回访。

时间过得真快，一晃10个月时间过去了，泰良镇曾两次电话邀请阿哥带队回访，可阿哥哪里有空带这么多干部回访呦，故一直未有过动议。

哪曾想到在年底乡镇最繁忙的季节里，却收到泰良镇新任镇长将带队赴斗山考察学习的电函。一见面，泰良镇政法委书记紧紧握住阿哥的手说："梁书记，请你们来走走，你们又不来，这不，我们又来了的啵！"当晚又是茅台王子酒4件告罄，皆大欢喜。

开春了，又进入繁忙季节。那天阿哥正准备落实县政法委重新规范村规民约之事进村宣传，接到泰良镇政府办公室发来的传真件："诚挚邀请斗山镇领导前来参加本镇第四届斗马节！"阿哥说实在太忙，一大堆事等待处理呢，回绝算了。书记思之再三，决定还是派阿哥带一名副镇长、派出所和司法所所长、民政股长一行5人前往，就当正规考察一下广西举办节庆的思路、方案吧。

老朋友见面，分外热情，阿哥一行受到高规格接待。广西老表最注重接待的对等性，副科对副科，正科对正科，绝不越位的，但今天镇长亲自出面了，正科级对副科级，按广西人的说法是调高了接待规格，给足了老朋友面子。

正式开席了，按例上菜摆酒围人上座，满满一大桌，气氛热烈。阿哥一看，上的又是大桶"区酒"——米单米双，就傻眼了！虽然阿哥酒量好，但喝的不是高度优质白酒就是自酿的农家纯米酒，而米单米双不但度数低，有冷水味，喝了还打头呢，贵州人都不喜欢喝。阿哥心里不舒服，又不好发作，我拿茅台镇原酱待你，你却拿米单米双待我？

大家坐定还未开席，阿哥装着不经意似的端起自己面前的三两白瓷杯一饮而尽，吧唧吧唧两下嘴皮，故意皱着眉头："嘿！怎么搞的？你们的白开水有点臭酒呢！"

擂鼓听声，说话听音，见阿哥此举，众人面面相觑，不知如何回答！突然，泰良镇长宣布："上桂林三花！"桂林三花虽比不上茅台镇原酱，但总比米单米双好上好几倍的，今晚，总算不因米单米而头痛了！大伙儿一直在心里暗笑，梁书记，真有你的！

老歌师当评委

　　还没入秋，镇政府便下发红头文件，决定在"斗山镇第八届'丰收杯'篮球运动会"决赛后的颁奖晚会上，举办"纪念红军长征胜利70周年农村合唱大赛"，参赛对象为19个行政村村民，一来庆祝长征胜利，永远牢记历史；二来庆祝斗山镇椪柑大丰收；三来为一年一度的小城侗族大歌节凑热闹打前站。《没有共产党就没有新中国》是必唱歌曲，另一首则由各队自选。

　　斗山素来有运动风尚，各村都有自己的球队，且随着高中生、大学生的不断参加，竞技水平越来越高。在阿哥书记的带动下，斗山镇的文体活动开展得有声有色，成为一张叫得响的名片。但以村为单位的村民合唱大赛却是破天荒头一回，此举不但得到斗山镇各村的积极响应，而且得到县委、县政府的支持和社会各界的普遍关注，县文广局特派专业主持人到场，县音舞协会派会员担纲大赛评委，县艺术团的全套音响也无偿提供给大赛使用，那可是全县最好的音响设备呢。

　　除19个村的参赛队外，阿哥还组了一支60人的合唱表演队，主要由中小学教师和部分镇属机关干部组成，阿哥书记亲自担任合唱指挥，在中学专业音乐老师的精心指导下，经过20个晚上的刻苦训练，合唱水平得到大幅提高，阿哥很是满意，决定作为压轴戏在合唱大赛结束后表演。

　　合唱大赛如期在篮球运动会冠亚军决赛后的晚上举行。太阳刚落坡，球场上已是灯火通明，人头攒动。令观众感到纳闷的是，评委席上除了三个县音舞协会会员和中学音乐老师外，竟然还端坐着三个头挽黑帕口含烟杆喝得脸红筋涨的老人。原来这是阿哥别出心裁亲自下村里请来的老歌师。农村歌师当评委成为本届农村合唱大赛的又一特色和亮点。

大赛于晚8时整拉开序幕，各村参赛队的自选歌曲，有的是民歌、有的是通俗歌曲，有的是苗歌、有的是侗歌，不一而足，各具特色，观众反响热烈，掌声不断。

最后上场的是合唱表演队。男女队员清一色灰色军装八角帽，一个个唇红齿白面若桃色，精神抖擞依次登场，阵容整齐，令人耳目一新，甫一站定便博得全场观众最热烈的掌声。只见阿哥书记健步登上指挥台，右手还拿了一根白色的小棒，淡定中透着激情，面向评委席鞠躬了一躬后，回身站定，右手一扬，歌声便起，整个动作干净利索，一气呵成，俨然真正的合唱指挥家模样。随着阿哥指挥棒的跳动，合唱队齐唱了一遍《没有共产党就没有新中国》，男女声二重唱艺术性地完成第二遍后，更是以饱满的激情完成了难度大的三重唱《四渡赤水》。歌声荡气回肠，合唱的艺术震撼了全场观众，博得全场观众雷鸣般的掌声。

阿哥十分满意今天的指挥和演唱效果，笑容满面，容光焕发，转身面向评委和观众连连抱拳谢幕，稀疏的头顶在白炽灯下更加发亮，这可是他花了整整20个晚上工夫经过无数次修改训练的心血之作呢，好货存底，理所当然成为今晚的压轴重戏，必将起到引领示范作用。

队员徐徐退场后，美女主持甜甜的声音再次亮起："请各位评委为20号参赛队亮分！"话音刚落，人们纷纷望向评委席，只见从左到右音协会员和音乐老师评委分别亮出了全场最高分。当要报三个歌师打的分数时，这三个歌师却迟迟不举牌。美女主持大惑不解，便趋身来到歌师身边，笑着说："老人家，为什么你们不亮分呢？"迟疑了好一会，6号老歌师摇摇晃晃站起来，对主持人说："我们几个的孙崽还在这里读书呢，不好打分的。"阿哥走到老歌师面前说："没什么顾忌的，您老就放心说吧！"老歌师才对着麦克风大声说道："还说是老师呢？唱一首歌，就那短短几句，梁书记都这么用力指挥了，还唱不整齐，那些女老师就不会唱慢点等哈，那些男老师也是，就那几个字，也不会唱快点，听起来稀里哗啦的，一点不整齐，这些老师教我孙崽，我咋个放心啊！"全场经过短暂静静的惊讶后，顿时爆发了热烈的笑声。阿哥无语之极，只有无奈地连连摇头。

颁奖结束后已是深夜，阿哥亲自带三个老歌师回旅社休息。刚刚走进大堂，老歌师抬头一看，见墙上挂着4个时钟，分别是北京、纽约、伦敦和东京时间，老歌师站着愣了好一会，说："唉！还客家呢，4个钟都走得不一样！"言语间表现出来的无奈比阿哥的无奈更胜十分。从此，阿哥在合唱大赛中再也没请过老歌师当评委了！

煮熟的公螺蛳

侗寨仔阿哥，能说会唱，侗歌唱得特溜，通俗、民族、美声张嘴就来，这是阿哥引以为傲的。但快乐的阿哥也有烦恼，其中最大的烦恼是自己对不同语言的感觉与适应上始终不如意，在月亮山上打拼了十几年还不会说苗话就是明证。自从那次把"在四寨河口吃饭"说成"在四寨和狗七饭"被朋友们当场狠狠地批了一通后，阿哥在以后的交流中就刻意纠正自己的发音，并取得了明显成效。可喝酒后舌头就怎么也捋不顺了，旧病复发，朋友们听惯了也就不以为然了。但在外人特别是外地人听来就不知所云了。

那一年秋天，省农业厅的领导来小城检查工作，带队的是谢韵副厅长。女厅长不善喝酒却喜饭后散步，于是分管农业的女副县长便携阿哥等部门领导陪着沿都柳江东岸从北上新区一路南下。都柳江穿小城而过，华灯初上，两岸的临江建筑和四座跨江大桥上彩灯闪烁，在江面上形成漂亮的倒影，整个江面、江岸都成了光的海洋，灯的世界，仿若夜晚的凤凰古城，煞是好看！谢副厅长一行心旷神怡，不觉走到了东岸夜市区。

东岸夜市区紧临江滨路，河风习习，空气新鲜，沿街整齐排列了长长的简易夜市棚，下面便是波光粼粼光影绰绰的江面。几扎啤酒，一只烤鱼或几串烤肉就可品上几小时，享受小城的悠闲时光，因此一到晚上这里便成了小城最是热闹的好去处。谢副厅长一行散步到此已两公里有余，有些累了，阿哥提议进夜市棚里稍事休息再走。谢副厅长一看时间还早，棚里人也不多，便答应了。

漂亮的老板娘立即招呼众人围桌坐定，阿哥便向谢副厅长极力推介起小城特色油茶，苦凉可口，清心明目，环保绿色，清肠健康，增加食欲，是真正的减肥良品，与茶室里的铁观音、龙井之流是不可相提并论的。经此一吹，谢副厅长来了兴趣，阿哥便要了一份油茶，几扎蓝带啤酒，便与同行几人以油茶下酒又喝开了。谢副厅长细细品着小城油茶，看着夹岸灯光闪烁，小城夜景漂亮，心情十分惬意，忽见邻桌有螺蛳，便主动叫了一份小城特色炒螺蛳。此时，阿哥已是4罐啤酒下肚了，加上在晚上喝的白酒，已有五分酒意了。

炒螺蛳端上来了，冒着热气，透着清香，特别诱人，谢副厅长素来喜爱吃各地特色小吃，见此，忙动筷夹了一颗大螺蛳放进自己的碗里，正想用牙签挑螺肉，突然，阿哥站起来说："厅长，这个螺蛳是公的！"谢副厅长一愣，错愕良久，依然不明就里，一时间又不好问"是公螺蛳又怎么了"？只好将"公螺蛳"轻轻放在桌上。又伸筷拈了一颗稍小一点的，螺蛳尚在半空中，阿哥又说："厅长，这个还是公的！"谢厅长又怔了一下，又放在桌上。再夹了一颗，慢慢提起，眼望阿哥，想看他又怎么说。阿哥稍一瞅便说："好！厅长，这个不是公的了！"谢副厅长在疑惑中用牙签从壳里挑出螺肉放进嘴口，麻中带辣，味道十分可口，不禁连连称赞："不错，不错，味道很好！"

从夜市棚里出来，阿哥住南下，也就直接回家了。李副县长陪着谢副厅长一行原路散步回北上住处。路上，谢副厅长满脸困惑，用贵阳话说："李县长，我发觉你们这个梁局长真是有点厉害呦！真不愧是学农业出身的。"

李副县长听厅领导表扬自己的干部，甚是得意："谢谢领导表扬！梁局长是不错的。"

"这个本事他是咋个练出来的呢？"谢副厅长好像在自言自语。

"哪样本事呀？"李副县长也有点懵了。

"煮熟的螺蛳还得出公母！"谢副厅长话一出口，李副县长便笑得直不起腰来，笑得谢副厅长又是一脸困惑。

良久，李副县长才止住了笑声，说："唉哟，他这哪是什么厉害呦，他见您抾的螺蛳没盖，里面是空的，没肉，是商家用来垫盘子充数的，他是在提醒您螺蛳是空的罢了，这家伙一有点酒意后便舌头捋不直，将'空'说成'公'了！哪是什么煮熟的'公螺蛳''母螺蛳'呀！"

这次是谢副厅长尴尬地笑了："原来如此！原来如此！真有趣，不过，你们这个梁局长也还是厉害的，一眼就看得出是空的假螺蛳呢！"

钱包去哪儿了

周四下午，县职中的赵校长来电说，明天上午9点召开散学典礼，特邀阿哥前往职中给学生们鼓劲、颁奖。阿哥欣然答应了。

这阿哥呀，在乡镇工作近20年，对农村感情深，深知穷根在教育，农村孩子读书不易，尤其是西部乡镇山高路陡，交通不便，经济滞后，贫困面大，能读书的孩子不多，来读职中的绝大多数是农村孩子。为让西部山区孩子能读上书，阿哥没少费心，常常利用自己长期在西部工作积攒起来的资源动员农村朋友的孩子上高中，特别是动员孩子们来读职中，学技术。

又利用自己当前的工作岗位优势，联系杭州三替家政学院到职中开展定点帮扶工作，县职中每年选派60名学生前往杭州学习，往返和生活、学习的一切费用均由三替学院负责。三替学院教职工见阿哥为了山区孩子的学习不遗余力，深为感动，又觉得阿哥诙谐幽默，为人诚实可靠，值得信赖，便纷纷委托阿哥寻找贫困好学的山区孩子定点资助。这不，资助款昨天刚刚打进阿哥的卡里，明天就放假了，正好在典礼上将资助款发给孩子们，扩大影响，充分发挥激励作用。

第二天上午8点，阿哥急忙取了1万元钱，装在自己平时揣的那个手掌般大棕红色男式手包里，胀鼓鼓的。

阿哥腋下夹着手包急匆匆赶到职中时，典礼也已准备就绪。颁奖席上摆了几大摞十分精致的棕红色笔记本和奖状，学校要表彰一批优秀的学生，奖品就是清一色漂亮的棕红色笔记本。典礼上阿哥作了简短但热情洋溢的讲话，希望孩子们穷不忘志，学有所成，为自己的家乡、自己的家庭脱贫致富奔小康而不懈努力。作为今天的颁奖嘉宾，阿哥郑重其事将一本本笔记本和一张张奖状一一递给受奖的孩子们。

"典礼最后一项，由梁书记为贫困好学的吴老纽等20位同学转发爱心人士的资助款，大家欢迎！"会场响起了热烈掌声，随后赵校长大声宣布受资助的同学名单。

阿哥顺手操过棕红色手包，准备将资助款一一分发，却顿时傻眼了，装钱的手包怎么变成了笔记本？钱包哪去了？赵校长也大惊，那可是万元资助款呀！

原来，这手包与笔记本形状几近，颜色相同，厚度一致，重量相仿，又有奖状相混颁发，阿哥一不留神竟将旁边的棕红色手包当笔记本发给学生了，这将如何是好？素性淡定的阿哥急得出了冷汗。

正当赵校长准备将受奖学生全召到前台追查此事时，只见几个女生簇拥着一个女生笑眯眯走到前台，将手包递上，说："赵校长，别人的都是笔记本，我的怎么是包呀？而且里面全是钱，不会是错了吧？"

赵校长顿时转忧为喜，当即表扬了女生，阿哥更是感动不已，嘴角笑到耳朵根了，连连说："你太漂亮了，太漂亮也！"阿哥说的漂亮当然既有夸奖女生的漂亮，更有学校教育做得漂亮了。

为狗事赋诗

　　阿哥从基层一步步走上领导岗位，积累了丰富的农村工作经验，且为人幽默风趣，开朗大方，酒量又好，最易为农民接受，为此，在实施教育、计生、维稳、征拆等涉农工作中遇到难解之题时，县领导往往想到阿哥。

　　农村工作，阿哥不怕苦不怕累不怕脏不怕饿不信邪不怕醉，却怕狗。

　　小时候，阿哥屁颠屁颠地跟着大哥走村串寨唠姑娘，别人都能找到心合意的姑娘唱歌唱到东方亮，阿哥少不更事，没姑娘愿陪，觉得没趣，便走到走廊外，见姑娘家屋角的稻草堆上有几只毛茸茸的小狗崽可爱极了。阿哥见母狗不在，便想上前抚摸小狗崽，哪曾想到母狗不知从哪里蹿了出来疯狂扑向阿哥，张嘴便咬。幸亏是冬天穿得厚实，母狗只咬住了崭新硬扎的侗衣疯狂拽，将才穿的新侗衣袖子扯下一块布，直到主人赶到才松口。虽没伤及皮肉，阿哥却大受惊吓，从此落下了见狗就怕的毛病，再也不敢晚上串寨唠姑娘了。

　　为了协调快速铁路和高速公路过境征拆补偿工作，一天晚上，阿哥随"两高办"的领导又来到了小城北部大山里的摆横寨。这是一个喜欢养狗的苗寨，家家户户都养有一两条狗，只要有陌生人进寨，狗们便一个接着一个地乱叫，上蹿下跳，苗寨人团结，连狗都同一条心，一呼百应，以助声威，顿时全寨狗叫连天，吠声鼎沸。所谓"一回遭蛇咬，十年怕井绳"，只要进村入户，阿哥必带一根木棍，以求关键时刻能够仗棒自保。

阿哥一行刚刚走进一家农户，楼梯脚下便窜出一条母狗，这又是一条刚生产的母狗，护子心切，一个劲地朝着阿哥等人狂叫，模样十分凶猛恐怖。其实，这是母狗极尽恐吓之能事罢了，其他人手上都有木棍，但都能保持平静，只要不进一步激怒母狗便不碍事，但阿哥因惧狗，本能地棍子一扬，想仗棍吓退母狗。哪曾想到这一扬却更激怒了护子心切的母狗，母狗不退反进，一跃扑将上来，阿哥躲闪不及，脚踝被咬住了，血流不止，村干部们连夜将其送往邻县的榕江医院治疗。

路上，阿哥觉得无聊，便致电铁杆哥们老坏说了自己被狗咬的事，并告诉他并无大碍，只恐狂犬病需注射疫苗而已，不要告诉阿嫂。

坏哥也真是坏得可以，得知阿哥虽被狗咬伤，但情况并不严重，立即来了精神，正经地电告阿嫂："嫂子啊，不好了，我哥今晚下乡被狗咬中'要害'，那东西都被咬掉了，现在正在赶往榕江县医院抢救呢，也不知道能不能接得上？我哥不让我告诉你的，怕你担心，我思来想去，你总会知道的，还是告诉你的好。"

阿嫂大惊，这可是真正的命根呢，命根都没了，那还了得？吓得立马致电阿哥："怎么这么不小心，被狗咬了，还偏偏咬中了那地方呀？看来县医院是不行的，还是尽快想办法去州医院吧，最好能上省医院，嗯，还是先去县医院处理一下再想办法吧，我马上想办法上榕江来。一定要保住呦！"阿嫂说着说着便哭了。

阿哥一听，哭笑不得，自知又被这哥们给戏弄了，要求老坏待自己伤愈后请客致歉，老坏哈哈大笑，满口答应。

一个月后，阿哥痊愈出院了，坏哥履行承诺，请客致歉，隆重庆祝阿哥"复出江湖"，酒至半酣，老坏突发奇想，赋打油诗一首，极尽调侃之能事："阿哥为民乡下跑，走村串寨被狗咬；卧床治疗一个月，可怜啥也干不了。"

所谓"人有旦夕祸福，事有善恶相报"，次年正月十五，坏哥大清早抱着小狗晨练，不幸被自家小狗咬伤右臂，电话向阿哥报告。阿哥灵感一来，立即短信赋打油诗一首以表同情："元宵佳节去晨跑，不幸被狗咬小鸟，只需戒酒一个月，可怜啥也干不了！"

（朋友盛梅提供初稿）

我是老火

阿哥平生遭遇的最尴尬难堪的事还不是躲酒闹的那一出。

一天夜里，阿哥从乡镇回家，胃火辣火辣的，不舒服极了，服了一大把陈香露白露后便躺下了，为免打扰也将手机关掉。没想才刚刚入睡，床头柜上的座机便响了。阿哥顿时惊醒，心里窝着火，什么人这么可恶，这时还来骚扰人？手机可关机，座机可不能扯线了事呀。这铃声闹得阿哥心烦，没睁眼就扯过听筒，没好声气地说："喂，哪个？"迷糊中只听一个略带沙哑的声音："天平呀，我是老火呀！"

不听则已，一听又是这声音，阿哥便火冒三丈，立即回敬道："你是老火？我还是老火他爹呢，你这狗东西尽做这些缺德事，不晓得老子近来这胃痛得老火吗？一直不得休息好，这才刚刚入睡呢，这大半夜的又来骚扰老子……"

噼里啪啦一顿回骂，让对方无法插嘴。直到阿哥发泄完了，对方才又慢慢地说："天平哪，今天怎么了？谁惹你了？我好像没惹你吧？火气这么大呢，你先说说是个什么情况，再跟我汇报一下今天处理九一村事件的情况。"

阿哥一听，顿时慌了，原来这回不是老友刘结巴在调戏自己，而真的是县委火书记。火书记一直记挂着这"两高"过境征地产生的问题，原来九一侗寨数百村民团团围住九一隧道口，不准施工，与施工方对峙，随时可能爆发更严重的冲突，乃至流血伤亡事件。阿哥农村工作经验丰富，又是侗家仔，曾多次协助县委政府成功处理多起农村突发事件，这次也不例外，阿哥率队出马，大清早出发，经过一天苦口婆心，讲政策摆道理，再次成功解围，只是阿哥工作15个小时，口干舌燥，心急如焚，腰酸背痛腿抽筋，偏偏这胃又不争气，一着急便火燎火燎的痛，回来就休息了，明天再汇报吧。

谁想到在外学习的县委火书记一直记挂着事件处理结果，思虑再三，还是想听听阿哥的汇报。于是，半夜里打阿哥手机，关机，以为出了什么事故，因为领导干部必须一天24小时开机的，急忙查询阿哥家座机号码，又打到家里来了。哪想到才接通电话，话还没说完一句便挨阿哥一顿臭骂。好在火书记虽然姓火，却脾气好，涵养深，为人善，且对阿哥素来信任，听阿哥话里有因，可能有误会，才又保持了一贯的稳重继续通话呢。

阿哥惊得披被下床坐在地板上，连连说："火书记，对不起，对不起，真以为又是刘结巴来调戏我，才发火的，并非有意对书记不敬。"接着详细汇报了事件的处理情况，火书记才放心地休息了。

其实刘结巴调戏阿哥的故事火书记也是知道的，后来还流传得很广，传为经典的笑话。

原来好友刘结巴为人更幽默，说话更风趣，笑点特多，只是有时候有点损。刘结巴有一项无人能及的本领，能记住所有科局长以上干部的奶名，能惟妙惟肖地模仿很多领导的说话声音和口吻。一天深夜，阿哥被电话铃声惊醒，一看，是本地一个座机电话号码。"天平呀，我是老火，马上到滨江酒店来，有老朋友要见你。"阿哥一听是火书记的电话，立即起床赶到滨江宾馆大厅，连个鬼影子都没有，哪有什么火书记水书记呀！问总台服务员，这才知道是这死结巴搞的鬼，深悔自己一时情急不细辨真假，上当了。此事一传出后，便时常有朋友故意模仿领导的口气打阿哥电话，所以阿哥才一听"我是老火"便发火了，哪曾想又惹下了"怒骂"县委书记的尴尬糗事，阿哥后悔极了。

一回遭蛇咬，十年怕井绳。这次真的火书记深夜来电，阿哥又没辨真假，便一顿臭骂回去，成了小城第一个敢骂县委书记的科局长。

千万别扯淡

有人说，其实每个人一生之中能够喝的酒的总量大体相当，前半生喝得多，则后半生就喝得少甚至不能喝了；若前半生喝得少，细水长流，那么，可以喝到生命终止。

随着年纪增大，阿哥觉得这句话越来越有道理，因为一过45岁就明显觉得酒量在走下坡路，身体大有不堪重负之感，对应酬、接待、酒会之事已日渐忌讳了。于是，常常躲酒，不过有时躲酒也撞枪，真是无法嘎。

一日下午，阿哥从乡镇检查工作回来，觉得很累，就直接回家了，想躲家里喝点阿嫂特意为阿哥煮的枸杞小米粥，滋养滋养多灾多难的胃，陪陪正在读初三准备中考的青儿。才喝了几口粥，手机就响了，阿哥一看，顿时犯难了，接还是不接呢？这可是县委李副书记的电话呢，每次他的电话一来，基本上是有应酬任务了，更何况是在吃晚饭这个时间节点上呢。阿哥眉头紧锁，叹了口气，向阿嫂扫了一眼，阿嫂轻轻摆头，于是，阿哥断然点开接听键。果然是命阿哥马上到龙腾大酒店999号房来。阿哥急中生智："真是的，书记你早安排就好了，我现在凯里呢！""啊，上凯里干什么？"李副书记见阿哥不在，便随便问了一句。阿哥连忙说："啊，李书记呀，今天上来向州局李局长汇报点关于稻鱼鸭工程实施情况，正在准备陪我们李局长吃晚饭呢！"

电话里顿时传来一阵爆笑声。阿哥不明所以，茫然之中，只听李副书记说："那你好好陪李局长吧！少喝点啊，你胃不太好。"阿哥终于松了口气，连声感谢领导的关爱，铭感五内。心想，这下可以安心喝粥陪儿子了。

第二天下午下班前，阿哥来到李副书记办公室，正想向领导解释一下。李副书记笑着说："正想找你呢，说曹操，曹操就到，胃好点了吗？"阿哥一怔，有些茫然。

"你知道昨天晚上我要你来陪的是什么人吗？"

阿哥不禁一愣，怯怯地说："不知。"

"正是你们州局的李局长！有病要直说，不要硬撑，更不要耍这小聪明，你昨天不是下加榜了吗？"李副书记严肃地说。

阿哥顿时脸红到耳朵根了，憨笑着连连称："是，是，是，领导英明，领导英明！昨天下乡挺累的，想在家多陪一下儿子，所以……"

阿哥想不到这次躲到凯里了都还"撞车"，自己怎么这么背时呢，第一次躲酒就出事了呢，还落下了个不诚实，欺骗领导的罪名呢。好在平时领导对阿哥喜爱有加，知此次"撞车"实属无奈，询问了其他人才知阿哥肠胃犯病厉害了，严厉批评了几句，交代以后不要再扯淡就放行了。

可是第二次就不那幸运了。县委领导大多是交流干部，老婆孩子都在州府凯里，但即使是双休日，县领导也常常因工作不能回家与家人团聚。一个周末下午，阿哥再次接到李副书记电话："梁局长，省里有几个部门领导下来调研，其中就有农林口领导，你准备一下速来汇报工作。"其时，因肠炎严重，阿哥正在小区的一个诊所里打点滴，平时一些小病能扛即扛，能拖则拖，这次是实在不行了才输液的。可又不好直接说正在输液治病，陪客实际上就是工作呀，平时从来把工作摆在第一位的阿哥此时又犯难了，心一横，说："书记，我在凯里呢！实在对不起，老吴来汇报行吗？"

李副书记一听，知道阿哥又在扯淡想躲酒了。于是装着高兴地说："啊，原来在凯里呀，那正好，明天你帮我将我家杨欣带下来，她也来探探亲才行，否则我一个单身汉久了也会出现问题的，哈哈！马上通知老吴来汇报吧。"杨欣是李副书记的爱人。

苦也，这可如何是好？阿哥脸上直冒虚汗。事到如今，只有以一个谎言掩盖另一个谎言了，阿哥再次心一横，随口说到："书记，你不早说呀，我们现在已过丹寨了呢，要不，安排其他人接一下？""还扯什么蛋？就不能实诚点？知道你正在输液，身体是本钱！好好治疗，不要再给我扯淡了！"李副书记真有点生气了。阿哥愕然了，看来真不能扯淡了！

十二吨洋芋

阿哥调机关工作后，除常规工作外，又有了以前在乡镇时没有的任务——扶贫。

小城乡村交通普遍滞后，教育发展不平衡，贫困面大程度深，这是阿哥感受最深的。根据县委的安排，阿哥所在单位扶贫对象是大山里的石梁乡，具体落实在阿哥身上的是纠求村，120户，657人，是该乡最贫困的村之一，一条通村公路蜿蜒在坡上，进组入户路都是"水泥路"——水和泥巴构成的公路。阿哥首次走访，问村民们当前最急需解决的困难是什么？村民们说，如果把村里的路硬化就好了。阿哥一想，对呀，要想富，先修路嘛！于是决定从硬化村道入手，将"水泥路"变成实实在在的水泥路。

阿哥想起搞水利工程建设的小学同学老才，便向他伸手要了3吨水泥。再向明大水泥厂讨来2吨水泥，又从局里经费中解决了7吨水泥，亲自将12吨水泥送到纠求村，进组公路硬化问题很快解决了。阿哥为自己能为纠求村的脱贫致富做了一件实实在在的事情而深感欣慰。

　　这年秋天，阿哥又去纠求探访。问村民们现在要解决的问题是什么？村民们面面相觑，山里不缺水，路也通了，大家也提不出急需解决的困难。阿哥说："能不能搞一些项目如种养殖什么的，提高大家的经济收入？"村主任说："我们这里土质适合种洋芋。"村民们附和说："种洋芋好，人和猪都可以吃。"于是，阿哥答应为村里解决洋芋种，村民家家户户种洋芋，由阿哥联系销路。

　　且说阿哥有个进修时的同学，如今已是省农业厅植保总站站长了。阿哥一个电话打过去，谈了想扶持一个村种洋芋并帮助销路的事，老同学能不能帮解决几千斤洋芋种？站长同学马上答应解决12吨优质洋芋种，原来省里正在推广新品高产洋芋种植。阿哥大喜过望，正愁找不到洋芋种呢，想不到讨要几千斤得了几万斤。有同学的支持，阿哥信心更足了，决定将纠求村打造成新品洋芋种植示范基地。

　　很快，在冬天里的一天，站长同学亲自押运满满一大卡车新品洋芋种来了。考虑到省厅领导亲自送来，又是县里首个洋芋新品种植基地，必须加强宣传，扩大影响。于是阿哥留同学在城里稍事休息，大卡车先走，并通知村主任组织村民到村委会等候，等省厅领导来举办发放仪式并开展种植技术培训后再分发洋芋种。

　　下午4点，阿哥带着站长同学和县电视台记者驱车赶到纠求，正准备悬挂"热烈欢迎省农业厅领导视察纠求村特色农业示范基地"的横幅，阿哥一看大卡车，里面已空空如也，村民们正在肩挑背扛走在回家路上，这可是整整480袋50斤装的洋芋呢，一个多小时就没了。既然洋芋都没了，发放仪式也没必要举办了，种植培训也不进行了，可惜连一个镜头都没有。

　　阿哥心里惋惜着呢，拉过村主任："怎么回事？不是交代要培训了再发的吗？"村主任无奈地挠挠头发，说："嘿嘿！这伙狗日的拿了十几个洋芋丢火塘里烧来分吃了，都说从没见过这么大个又这么好吃的洋芋，有人干脆就动手扛走了，我拦都拦不住，我才抢得两袋呢！"村主任指了指路边的俩麻袋。事已至此，阿哥只有无奈说："你们这么积极就好，下来就靠你们自己了，销路不会有问题，省厅领导早安排好了。"接着站长同学将一大摞新品洋芋种植与管理的书交给村主任，要求他分给每一户农户，仔细看书，严格按要求种植管理。

开春后不久，应是洋芋绿油油的季节了，阿哥再次来到纠求。这次没有通知村主任，想悄悄看看洋芋的长势，发几张图片给老同学，让他分享分享。

令阿哥感到极端失望的是，从村头到寨尾，田地里并没有想象中一大片绿油油的洋芋苗，有的田地里根本没有翻动的迹象，村寨附近的一些田里倒是稀稀拉拉地长了一些，难道村民没种洋芋？阿哥心想。阿哥信步走进一户农家，已是下午3点钟了，几个村民还围在一起打扑克"推拱"，家中也不见有洋芋，便问："去年年底分发的洋芋去哪儿了？"

"种了一些，种不完的吃了。"

"吃了？一家几百斤呢，哪吃得这么快？"

"猪也帮吃呀！猪爱吃呢！"

"那田地里也不见有洋芋苗呢，怎么回事？你们没按书上的要求种？"

"我们哪里会看什么书哟，就按平时的方法种了，后来又被猪拱了很多。"

阿哥倒吸了一口冷气，原来如此！十几万斤优质洋芋种就这么让你们给糟蹋了！阿哥心痛极了：都说没有科技的国家是不堪一击的，没有知识更可怕。贫困的根子确实在教育，村民们若没有文化，没有知识，不改变发展思路，固守等、靠、要的思想，固守贫穷与落后，再好的项目也难实施，更难脱贫。长此下去，"纠求"恐怕要变"九愁"了呢。阿哥陷入了沉思。

三访贫困户

　　根据县委新一轮大扶贫工程部署，阿哥的扶贫乡镇从石梁乡纠求村调到了东停镇摆牛村，具体落实的是三户人家：王老扭、于老田、王老窝。

　　东停镇紧临月亮山区，山高坡陡，地少人多，是人口大镇，贫困面大，贫困程度深。入春后，阿哥便带领局里的干部进村访贫了。尽管阿哥长期在乡镇工作，对农村光棍汉现象司空见惯，但当看到小小一个摆牛村213户1098人，竟然有45个光棍时，内心依然震惊不已。农村经济自身发展能力不足，导致贫困面增大，女性人口外流，从而引发村寨光棍增多，女孩早婚，失学严重，人口素质难提高，社会稳定隐患增大等一系列恶性问题。但是，不可否认的是一些村民安于清贫、不思进取，甚至一些风俗习惯同样是导致贫困的重要原因。王老扭就是其中之一，人高马大，身强力壮，才40岁，却整天窝在自己窝棚似的两间木房里。

　　在驻村干部和村民组长的帮助下，阿哥第一次走进了王老扭的家——两间歪斜的木屋，堂屋里只有几条板凳，还没一条是像样的。

　　"你最缺的是什么？"登记完其他基本信息后阿哥真诚地问。

　　"钱。没钱用。"老扭不假思索地说。谁不缺钱呀！

　　"还有呢？"

　　"老婆！没有老婆。"老扭笑笑。嗯，正常，40岁的光棍呢，难怪。阿哥心想。

　　"你还年轻，身体也好，为什么不出去打工挣钱找老婆呢，成天窝在家里，老婆会主动跑来跟你呀？"阿哥不禁皱起眉头，老扭不吱声。"你如果想出去打工，我帮你联系。"阿哥试图劝老扭寻找脱贫的思路，比如打工。

"我又没得文化，不会做什么，出去过几次，又热又累又苦钱又少，老板又恶，我受不了那个气，就回来了。不想去了，在家还舒服点。"没文化没技能，卖苦力又嫌苦，唉！阿哥心里在叹气。

"那可以在家养牛养羊养鸡养鸭养猪发展养殖业呀，或者搞种植勾藤、油茶、辣椒什么的，都能赚钱，国家政策又好，政府还有贴息贷款帮你发展，我可以帮你联系贷款的。"阿哥心想，你真是野猫出不得火烧山，窝在家总得做点事才能发展呀。寻找出路才是最重要的。

想不到老扭说："养猪多脏，鸡鸭也不好养，不想做那个，怕亏。"许久，老扭好像有所心动了："贷款用还不？"

"贷款是帮你发展生产脱贫致富的启动资金而已，当然要还的呀。"

"那我不贷了！"

看到王老扭这样子，阿哥知道老扭致贫的原因是：缺技术、缺门路、缺资金，但最主要的是缺思路，一个字——懒。只好无奈地说："你先想想，看看有什么适合你的发展项目，要主动想办法找出路，不能坐等的，我也帮你想办法。这是我的电话号码，有什么想法打我电话。"并掏出500元钱塞在老扭手里，叫他买化肥种子。老扭接过钱，顿时笑得嘴巴角差不多挂到耳朵根了。

过了段时间，阿哥又来到摆牛。已是日高三杆了，别的人家都已三三两两从山上回来了，老扭才拿着镰刀准备上山割田埂，阿哥顺便与老扭边聊边走来到田边。别人家的稻子已抽穗了，田埂干干净净，老扭家田里的秧才转莞，稀稀拉拉，瘦得像一排排生痨病的人，田埂上的草长得比禾苗茂盛，形成鲜明对比。阿哥心想，看来化肥都没买。

阿哥问："想到搞什么产业了吗？"

"种田呗，我家田多，三个人的田，还种不完呢。"老扭想了好久才回答。

种田倒是保证能吃饱饭，我不必帮你种田的，阿哥只有无语之极，拔腿准备往回走，不知道于老田和王老窝的情况如何呢。老扭见阿哥就这样走了，很是纳闷，快步追了上来。急急问："你还没给我钱呢？"阿哥一怔，明白是上次给了他500块钱的原因，顿时气不打一处来，说："那是我个人的一点心意罢了，看来上次送你钱送错了！我是来帮你想办法脱贫的，不是送钱帮你脱贫的！想到什么方法了随时找我。"老扭站在路边，愣愣地看着阿哥。

阿哥第三次来看老扭时已是秋收后的中午，老扭还在和村里的几个光棍喝酒，一个个脸红筋涨地争吵着什么，阿哥仔细一听，原来他们是为前一个亥日自己那头打牛不争气而争吵。老扭扼腕叹息不已，见阿哥来到，像救星来了似的紧紧拉着阿哥的手说："梁书记，我——我想通了，我要贷——贷款。"

阿哥很高兴，老扭提出要贷款，至少说明他在思想上闪了火花，有进步，人哪，最怕的就是没有想法，有想法了就好，思路决定出路嘛。于是，阿哥兴致勃勃地问："好呀，终于找到好的路子了？什么项目？说来我听听，帮你想想办法。"

"嘿嘿——其实我是想——"老扭欲言又止。

"你说嘛，不要不好意思，有什么困难？我们一起解决。"

"我是想——想贷款——自己买头打牛。"老扭叽叽呃呃地说。

阿哥倒抽了一口气，一腔热血被一瓢冰水当头淋下，全身顿时冰冷，哑口无言。一门心思只知道牛打架牛打架，不舍得花一分钱读书，一讲买打牛，一个晚上就能凑上十几万元，打牛打输跑了就杀，那可是800块钱一斤的牛呀，阿哥想想都心疼。这王老扭穷得响叮当，还想贷款买打牛，看来这斗牛文化熏陶出一头头牛了。阿哥心里气闷之极，又不好发作，光光的头上急得布满汗珠，这斗牛可是远古文化，现在正热着呢。

身为小城土生土长的本地干部，在乡镇任职二十几年，深知造成贫困的根源除了地理环境、交通信息等因素外，最根本的还是教育的落后，思想的贫瘠，"扶贫先扶智（志）"这话千真万确，对李克强总理"贫困的根子在教育，教育是最大的民生，要刨穷根，就要抓教育"的论断感触更深了。

阿哥深为自己的家乡存在这么严重的贫困问题而苦恼。快乐的阿哥此时心情十分沉重，怎么也快乐不起来。

五个大灯泡

那天下午，阿哥带着自己挂靠帮扶的东停镇摆牛村村组干部一行10人，去东部的庆珠村百香果基地考察，准备将百香果从东部引到西部的摆牛村试种，若引种成功，带富一方百姓，就不枉阿哥辛苦一番挂靠帮扶了。

回途中突接县政府余副县长的电话，说，有一个重要接待任务，本来他要亲自接待的，但有更重要的工作要完成，得知阿哥正在东部考察百香果基地，所以，请阿哥代自己出面接待。这余副县长就是当年阿哥在勉鸠乡政府当党政办主任时的小秘书余新，现已是小城分管文化旅游及招商工作的副县长了。平时余副县长与阿哥走得近，一是同在西部月亮山乡镇工作过，自然亲近；二是年轻时得阿哥耳提面命提携帮忙照顾不少，自有一份感恩；三是阿哥在工作上从不挑剔，坚决服从安排，执行能力强，与自己的性格相投。

这些年来，全省经济开发区如雨后春笋，开发区建设如火如荼，江城自然也不例外，招商引资成各单位各部门乃至广大干部职工的重要任务，前来小城考察投资项目的团队络绎不绝，真是应接不暇，一片繁忙景象。开始时，阿哥颇为小城能有这么多投资人而兴奋，小城经济发展有望了。经过一段时期接触、了解后，阿哥才知道，这些"投资"考察团中，确有希望投资办企业的，但借考察投资之名骗吃骗喝的有之，打着投资旗号低价拿地、套取项目资金、空手套白狼者有之，转移高能耗高污染企业者也有之，总之，是鱼龙混杂，不一而足。但在这大招商大发展的大背景下，县里定下了要求：要营造良好的招商投资环境，来的都是客，好好接待。大局意识、宗旨意识阿哥是有的，更何况今天是余副县长亲自安排的呢，阿哥自然是坚决落实的。按照要求，下午4点之前准时赶到高铁站。

　　一到高铁站，与其他接待人员汇合，阿哥心里就一怔：怎么都是光头呢？

　　原来，前来一起接待的三个人中一个是政府办的张副主任，一个是旅游接待中心的王副主任，另一个扛着摄像机的是文广局记者老石。巧的是这三人都与阿哥一样，顶上光溜溜的，凑在一起简直就是四个亮晃晃的大灯泡，堪比站前广场的柱灯也。更巧的是四人全戴眼镜，个头高矮一般，衣服款式一样，站在一起确实令人捧腹。四个人你看看我，我看看你，也忍不住哈哈大笑。

　　阿哥是四人中唯一的正科级干部，又是余副县长钦点的，自然是领队了，觉得四个光头一起接待有些不妥，笑完后便皱着眉头问张副主任："你怎么凑这四个大灯泡呀？"

　　"哪里是我凑的呀？旅游中心周主任不在，文广局在家的记者只有老石，我没办法也得出面，余副县长钦点了你，那怎么办啰？"张副主任一脸委曲，自觉不应该却又无可奈何。

　　阿哥只好说："大灯泡就大灯泡吧，谁叫我们四个这么有缘呢，张主任，今天接待的是什么人呀？是哪路神仙，余副县长特别安排接待呀？"

　　"余副县长说，他也不认识的，好像是他去广州考察时结识的一个广州朋友的朋友，是什么香港美容美发协会的，一行六人。会长姓梁，还是你家门呢。"

　　阿哥又是一怔："搞拐了，叫我们四颗大灯泡来接待香港美容美发会长？开什么国际玩笑哟？这不是故意亵渎美容美发行业吗？对江城的形象展示是极为不利的！不行，得赶快请示余副县长，马上换人接待，不要再丢我们江城人的丑了！"在大伙儿心目中，做美容美发的人是俊男靓女，至少是皮肤好、头发好、头式好、形象好的。

"梁书记开什么玩笑呀，火车马上就要进站了，不知道临阵换将乃兵家大忌呀？你真是站着说话不嫌腰疼呀，近段时期来，外来考察的这么多，不要说领导开会都应付不过来，连我们接待人员都疲于奔命，哪里还有更适合的人等着换呀？"

一听是接待对象竟然是香港美容美发协会会长一行，大伙儿就慌了，都觉得自己的形象与"美容美发"八竿子都打不着边，太不适合了。但一听张副主任的话后觉得也在理，都不吱声了，一个个惴惴不安。

"事到临头，只有死马当成活马医了，我们四个光头就凑合着接待一回吧。"阿哥快着脸说。

还不等大灯泡们回过神来，一声汽笛响起，从广州南到贵阳北的D2822次动车安抵江城东站，四人只好硬着头皮忐忑不安地来到出站口站成一字型，神情不安，阿哥脸上还冒着冷汗，看着旅客鱼贯而出，眼睛搜索着出站旅客中可能的俊男靓妹。

这时张副主任的手机响了，一个港普音传来："张副主任吗？我们已经出站了，就在站门口挥着左手，你看见没有啦？"这时，阿哥看见对面一个矮个子右手正在打电话，左手不断挥舞，周围还有几个50岁上下的妇女。顿时，阿哥乐了，原来这个矮个子就是香港美容美发协会梁会长，而且头上一毛不见，比阿哥的更光，真是诙谐极了。

香港客人一看到站成一排的四个大灯泡也乐了，梁会长更是激动得嘴巴角都挂到耳朵根了："嘿哟哟，你们余副县长真是太客气了，太细心了，这是我在内地考察一礼拜以来，最好的接待，在此，本人表示最最真诚的感谢！"

这可真是"弄拙成巧"了，想不到这香港美容美发协会的会长不但短小，而且还是光头，四人顿时如释重负，笑得灿烂，眼泪直飙。

听说阿哥也姓梁，梁会长更是一抱拥过来，两人扎扎实实抱在一起。阿哥想不到还能在香港美容美发协会会长面前找回点自信。

"来来来，我们五个人一起照张相，这可是最珍贵的留念呢。"梁会长热情地大声招呼。嚓嚓嚓，五个大光头的形象就这么定格在江城高铁站广场上，活脱脱五个大灯泡，过往的旅客无不开心地笑了。

定时开会

老潘镇长平时做事一板一眼节奏慢，开会时更是话多语速慢耗时长抓不住重点，这些老毛病随着调任政府镇长后逾显突出了。

一天晚上，阿哥和同学鬼师一起喝酒。

鬼师借着几分酒气，对老同学说："天平书记呀，短会开成长会，无事拉成有事，小事拉成大事，本来半小时可以安排完的事，硬要拖拖拉拉开半天，我看你们也累嘛！"

"你这是说我说话啰唆？"阿哥一听鬼师话里有话，立即很警觉地反问鬼师。

"不不，当然不是指你。"

"不是指我也是指桑骂槐！"

"说实在的，真有点怕潘镇长讲话了，他一讲话我们就想瞌睡。如果潘镇长还是喜欢开长会讲长话的话，莫怪我们一上厕所就不再回会场了哟？"鬼师半认真半开玩笑地威胁。

在场的几干部立即附和："是呀，是呀。"

其实阿哥早就注意到这个问题了，只是碍于同一个班子，不便过多讲老潘而已，看来已"惹众怒"成大问题了。阿哥想了想，对大伙儿笑着说："嗯，以后必须改，但你们一个都不准逃会！"

又到全镇干部会议了。会前，阿哥对老潘和分管的杨副镇长说："镇长，我们三个分配一下任务，杨镇是分管领导，要传达上级精神，要具体安排工作，讲30分钟。我作会议总结，针对我镇当前工作中出现的几个主要问题作分析，不会超过10分钟。潘镇你呢，就制度建设、责任追究、奖惩机制方面作强调，行不？"

"行！"

"需要多长时间？"

"好，听书记的，我也10分钟够。"老潘连忙说。见书记这样安排了会议内容，且书记都只讲10分钟，我当镇长的总不能超过书记吧。

"10分钟够不？"为加深印象，阿哥再次追问。

"够了。"

"够了？那好，就定10分钟，我们都准备一下吧。"

下午2:30会议准时进行，会议还由阿哥主持。阿哥将手机和手表放在桌上，按预先规定的时间定好闹钟。

按书记要求，杨副镇长按时完成了内容。

轮到老潘镇长讲话了。虽然有所准备，开始也着意加快了语速，但却迟迟没能转入正题，且说着说着老毛病又犯了，真是江山易改，本性难移。老潘还在慢吞吞地反复强调制度建设的重要性时，突然，桌上的手机发出了"嘟——嘟——"的声音，结束时间到了。

闹铃声音虽不大，但在安静的会场却显得清晰而顽强。老潘还要继续讲完，阿哥的手指已"咚咚咚，咚咚"有节奏地敲击桌面，笑咪咪地提醒道："镇长，时间到了哩。"老潘只好戛然而止，脸上满是意犹未尽的尴尬，却无可奈何。

从此，斗山镇每个领导的讲话时间都不准超过10分钟，会议时间终于短了。

回家的理由

　　小城脱贫攻坚形势十分严峻，在人人唯恐避之不及的紧要关头，退居二线的阿哥却不顾阿嫂的劝阻自告奋勇回到故地勉鸠，担任县极贫乡脱贫攻坚指挥部的一名普通干部。

　　月亮山深处的勉鸠乡是阿哥工作的第一站，他在这里一干就是十几年，对勉鸠乡最有感情，对这里的情况也最熟悉。几十年过去了，勉鸠乡群众的生活水平提高了不少，但相对于外界，差距却越拉越大。阿哥深感忧虑，想尽力为勉鸠乡的群众脱贫致富做点实事。

　　阿哥认为，水、电、路、业是脱贫攻坚的重点，但基础设施建设和产业发展有国家专项资金扶持，只须扎实抓好即可。由于大山的阻隔，勉鸠乡的群众平均受教育程度低，脱贫路子不多，尤其是致富意识不强，这才是脱贫的关键。为此，在省州有关部门的强力支持下，阿哥重点协助做了一件大事——动员大山里的年轻人走进职业学校学习培训。

　　经过阿哥坚持不懈的奔波努力，终于有45个具有初中文化的青年男女走出山门走进大学校园——省交通职业技术学院，学校还专门为小城来的青年们开班进行专项培训——高速公路管理。这可是天大的好事呢，这些青年从学院学习半年出来后便可以直接在贵州高速公路管理部门上岗，真可谓是"一人上班，全家脱贫"，阿哥真为他们感到高兴。

　　深冬时节，阿哥陪县教育局工程办的老友老吴到两加中心村看幼儿园建设进度，碰到两个男女青年坐在不远处的路边。这不是半年多前我费了九牛二虎之力成功送去职业学院培训的本寨青年王小亮和潘小妹吗？此时应该是在高速收费站上班的呀，二人怎么回家闲逛呢，阿哥心里犯嘀咕。

"你们两个不上班？小亮。"阿哥走近亲切地问。

"不上了。"

"为什么？"

"不为什么。"

阿哥急了，难道这两个孩子在学校或单位表现不好被开除了？不可能呀，这可是交通厅定点帮扶项目，培训式学习，结业后直接上岗，阿哥心里为两个孩子焦急了。"那你们两个到底是为什么不上班呀？"阿哥追问。

王小亮笑了："那里一点都不好玩！"终于打开了话匣。

"为什么不好玩？"

"我们两个读初中就在一起了，打工的时候厂子都允许我两个在外面租房住呢，这学校真是怪了，既不安排我们两个在一起住，也不准我们出去住。上班了，我们还是不能住在一起，也不在一处上班。还有呢，学校和上班的地方都不准吹芦笙，上班这么久了都没走过相思窜过寨，真是酿（无聊）死嘎。苗年马上到了，我们两个干脆就跑回家了。"

这样的奇葩理由真是匪夷所思。阿哥无语了，他还能说什么呢，只感觉到心里在痛，观念不改变，脱贫无指望！

火拼现场

阿哥刚从宁波考察学习回来就遇到了烦心事。

那天下午，阿哥刚进办公室，屁股还没坐热，镇政法委刘书记便气喘吁吁闯进了进来，老寨村和务挂村因一片山林的权属相争起来了，目前双方青壮集结，都备了刀器。

赶往事发村路上，阿哥眉头紧皱。一直在想，这两个村地处最边远的西南方，清一色苗族，与广西边境接壤，常年与广西邻村争端不断，如今竟然自己又搞起来了，真让人不省心呀。这两个村因争端多，不能集中精力发展生产，教育也严重滞后，新农村建设止步不前，村容寨貌差，各项工作基本上处于"镇尾"。想到这，阿哥胸有成竹了，立即吩咐办公室准备好一大桶米酒送到现场。

赶到现场时，双方正在推推搡搡，高声争吵声震响山谷，大有一触即发之势。

情况紧急，阿哥顾不了这么多了，一个健步冲进队伍之间，大声吼道："你们想打架的话都拿刀往我头上砍好了！我如果动一下就不姓梁！"双方一见是梁书记，都停了下来，瞪眼看向阿哥。"你们倒是砍呀！"阿哥大声说。一见双方都不动手，阿哥便降低了嗓门说："不想砍我，就听我的，我是来解决问题的，相信我，我一定让你们都满意，好不好？""那就好，先听你的！"有人在大声吼。"好，那么你们两个村现在各选出10个人，都带上最大的砍刀，跟我走，其他人都守在这里，他们回来之前不准任何人动手。"阿哥说。

经双方内部协商同意阿哥的建议，各自选了自认为最合适的人选，带上刀具，跟着阿哥来到远离现场的山窝里。

阿哥站在怒目相向的20人之间。说："今天我提三个解决方案，如果你们都不同意，那我也不管了。"大伙停声静听。阿哥严肃地说："听好了，你们不就是为争一口气吗？我们今天为这口气拼一回！第一个方案是武力取胜。双方用手中的刀对砍，最后不死的算赢，这片山就归哪个村。我当裁判，预备——开始！"阿哥手一挥便退了出来。村民们想不到阿哥竟出此怪招，顿时面面相觑，本来是相邻村寨，平时往来不是亲戚便是朋友，哪能说砍便砍呀。

见大伙儿迟迟不动手，阿哥说："看来大家都不同意用武了。那听好，第二个方案是势力取胜：哪个村在外面当官最大的算赢。"双方刚才还有人在嘀咕，现在可是全部哑声了，两个村里连高中生都没出过，哪会有在外面当官的呀。

"那第三个方案是知识取胜：你们哪个村在外面读大学的孩子最多，这片山林就归哪个村，好不？"阿哥不失时机地说了最后方案。没人读高中怎出大学生，20个人只有耷拉着脑袋却吱声不得，双方早没了剑拔弩张的气氛，现场鸦雀无声。

至此，阿哥缓声招呼大伙就地坐下。说："三个方案你们都不同意，那么只有听我的了。"稍一停顿，阿哥继续说："你们知道为什么都没有赢吗？那是你们大事看不清，只知道在小事上争，争，争，凡事看不大，看不宽，看不远，不重视教育，不培养孩子，大家都挤在大山里看不见外面的世界有多大多宽多远。你看，你们与别的村相比差距有多大，不但不出人才，家庭经济收入也不如人家，村容寨貌更差，因为你们不同意出力出工出钱呀，国家项目资金投入是需要大家团结一致支持的呀！只要大家都把心思放在子女教育、经济发展上，我保证，国家的产业扶持和新农村建设项目就向老寨和务挂村倾斜！"梁书记一席掏心窝的话说得一些村民脸红了，头勾了。

最后，在阿哥的主持下，双方一致同意，这片100亩有争议山林全部由镇政府联系专业人员估价后出卖，所得资金全部用于两个村考上大学孩子的学费，先上大学的先得，直到用完为止！砍伐后再栽上杉木，依然作为两村孩子的大学学费，这样，老寨和务挂两个苗寨拥有了全县第一块"公学林"。

20多碗米酒在空中一碰，一饮而尽，阿哥脸上露出了惬意的笑容。

精简会议

　　阿哥为人平和,与干部、职工、农民相处得很好,并非强势专制之人,但再温和之人也有发飙的时候。

　　阿哥升任斗山镇书记后,老潘当了镇长。老潘比阿哥年长得多,属于土生土长的农村干部,小学毕业后便在农村一路摸爬滚打到53岁,组织上考虑到老潘能力虽然一般,但长期在农村工作,有一定工作经验,便由镇人大主席岗位调任政府镇长。老潘也很爱酒,虽酒量远不如阿哥,却有不到长城非好汉坚决不投降的死拼性格,所以常常醉酒,甚至误事,如醉酒后开会,酒话连篇,东拉西扯不着调,为此常常被阿哥批评,老潘镇长倒也是笑着虚心接受。

　　那年秋天的一个下午,全镇中小学、各机关单位、各村寨负责人集中在政府大会议室开会,安排部署迎接省政府对小城"普及中小学实验室教学"(简称"普实")验收工作。这可不是一般会议,阿哥书记得亲自主持。

　　阿哥见身边的老潘镇长脸红筋涨,知道中午又陪村干们高兴了几杯米酒,若让老潘一讲话肯定又是不得调门拉拉喳喳一大堆。于是,便与老潘镇长商量:"镇长啊,今天的会议主要是部署迎检工作,开的是短会,你有什么要讲的不?请你先讲。"

　　老潘对教育不熟悉,也说不出个道道来的,见书记如此说,便立即回答:"嘿嘿,书记的意见就是我的意见,今天我就不说了。"见老潘这样说,会议便开始了。分管教育工作的副镇长传达了省州重要会议精神后,阿哥书记围绕提高认识、统一口径、营造氛围、重视细节、各负其责简明扼要地做了10分钟工作要求。

末了，阿哥正准备宣布散会，这时老潘镇长似乎酒醒了，忘记了刚才自己亲自做的"不讲了"承诺，站起来说："我再补充几点。"

阿哥一见老潘又要说了，这一说又不知说到何时为止，便也急了："刚才叫你先说你不说，现在又来补充什么？今天开的是短会，重在落实，散会！"

只听一阵哗啦啦的起立声，与会干部都走了。老潘镇长只好囧愕不语。

第四辑　浪漫爱情

任何人的爱情之路都不可能是一帆风顺的，阿哥的爱情之路更是充满荆棘，却在坎坷中充满戏趣。

酒仙是怎样练成的

都说阿哥酒量好酒量高，曾用自己的好酒量处理了好多争端，摆平了好多冲突，也因酒而留下好多佳话和笑话，却都不知道阿哥的好酒量是如何练成的，坊间颇有一些说法，但其中一则是经过阿哥本人确认了的。

话说阿哥出生民族风情浓郁的侗寨，自然谙熟侗家青年行歌坐月的全套流程，只要哪家有姑娘在家就会有罗汉去唠。没罗汉唠的姑娘是很没面子的，来的罗汉越多表示姑娘越优秀，家人越喜欢。

且说阿哥考取了学校，那可是十分光耀门楣的事，家人高兴，族人鼓舞，姑娘羡慕，罗汉忌妒，阿哥到哪家唠姑娘都是最受欢迎的罗汉。

寒假里，阿哥和几个罗汉在有姑娘的人家走了一圈后，阿哥就定在一姑娘家，此后半个多月不再去其他家了。罗汉们都觉得有些奇怪：这家姑娘也不怎么漂亮，家里也不宽敞，本来就不怎么宽的火炉边还放了两桶正在发酵准备酿来过年的糯米酒糟，就更显拥挤了。

可阿哥偏偏喜欢去，每晚笑嘻嘻早早地来，脸红筋涨笑嘻嘻地离开。

后来有人发现阿哥每天晚上去时都披上那件棉大衣，挨着酿酒桶坐下。那时还没有电灯，家境稍好的家庭用的是煤油灯、马灯，大多数家庭火塘边上空一米处挂着一个铁篓子，篓子里燃着松脂照明，铁篓子下方放着一盆水，火星子都掉进水盆子里。晚饭后，姑娘罗汉们来了，围着火塘一边烤火一边聊天唱歌一边做针线活，其乐融融，姑娘父母知趣地老早进房歇息了。趁众人不备，阿哥从大衣口袋里悄悄扯出一根抽空了芯的电线，其实就是一根皮管，将皮管一端从桶沿插入酒糟，自己将棉大衣的毛领竖起，装着休息模样将头勾下，放在双臂上，然后将皮管的另一端插进嘴里，只轻轻一吸，庞桶里香醇的原浆糯米酒便源源不断地进了阿哥的嘴里。

大约五分钟后，阿哥从臂弯里抬起头，脸红红的，右手轻轻拉下皮管收于袖中，然后兴致勃勃地加入众罗汉唱歌谈笑中，直到夜深离去。

姑娘的父亲一直在纳闷：同时酿的两桶糯米酒，出酒率怎就差别那么大呢？像两个孪生兄弟般日日夜夜都一起并排立在火塘边，一桶酒满满的，另一桶呢，昨天才见有一点酒了，今天怎么还没了呢？

他老人家始终想不到，就是这庞桶香醇的糯米酒将一个在校学生培养成了酒仙呢！为今后的"小城一啤"和"梁八斤"夯实了基础呢。

以鞋为媒

那年冬天，在外读书的阿哥回家过年。

正月初三早上，寨头的山坳上响起了轰鸣的芦笙，上百号人踏着芦笙的节奏款款向寨门走来，这是邻乡的三龙村倾寨而出，前来寨里"吃相思"了。"吃相思"是侗家规模最大最受重视的寨际活动，最能显示两寨情谊和文化底蕴，更体现侗寨凝聚力、向心力，是不可些许怠慢的。本寨寨老早已集结人马候在寨口，三声迎客铁炮响过，全寨男女老少齐出动，吹响芦笙、响着鞭炮将客人迎至寨中的鼓楼里。

这一天，是寨子里最繁忙最热闹最喜庆的一天，按照侗家习俗开展了各种各样的待客活动，芦笙响了一阵又一阵、大歌唱了一曲又一曲、米酒喝了一碗又一碗，家家户户都有客人，每个人的脸上都洋溢着笑容，整个村庄沉浸在欢乐之中。当然，最高兴的莫过于阿哥这样的小伙子大姑娘们，这可是他们展示魅力获取芳心征服对方的大好时机，很多美好姻缘就是在相思中缔结的。这种场景阿哥从小就耳濡目染，应付得轻车熟路，唠姑娘自然得心应手，如鱼得水，更何况还是人人羡慕的在校学生而且侗歌唱得好呢。阿哥逗留于好几个漂亮侗女间，其中最令阿哥心仪的是一个叫婢鸾的漂亮姑娘，长得水灵极了，一双眼睛会说话，阿哥被迷住了。但深夜时分，就在阿哥与一小哥们说话之时，一转身，婢鸾姑娘不见了，急得阿哥挨家逐户满世界寻找，却始终没见心中姑娘的身影，阿哥心里落寞、难受极了，无奈之下只好拖着疲惫的身体走回家。

农村房子一般都不很宽敞，为了接待客人，父母在阿哥房里加了一张床给客人睡。

午夜时分，带着满身疲倦的阿哥摸黑进了自己房间。那时村里还没通电，房间里漆黑一团，响起了好几个人的鼾声，阿哥床上已躺了一个醉酒的，也管不了这么多了，轻轻摸上床挨着酒鬼和衣躺下，很快进入梦乡。

第二天早上，阿哥被父亲叫醒。父亲说："你和别人不同，是读书人，今天得上山求财。"求财实际上是去自己的柴山砍一挑柴回家，以求财神庇佑外出安康，生意兴隆，父亲很是讲究老规矩的。于是，阿哥起床草草吃了一个糍粑便操起杠子、柴刀上坡了，找不见婢鸾姑娘，阿哥心里一直高兴不起来。

且说天亮后"吃相思"的队伍就要开拔返程了。临走前，三龙村的寨老逐一清点寨上一起来的人，发现只有婢鸾姑娘迟迟未到，叫人到处寻找，发现婢鸾竟然在阿哥家里没出来。原来婢鸾在天亮后偶然发现自己左脚的帆布鞋有点不合脚，鞋面稍新，脱下鞋一看，果然不是自己的，鞋里有鞋垫，鞋垫上绣了一对漂亮的戏水鸳鸯。婢鸾必须找回自己的鞋，但又不知是谁穿错了。来寻婢鸾的几个罗汉姑娘立即嚷了起来，说婢鸾和情人交换的订情之物竟然是一只鞋！这种方式前无古人也，大伙儿笑得差点岔了气。婢鸾满脸通红却又百口难辩，声称是自己穿错了别人的鞋，一定要讨回自己的鞋以证自己的"清白"。

于是，罗汉姑娘们便逐一追查起昨晚房里睡的什么人，却都没有穿错鞋的。最后一致确认姑娘的另一只鞋一定在少年阿哥的脚上，但阿哥已经上坡求柴了，也不知去了哪里，大伙儿只好在家里等。集结在鼓楼下准备返程的三龙村民也只好焦急地等待，集体活动可不能将人落下的，这是侗寨规矩。

上午 10 点半，阿哥终于满头大汗挑了一担柴悠然而来。刚进家门便被截住，罗汉姑娘们笑着说："天平哥呀，你穿了婢鸾的鞋呢！"见梦中姑娘婢鸾竟然在自己家里，阿哥欣喜若狂。婢鸾姑娘也是一愣，怎么是你呢？

阿哥一愣："这不可能，这分明是我的鞋呀，难道连自己的鞋都不认得？真是笑话，我的鞋里是有鞋垫的。"几经商讨，阿哥说什么也不相信，还笑着打赌说："如果我穿错了，我送婢鸾这担新年柴，如果我没穿错，婢鸾得送我一担新年柴。"阿哥心里是有小九九的：婢鸾的新年柴我要定了。新年送柴表示"送财"，这可是侗寨大礼，是最亲的人才送呢，说得婢鸾姑娘面如桃色，顿现窘态。大伙儿一听便哈哈大笑道："好，你输定了，可不许耍赖呦！脱鞋见证吧！"阿哥大声说："好！脱！"

在众人见证下，阿哥脱下左鞋，一瞧，惊呆了，鸳鸯鞋垫哪去了？

原来这真不是阿哥的错。真是鬼神之工呀，昨晚婢鸾和几个侗妹午晚从鼓楼回来后，其实就蜷睡在阿哥房间的加床上，冥冥之中阿哥竟然与梦中的美丽村姑"同房"了而不自知，真是奇迹。半夜里有伙伴相邀，婢鸾姑娘就出去玩到天亮，黑暗中竟错穿了阿哥的鞋。其时阿哥已在睡梦中了，早上起床见鞋就穿，颜色新旧几近，码数相同，根本没注意。

为了等婢鸾，三龙村的客人在鼓楼下空腹等了大半个早上。寨老见此，决定召呼客人留下，直到酒酣耳热午饭后，才鸣炮吹笙离寨。

长长的队伍后面是婢鸾和寨子的罗汉们嘻嘻哈哈"押解"着挑柴的阿哥，这柴是送给婢鸾家的"礼物"。阿哥虽累，心里却是甜的。

永远别装斯文

"崽，多吃点饭，想吃什么就吃什么，千万别装秀气，装斯文。"阿哥谆谆教导已读高中的儿子小青，谁都难想到，爽朗的阿哥话里却饱含心中难言的痛呢。

尽管阿嫂小巧、漂亮、贤惠，更比阿哥小很多，几乎有点"老牛吃嫩草"

的架势，但阿哥每每想起那次因自己装斯文秀气而将天使般的姑娘拱手他人时，便有揪心的痛。那次打击在阿哥心中烙下了深深的伤痕，之后的十几年里，每次恋爱阿哥便会想起那次经历，陡增心理负担，因表现不自然而屡屡失恋。归根结底，阿哥30多岁才走进婚姻的殿堂，全因那次"相亲会"自己故意装秀气装斯文造成的。

同班同学玲儿是名副其实的班花、校花，面容姣好，身材婀娜，一头长发如黑瀑倾泻，迷倒了所有青春期的男生们，纷纷将丘比特神箭射向美丽的玲儿。阿哥第一眼看见玲儿时也是怦然心动，只是自己出身农家，家境不好，自卑心起，自然不敢擅自加入追求者的队伍。谁想到同样出生在月亮山上美丽小河边的玲儿置众多家境好的追求者于不顾，偏偏爱上了多才豪爽大大咧咧无拘无束的农家子弟阿哥。阿哥受宠若惊，更怜爱玲儿百分。

一转眼，就到了毕业季，玲儿和阿哥都是20岁的成年人了，在农村，这已是谈婚论嫁的年龄了。就在暑期里等待分配的一天，玲儿郑重地对阿哥说："我爸爸妈妈想见你！"这是阿哥想过一千遍一万遍却从来不敢启齿的事，虽然文静的玲儿对阿哥是满满的情，但在农村，父母的意见权重分是很大的，何况玲儿又是个孝顺的姑娘呢，阿哥心里一直没底。但是"丑媳妇也要见公婆面"，无论如何，父母这一关是要过的。如今，关键的时候到了，这如何不让阿哥忐忑不安呢，心里一直是十五只吊桶打水——七上八下。

体贴的玲儿见阿哥一直在紧张之中，笑着安慰阿哥："我父母很好的，又不是老虎，不会吃你的，你干吗身子像筛糠一样一直抖个不停呀？你该怎么做就怎么做得了。"玲儿虽这么说，平时不拘束的阿哥心里却在打鼓，那怎行呀，我得好好准备一下，无拘无束的臭毛病得收收，免得她父母说我放肆，不懂礼数。另外，为了壮胆，阿哥硬是扯上同学阿鸟陪自己去。

阿哥与阿鸟来到玲儿家时，玲儿父母早已备好了一桌丰盛的酒菜，还有玲儿舅舅、叔叔、哥姐一大伙人。阿哥见如此隆重，便一再告诫自己要注意礼仪，应答举止要得体。席间，玲儿父亲递过香烟，阿哥摆摆手说从不抽烟，其实阿哥是抽烟的，阿鸟接过烟就抽起来。每人面前一碗香醇的煨酒，让阿哥垂涎欲滴，但阿哥却只喝了一小碗便说不胜酒力，辞杯不喝了，阿鸟却与玲儿父亲舅舅连干了四碗；阿哥总在注意自己的言行，阿鸟则不同，几碗酒下肚，谈兴更盛，与玲儿家人天南地北谈得火热。阿哥吃了两小坨糯米饭后便说自己饱了，离桌到了走廊的长凳上端坐着看众人畅饮。只见阿鸟五碗煨酒两抓糯饭后，再添了三碗米饭，让阿哥看了也觉得阿鸟吃相太不雅了，很为鸟哥担忧。

可是，让阿哥万万想不到的是，第二天玲儿的脸便布满了阴云。

就在各自分配到工作岗位后的一天，阿哥收到玲儿一封信，让阿哥欲哭无泪，后悔不迭，痴痴地躺在床上想了五天，却怎么也想不通。

原来，玲儿父母见阿哥不开朗、不抽烟、酒量小、饭量小，说一定是身体有问题，以后难担大任。见阿鸟无拘无束，放开肚皮吃、喝、抽、侃，心里便喜欢。能吃能喝能说能侃是个好料子呀，父亲对玲儿说，亲友们个个赞同。不久便强力阻断了玲儿与阿哥的情线，而阿鸟在玲儿心中的印象一直不差，在家人的力推下，玲儿终于与鸟哥走在一起了。

有心栽花花不开，无意插柳柳成荫，正是：阿哥装斯文，睁眼看着娇娘去；鸟哥无拘束，意外抱得美人归！

好女怕缠夫

在家里，阿哥排行老三，头上有姐有哥，都是当老师的。本来阿哥当年也想考师范当老师的，可哥姐说，我们家不缺老师了，你就考其他学校吧！这样，阿哥报考了农校，还经过颇多周折三上考场才终于录取了呢。

哥姐的婚姻都很顺利，但阿哥的婚姻却拖了十几年，开始阿哥也想找有工作的姑娘，可是那时有工作的女生特少，可谓"粥少僧多"，一而再再而三遭受挫折后，才降低标准：找个有点文化的漂亮姑娘吧！谁知还是屡屡受挫，才知道是造化弄人了。最难以接受的一件事是阿哥在一个夏天偶然碰到的，这件事可以说让阿哥彻底对"有点知识的漂亮姑娘"失望了。

那年暑期，在大学进修的阿哥来到小城与在县城中学当老师的大哥小住，哥嫂都回老家了，阿哥有事在县城逗留。大哥住的是教师宿舍，一栋几十套房，每套70平，三室两厅两阳台，所以每间都不宽。大哥家对门是一个李姓教师，李老师丧妻后留下三个儿子，一个个精瘦得像干巴巴的猴子一般，他们都不爱读书，学习成绩都很差劲，初中没读几天便一个个走向社会了。但泡姑娘、玩恋爱的本事却是一流的，三天两头换女朋友，而且一个比一个漂亮。阿哥在大哥家住的这几天，因为天气热，便开起大门通风，看到对门李老师家里一直繁忙，有漂亮小姑娘进进出出。

原来李老师丧妻后，已多次续弦，其时已是第五弦了，据知情人士透露，李老师的"女朋友"至少超过半个排了，直让阿哥佩服得五体投地。李老师的三个儿子分别带着自己的女朋友回家，一家四口只有三间房怎么办，除了李老师固定的大房间外，三个儿子就只有"先到为君，后到为臣"了，谁先回来就先占房间，后来的就只能在客厅了。

一天中午，阿哥午休醒来，准备出门去一个同学家走走，谁知李老师家的门没关好，正好一阵风吹来，门就大开了，阿哥无意中瞟了一眼，李家的几个儿子各抱着一个漂亮姑娘在客厅的沙发上亲昵不已，老李老师也与年轻的"五弦"悠然地坐在客厅看电视，那副淡定与从容直让阿哥惊叹不已。

这一幕让阿哥看得惊心动魄，浑身燥热，然后就是心凉半截。

我一个堂堂大学生竟然没有姑娘爱，而你们这几个一没工作，二没品相，三没知识，四没财产的小混混却左拥右抱，还三天两头换人，这世道怎么变成这样了呢？阿哥左思右想，右想左思，就是想不通，心里也不服气，但事实却摆在眼前，确实如此，阿哥只有干瞪眼了。后来，每每与人谈起谈恋爱唠姑娘的事，阿哥便愤愤而言："小城姑娘太浅薄，眼光太差，不爱大学生，竟只爱烂仔！"

殊不知这是"好女怕缠夫"的铁律，自古已然。后来，阿哥当了领导，参加县里的一个会议时，县里的主要领导在大会上大声呼吁："同志们，我们的工作，只要舍得用心，舍得花力，就没有做不成的事，就没有拿不下的堡垒！这就好比烂仔唠姑娘，为什么烂仔的婆娘都是漂亮的呢，因为他们舍得用心，舍得花力，穷追猛打，锲而不舍，所谓'好女怕缠夫'嘛！最后，漂亮姑娘就被一个个拿下了！"

一语点醒梦中人。这比喻太恰当了，这分析太精辟了，阿哥一直将它奉为经典，直到今天！要说阿哥能顺利拿下阿嫂，这句经典名言——"好女怕缠夫"一定起了很大作用的，这也许只有阿哥阿嫂心里清楚罢了。

找头发更少的

都说新娘出嫁找伴娘时不能找比自己漂亮的，否则衬不出新娘的美丽。阿哥找女朋友时未尝不是这种心理呢？

话说阿哥当年谈了多个女朋友都未成功，真是"我爱之人不爱我，爱我之人我不爱"，缘分这东东呀，真是说不清楚的。但有个重要原因是不容忽视的，那就是阿哥头上水土保持不太好，才近而立就有顶上稀疏之势，又不怎么注重衣着打扮，这让阿哥确实显得有些老气。阿哥苦恼了好一阵子，终于想出了个顶好的办法。

一天晚上，阿哥特意通过朋友老陆另找了三个朋友老戚、小石、小伍，五人一起来到心仪已久的一个漂亮苗妹石芸家里，四人的共同特征是：顶上稀疏。

老陆和老戚已婚，小石和小伍虽比阿哥年轻好几岁，但矮小，比起阿哥来说却更显得少年老成，顶上水土流失更为严重。在他们面前阿哥还是很有些优越感的。

五人一进到小潘家，石芸的父母知趣地早早休息了，只有另一个好姐妹陪着。石芸在勉鸠中学初中毕业后，在广东打了几年工，几年历练，出落得更加活泼开朗大方，穿着洋气而得体，举手投足、一颦一笑间显示出的气质远非平常乡间女孩可比。阿哥非常喜欢。

闲聊期间，石芸突然调皮地问起几个哥子罗汉的姓名。

老陆说："妹子呀，我姓陆，这位哥姓戚，我们都有婆娘崽女了，你就问我们梁乡长他们几个的情况得了。哈哈！"小潘突然咯咯咯咯笑了："真好玩，一个是6，一个是7。""那么你应该姓8了是吗？"小潘故意将挑逗的目光转到小石的脸上。在本地话里，"大陆"与"陆个"的"陆"字读音是没有差别的。小石一怔，脸马上红了，忙说："不是，不是的，我不姓8，我——我——姓石。"小石慌得语无伦次，姑娘笑得更欢了："10呀，真是太好玩了，我也姓石呢，家门哥好！怎么今天来的都是数字呢？"转过身，又将咄咄逼人的目光转向小伍，说："那你一定姓9，对不对？对不对？"小伍比小石就沉着多了，说："妹呀，这下你又错了，你别看我老相，我哪有这么大呀？还小呢，我才是你的'一半'呢。"

姑娘顿时停住了银铃般的笑声，满脸惊讶地说："你真的是姓伍呀？"小伍拍拍胸口说："如假包换，放心好了！"小石妹眼睛定定地看着小伍，看来芳心已动。两个姑娘和5、6、7、10就这个数字姓话题聊得火热，笑声不断，反把今天的正主儿阿哥晾在了一边，根本没搭话的机会，这更让阿哥甚觉无味之极。

此夜一聊，两个姑娘竟喜欢上了小石和小伍，不久便成了石嫂、伍嫂了。

这件事对阿哥打击很大:"我怎么就那么背时呢?大的不行,小的也不行,头发多的不行,头发少的也不行呀!"但理想是丰满的,现实是骨感的,也只有听命运安排了。

不过,为泄那晚小伍的横刀夺爱,阿哥从此不再喊"小伍",而为他取了诨名:"伍得久""5得9",最后小伍被坊间尊为"久哥",这正是"久哥"这响亮名头的真正来源,还真得感谢阿哥的"创意"呢。

千年一叹

阿哥上任副乡长分管教育时,正是全县"两基"攻坚进入深水区之日。勉鸠乡山高路陡,村民居住分散,教育发展滞后,群众对教育的认识还普遍停留在"认识几个字就行了"的程度上,学生入学积极性不高,到校率低,动员工作难度大,所以需要付出更多的努力。在阿哥的大力推动下,几乎每个周末学校老师、政府干部都要下各片区家访,组织动员学生入学复学。

勉鸠中学有个姓曾的语文老师,对阴阳地理麻衣相术"颇有研究",人称"真鬼师"。鬼师是阿哥中学同学,女儿已六岁,二人平时要好,对阿哥一直未解决个人问题也颇为着急。金秋时节,又到周末了,"真鬼师"眉头一皱,计上心来,低头掐指一算,悄悄对阿哥说,如果今天不出意外的话,只要你能抓紧时机,你的问题有望解决了,阿哥一听,大喜。"真鬼师"向校长提出由梁乡长亲自带队下村抓入学的建议得到批准。于是,阿哥欣然带队下到中学服务范围的另一个乡镇的加烧、滚里等苗村瑶寨家访。鬼师的理由:一是这一片学生流失量大;二是这一带盛产椪柑,现业已成熟;更重要的是那地儿是著名的"美女窝"。

　　白天走访了十几位流失在家的学生，还算顺利，家长和学生都答应星期天就随队返校读书，这让阿哥很是高兴：比我们乡的工作好搞多了！

　　晚上，同行的老师们轻车熟路，走家串户捞寨找苗妹去了。阿哥与鬼师在村主任家吃饭，几杯酒下肚，晕乎劲上来了，村主任听说梁乡长还是单身，甚为可惜，说本寨出去打工的姑娘都回家打谷子了，正好在家，不知乡长是否看得起我们苗家妹子？阿哥大喜过望。

　　安顿阿哥和鬼师在村委会住宿后，村主任便领着二人径直来到一个姑娘家里。那里正有一伙相约回家打谷的打工苗妹和罗汉在拼酒，闹声不断，酒兴正浓，村姑们一个个笑得花枝乱颤，与普通在家的苗妹截然不同。见二客进屋，纷纷礼让，相邀入席，阿哥见一身材高挑苗姑面带桃色，朱唇轻启，欲说还羞，低眉垂目，与其余恣意相牵的村姑全然不同，一眼便看上了这个眉清目秀的漂亮村姑，便主动挨其坐下。姑娘们举杯向客，又是几杯醇酿下肚，主客均有八分醉意，情致更是高涨，身边的姑娘大大方方地头靠阿哥肩膀昏昏欲睡，阿哥更是爱怜万分。

　　其时，朗月当空，秋风习习，果香阵阵，正是登山赏月品果谈情说爱好时光，罗汉们提议上山偷椪柑吃，乡村民风淳朴，吃几个果子是不伤大雅，不会有人追究的，所谓"偷"，只不过增其神秘感与趣味性而已。

　　二人趁酒兴随村姑罗汉们钻进了一片椪柑园后，便四下散开，各摘其果去了。阿哥与姑娘双双来到椪柑林的角落里，顺手摘下一颗果子与姑娘分享，助其醒酒。谁知晚风一吹，姑娘不胜酒力，便歪在阿哥怀里。阿哥轻搂蛮腰，美人在怀，体香逼人，顿时心旌摇荡，醉在晚风习习的果园了，堪比神仙，自觉鬼师同学所言不差矣！

　　阿哥美美地抱着醉姑，正想着鬼师同学说的如何"抓紧时机"。突然，村里一阵火光冲天，有人大喊："火烧寨了，快来救火呀！"紧接着是一阵锣鼓声起。

　　失火了！火警就是命令，刚才还在醉睡中的姑娘顿时酒醒，起身就往火光方向跑去。待阿哥一行到达时，火场聚满了村民。让阿哥大跌眼镜叫屈不迭的是，并非民房失火，而是一独立的牛棚失火了，在全村老少的齐心努力下，火势很快控制并熄灭。

阿哥回身寻找刚才的美丽村姑，却已是人去影杳，这黑灯瞎火的，又不知姑娘姓甚名谁，哪里还找得着呢？

二人回到睡房休息已是深夜了。半夜鬼师被尿憋醒，发现阿哥还坐在床枋上叹息不已，不时还用手捶床枋用脚蹬地板，后悔怨恨沮丧之情一目了然。

遂问缘何如此叹气？阿哥长长地叹了一口气后气愤地说："这狗日的真不是东西，早不放火晚不放火，恰好在那时候放火，我发觉那是有人故意坏我好事的。"

鬼师抹抹睡眼，叹道："唉！都说人算不如天算也！这就是我说的'意外情况'了，你自己没有'抓紧时机'呢，过了今晚，可能还得挨些日子了，老兄。"果如鬼师所言，阿哥以后连谈好几个姑娘都没能成功。

此夜，成为阿哥的终生遗憾！

女友爱上小秘书

阿哥待人真诚，年轻有才，做事干练，颇受领导欣赏，乡党委书记更是惜才有方，直接把阿哥从勉鸠乡农牧站调乡政府任办公室主任。两年后，阿哥便走马上任乡政府副乡长。阿哥仕途可谓一帆风顺，但在感情上却一波三折，年届而立仍未成婚，成了家人与自己的心病。

阿哥分管农林、教育，卫生口，这是农村的重点工作，乡党委正是看中阿哥的工作干劲和思路，阿哥果然不负众望，所抓的各项工作并并有条。

阿哥深知教育工作是各项工作中的重中之重，更是弱中之弱，因此，每次下村，都要走进学校。

一次下到玉秀村小学检查工作，见该校新分配来的女教师张小玲长得聪明伶俐、活泼可爱，阿哥有意亲近，几次下乡都主动要求到该村去，张老师也对比自己年长许多的阿哥也有了好感。阿哥更是快马加鞭，对女教师关怀备至，每次下村总要从乡里带些新鲜蔬菜、肉、蛋之类的给女友送去。一次，又是教育大督查，几乎全乡干部职工都要配合上级督查组开展教育督查工作，不巧的是阿哥被书记点名分到了另一个组主抓工作，无缘与女友见面了。

所幸的是乡政府办公室秘书小福分在玉秀村这个组。临出发前，阿哥一大早就到菜市场买了青菜、辣椒、四季豆和两斤猪肉让小福捎去给女友小张。不想小福一出马，女友一眼便看上了小福，二人一见钟情，感情迅速升温，再也没阿哥乡长的份了。对此小福、小张毫不隐讳，两个干脆向阿哥坦诚交代了。阿哥气在心头，但也别无他法，小福与女教师年龄相当，郎才女貌，阿哥自知竞争不过，只好作罢了。

不久，阿哥又看上了一名眉清目秀的女代课教师王晴，王晴是高中毕业后乡里请的本地女教师，家就住在离乡政府不远的苗寨，王晴的父母也同意小王与梁副乡长交往。阿哥认为这是铁板钉钉的事了，带着女友逛了县城，还为女友买了一件衬衣、一条裤子、一对皮鞋。

可是没过多久，阿哥从外地学习返乡时，竟然看见女友王晴与政府办公室的另一个秘书杨志文紧挨着在街上行走，王晴身上还穿着自己相赠的衣裤和鞋子。杨志文个子不高，戴副眼镜，文质彬彬的，是才从其他乡镇调来的，还不到一个月呢。阿哥看他俩的亲昵样，知道是怎么回事了，顿时情绪失控，径直走到他俩面前，指着杨志文说："你们这些办公室秘书是怎么搞的，专门抢领导的女朋友吗？"吓得俩人愣在街上，不知所措。

可是，阿哥怎么也想不明白，如今的女孩是怎么了，尽看上办公室当秘书的，却不喜欢管办公室的领导呢？

（朋友盛梅提供素材）

妹 弟

吴副乡长70岁的老母亲去世了。

书记在外学习、乡长出差，梁天平副乡长代表乡党委、政府率队前往吊唁。早就听吴副乡长说，他家距粟裕将军故居——会同县坪村镇伏龙乡枫木树村不远，阿哥素来对这位开国第一大将粟裕景仰有加，此行正合意，趁机前往瞻仰粟裕故居。

阿哥一行6人乘坐乡政府那辆面包车，经过一整天颠簸，大清早启程，下午6点钟终于抵达目的地——贵州在湖南的一块"飞地"，状如北京之于河北，四周几乎全属湖南地界。这里本来也是世居苗族，但受到荆楚文化影响较早，苗语几已失传，风俗、文化、习惯、语言等均被周边湘村同化。

晚饭后，吴副乡长安排阿哥等三人来到堂弟家歇息。农村的接待能力有限，"一家办喜，十家歇客"是常事。阿哥一行人长途跋涉，鞍马劳顿，甚是疲乏，本想早些歇息，明日好早起去枫木树村。不料主家很是客气，立即下厨准备夜宵，非得要远方来的领导们喝两杯解乏米酒后再休息，俗话说"入乡随俗"，作为客人是不能过于强调客观原因的，否则便是不懂礼数，只好客随主便。

一个面容姣好、身材苗条的姑娘，戴着帽子、套着袖套、系上围腰在厨间忙碌，浑身透着成熟女人的气韵，令阿哥眼睛一亮：与月亮山的苗姑就是不同哟！

主人说这是他妹妹，高中毕业后，在乡里的小学当代课老师。小吴姑娘嘴巴甜，笑脸好，一入座便陪在阿哥身边，左一个梁乡长，右一个梁乡长，频频向阿哥敬酒、劝菜，真可谓"酒不醉人人自醉"，有美女相陪，阿哥已心醉了三分，几碗下肚，便有些欣欣然而又飘飘然了。天下苗家都好客，主人见阿哥如此海量更是高兴，频频举杯，杯杯见底，与阿哥同来的干部招架不住宣布退席，被搀扶着进房休息。唯阿哥一人还在坚挺，谈笑风生，阿哥的幽默感和豪爽劲让夜宵酒宴渐入高潮，欢呼声不断。

主人有意组织力量想放翻阿哥，哪曾想阿哥却越战越勇，不断有作陪之人醉去，主家自己也有八分酒矣。为表示诚意，主家再次端起满满一杯米酒颤抖着敬向阿哥，嘴里有些含糊不清了："梁乡长，你是远来的领导，是远来的贵人，我敬佩你的好人品，好——酒量，你如果——冇（不）嫌气，就干了这——杯酒，放心，你的住宿已安排好嘎，今夜的（晚上）就和我妹困（睡）。条件虽然冇好，就随便些嘎。港哇——算哇（说话算话），就这一杯，干！"说到后面，湖南话全冒出来了，阿哥端起酒杯，两杯一碰，一饮而尽，主家便再也支持不住了。吴副乡长一家都讲湖南话，阿哥与吴副乡长同事两年，关系又好，平时还刻意跟着学了许多，自然难不倒阿哥的，"冇"就是"不"、"夜的"就是"晚上"、"困"就是"睡"、"困眼闭"就是"睡觉"、"港哇"就是"讲话"等。"今夜的就和我妹困"不就是"今晚就和我妹睡"吗？阿哥心下忐忑不安，我虽然未婚，也十分喜欢小吴妹子，但双方第一次见面，彼此并不了解，就算小吴妹子有意于我，怎么就可以在一起睡了呢？若真如此，也未免太草率了吧？幸亏酒早已上脸，遮住了阿哥的满脸彷徨与尴尬。也许是风俗吧？阿哥自忖，不敢贸然动问，悄悄侧视一下身边的小吴姑娘，姑娘脸上依然淡定如常。阿哥懵了！

夜深了，阿哥躺在一张宽宽的床上，枕上还有几本书，看来这小吴妹很爱看书的，阿哥更喜欢了，辗转反侧，浮想联翩，久久不能入睡。阿哥才从自己心仪的姑娘被小秘书们频频"抢"走的伤痛中走出来，好久没考虑恋爱之事了呢。阿哥一次次回味主人家的这句话，宁愿这是真的，难道我真有此艳福不成？"踏破铁鞋无觅处，得来全不费工夫"这句古话真在我身上应验？苦难的婚恋之旅真能在此时此地画上句号？转而又想，也不能以这种方式终结呀？阿哥在纠结，在纳闷，不敢相信真会有此艳遇，但想到热情漂亮的小吴姑娘，阿哥怦然心动，脸在发烧，又希望这一切都是真的。阿哥想努力镇定自己，却始终无法安定，似乎在等待着什么。

浮想的心绪终于熬不过老米酒的慢慢醺烤，阿哥在冥想中沉沉睡去，睡梦里，小吴姑娘明丽的笑脸一直占据了阿哥的视线。

"nie（小）妹呀！你鬼仔仔还冇起呀，日头烧屁股了哟，起来割牛草克哟！"迷迷糊糊中门外有个老人在大声招呼，阿哥醒了。

只听身边有人回应："哎，马上起来嘎！"阿哥一惊，坐起身来，不是说要我和"妹"睡觉的吗？身边躺着的分明是一个十七八岁的小伙子呀。阿哥好困惑，好失落。

起床走出房间，女主人端了一盆洗脸水笑盈盈地来到阿哥身边,说："梁乡长起得早啊！老吴昨夜的醉多嘎，还冇醒酒呢，昨夜的我妹转来得太迟，冇影响你困眼闭吧？"阿哥一愣，顿时大窘，脸涨得通红，连声说："好的，不早，好，睡得很好！"有些语无伦次了，至此才终于似乎有些明白了。原来这儿的习惯称呼中有"哥"有"姐"有"妹"而没有"弟"，全用"妹"来代指弟和妹的，昨晚上和自己睡在一起的是主人还在读高中的弟弟呢。

阿哥怅然走出屋外，已是阳光灿烂，只见小吴姑娘一袭白底碎花连衣裙，袅袅婷婷走过木桥，醉了阿哥的心。阿哥心里好纳闷，这鬼地方怎么把弟也喊做妹呢？白害我老人家高兴了一场！

提鹅相亲记

几经周折，阿哥终于与乡政府所在地的一位刚师范毕业的女孩石珍好上了。令阿哥想不到的是，石珍还真对阿哥很好，很快确定了恋爱关系。

经过几次不成功的恋爱，特别是办公室那些不懂事的秘书们"抢领导女友"的事一再发生，在阿哥身上产生了心理上的负面影响，对恋爱之事有些心灰意冷，心理上的阴影一直挥之不去，好像爱情已离自己越来越远，特别对与教师谈恋爱心存惶恐。如今，居然有姑娘主动看上自己，而且又是教师行业的，这怎能不令阿哥心里惶惶不已顾虑重重呢，这是真的吗？爱情真的可以悄无声息地来到我身边？不该又悄无气息地走了吧？已差点被爱情撞断了腰了，担心办公室的秘书们捣蛋，故阿哥一直不敢公开，惴惴不安地守护着心中的秘密和来之不易的幸福。同时还担心双方年龄差距大，过不了"丈母娘"那关，心里一直在纠结。

时逢村里过新米节，这可是大山苗寨里重要的节日，不管稻谷成熟与否，都得邀亲请友共庆一番的，表示对五谷丰登的期望与美好生活的祝愿。石珍见阿哥久久没有表示去家里走走的意思，便趁过节的机会主动出击，邀请阿哥到家中过节，见见父母。其实阿哥不是不想去，而是去的数次太多而无不铩羽而归，早已没了自信，哪敢贸然提请？生活让阿哥成熟了，同时背负了一份沧桑。

石珍的主动邀请让阿哥喜出望外，却又惴惴不安，思之再三，终于鼓足了勇气，壮足了胆，到菜市场买了一只大肥鹅。临行前还是打了退堂鼓，瞻前顾后，左想右想，还是不敢一个人前往，于是邀上乡农牧站长小肖作陪，自己是农牧站出来的，现在又分管农业口，算是自己人吧。

走在路上，阿哥心想，头一回去珍家，不知深浅，不如权当此行是去摸个底细，试探一下"丈母娘"的态度，太多的失败使阿哥对此行并不敢抱什么大的希望，谁知道又会发生什么情况呢！于是将手中的大鹅交到小肖手上，说："小肖啊，等一下到了姑娘家，你就说这鹅是你买的哦！"小肖一头雾水，丈二和尚摸不着头脑。

小肖提着大肥鹅跟在阿哥后面，到了女友家，小肖递过肥鹅，对"丈母娘"说："今天过节，我与梁乡长来做客，没得哪样，买了一只鹅！""丈母娘"一家人高兴地接待了两人，阿哥大大松了口气。

不料弄巧成拙，吃午饭时，"丈母娘"一个劲往小肖碗里挟鹅肉："小肖啊，你买的鹅你多吃点啊！"阿哥被冷落在一旁，顿感浑身不自在，尴尬万分，又怕丈母娘以为自己小气，坏了好事前程，于是悄悄伸出手指在小肖大腿上捏了一把。小肖顿悟，立即向丈母娘说："老人家，你错了，其实这鹅是我们梁乡长买的。我只是帮提鹅而已。"弄得"丈母娘"不知所措，一块正挟着往小肖碗里送的鹅肉险些滑落在地。阿哥更不安了，自责不已，怎么自己越大越胆怯了呢！

也许是这一趟的不愉快，阿哥最终没能与石珍走在一起，这是后话了。

（朋友盛梅提供素材）

山里的蕨菜

阿嫂姓王，小名兰草，从县职校毕业后，就在翁努小学代了课，那次与校长一起陪阿哥进村入户夜访吴老你夫妇，阿哥竟然用一口一个"做人要有'性欲'"吓得吴老你第二天就送两个女儿进校读书了，觉得阿哥十分有趣。通过多次接触，兰草觉得阿哥虽然相貌并不出众，但为人诚恳，忠厚可靠，诙谐幽默，工作能力强，发展前景好，按现在的话说是"潜力股"，是可以托付终身的人。因此拒绝了寨上众多年轻人的围猎，认定了阿哥。

但家人和亲友就不这么看了。哪有30多岁了还找不到老婆的？一定有问题；不高不大还头发稀疏，看起来就太老成；还有一点，阿哥是侗家人，不是咱苗家人，现在虽然不再禁止苗侗通婚，但村里大多数老人心里一直有一种保守的观念，那就是侗家仔不可靠！特别是寨上那几个家境比较好的人家，见兰草小巧漂亮温柔有文化，都想迎娶进门当自家媳妇，便常常在兰草父母面前绕口舌挑阿哥的不是。古人云："众口铄金，积毁销骨"，说得兰草父母越看阿哥越不顺眼，第一次提鹅提亲时就被拒绝，便不准阿哥再登门了。但兰草是个有主见的姑娘，父母虽然看得紧，却总能找到理由见阿哥。

经过一个冬天坚持不懈的努力，阿哥终于赢得爱情的春天，兰草父母不再反对了，但依然不准兰草主动找阿哥，兰草只能在家里帮父母做点家务。

清明节后，一场春雨将大山扎扎实实清洗了一遍，天空透亮极了。天气转晴了，山上的油茶苞褪皮了，展现出嫩白娇好的面容，蕨菜也迫不及待从地里冒出了弯弯的、毛绒绒的头。正是郊游饱览春光的好时节，兰草心痒痒的，跟母亲说："想与小姐妹们一起上山讨蕨菜，如果讨得多的话，还可做腌蕨菜。"腌蕨菜是苗家最爱的开味菜之一，兰草家里每年都要做腌蕨菜的，母亲便同意了。

吃过午饭后，兰草一出门便朝镇政府后面的山上走去，阿哥早已候在坡脚了。午后的阳光暖暖的，午后的风儿柔柔的，镇政府的职工和当地农人在坡脚种的蔬菜长势良好，漂亮的紫红色豌豆花爬满了豆扎，青油油的四月青菜绿得像一匹匹绿毯，杂草间不知名的小花这一片那一簇，热热闹闹，这一切的一切都在熨帖着两颗年轻的心，都在吸引着两人向山的深处进发。

一条小路蜿蜒曲折向山上爬去，山顶上有座电视差转台，管理员每天至少要往山上爬两次，以保证山下电视的收视质量。半坡稍平的地方还有村民们开垦的果地、菜地，这一片那一片的，像晾晒的床单，所以这条小路是小而不荒，弯而不绝。两人一路攀爬一边在草丛里寻找可能冒出的蕨菜，说来也怪，这片山应该有蕨菜呀，怎么就一棵不见呢？半山腰，一个老伯正在挖地。阿哥便问："石伯，这山上怎么没蕨菜呢？"老伯见是两个年轻人，便笑嘻嘻地说："是梁镇长呀，有呀，有的，谁说没呢，上面才有，多得很！"

听了老伯的话，二人便奋力往上爬，当二人气喘吁吁登临山顶时，才知道老伯是故意骗他俩的，真是一棵蕨菜都不见。山顶是一片油茶林，电视信号差转台就坐落在油茶林中。一个多小时攀爬，兰草已是香汗涔涔，虽然没能采摘到蕨菜，但能与喜欢的人一起来一次说走就走的春游，累并快乐着。两人干脆在油茶林里找茶苞吃，累了就坐地休息，第一次背靠背地坐在山顶的草地上，望着山下的村落，望着山外的山，憧憬着未来。

不知不觉太阳要落坡了，上山劳作的农人也赶着自家的牛三三两两回家了，阿哥心里直怨这山里的太阳消极怠工，出工早，收工早。"怎么办？两手空空怎么向母亲交代？"兰草也是愁容满面。阿哥说："没关系，明天我们去对面那座山寻找，一定有的。"两人决定不再往陡峭的原路返回，而是沿长长的油茶林往斜坡下走，这面坡是没有路的。半小时后，二人走到谷底。忽然听到有人叽叽喳喳走近，原来这是一条连着十几个苗寨的大路呢。

阿哥一看，乐了，哈哈哈哈笑得坐在路边起不来，笑得路人和兰草眼睛一愣一愣的。原来是四个苗姑，每人背上的小背篼里都装满了新采的蕨菜，大概都是拿来做腌蕨菜的。真是天无绝人之路呀，我老梁命好，想睡觉就有人递枕头来了。阿哥掏出两元钱，硬要她们每人卖一把蕨菜给他，五角钱一把，每把大概一斤，可是大价钱了哩，成交。这时兰草也笑了，可以放心回家交差了，兴奋得脸红扑扑的，心里甜滋滋的，这梁天平真是聪明。

母亲见兰子笑嘻嘻地抱着一捆蕨菜进家，颇感意外，便："你从哪弄来的？"

"我讨来的呀！"

"别骗我了，三林妈早就跟我说了，你跟他去的山怎么会有蕨菜？"母亲这么一说，兰草的脸顿时红了，知道有人盯梢还告了状，真烦！

"我不会告诉你阿爸的，放心。"还是母亲体贴兰草。

婚前仪式

　　爱美是人的天性，阿哥在选姑娘，姑娘也在选阿哥，真可谓，我爱之人不爱我，爱我之人我不爱，一晃，阿哥不觉已过而立之年了。父母说，亲友劝，大龄青年阿哥开始着急了。

　　一日，家里来了个老家的亲戚，见阿哥还没成家，也挺着急的，便悄悄对阿哥说，不妨去看看"师傅"，庆云的石伯很灵的，说不定会有破解之法的，帮你过了这个坎呢。所谓"师傅"是农村中能掐会算精于麻衣相法并有点"道术"的人，阿哥素来不信这些故作神秘似是而非的蒙人把戏。

　　阿哥上高中时曾遭眼镜蛇"亲吻"差点丧命，家人请来一个老太婆"师傅"来家算了一通，说是有鬼作祟，必须作法驱鬼。家人大惊，便按"师傅"的要求摆下香案，"师傅"念了一通后，提着一把斧头往每一个房间驱鬼，每到一个房间都要一边念念有词一边用斧头咣咣捶打房间的门枋、门板、板壁、桌子、床枋什么的。"师傅"到阿哥的房间来作法了，看到"师傅"那装模作样神叨叨的样子，阿哥就来气，"师傅"一路咣咣咣捶将过来，眼看要捶到那架缝纫机了，躺在床上的阿哥终于忍不住坐了起来，突然指着老太婆大吼："看哪个敢捶我的缝纫机！"这可是全家最值钱的家具呢。"师傅"吓了一大跳，斧头停在空中不敢下捶了，也停止了念叨，仓皇出去了。看到"师傅"在家人虔诚的欢送下带走了那只作法用的大公鸡、一升米、十个碗，还有父亲手上十八元钱的红包，阿哥就恨得痒痒的：便宜这老太婆了！从此阿哥就更恨这些古惑人心骗取钱财的"师傅"了。

　　但是，十多年后的阿哥，为能早日走进婚姻的殿堂，了却家人的心愿，阿哥竟然改变初衷，硬着头皮抱着宁信其有不信其无的心态走进了庆云石"师傅"的家。至于"师傅"教他了些什么，只有阿哥自己知道了，反正此后阿哥便在唠姑娘时口里常常念叨一句话。

与阿嫂结婚前，阿哥下决心一定要娶阿嫂。直到进入谈婚论嫁了，由于阿嫂是苗族，根据苗族传统风俗，还得请"师傅"算阴阳八字，若双方八字不相克，便举行一个婚前仪式，正式进入嫁娶程序。

终于，婚前仪式在阿哥的期盼中如期举行，在阿嫂家的火炉上，阿哥忐忑不安地坐在矮凳上，按规定，穿着苗裙子的阿嫂端坐在1尺7寸高的板凳上，"师傅"双眼微闭，手持草标穿梭在阿哥阿嫂间，口中念念有词。家人和亲友只能在门外看，阿哥今晚已喝了几杯酒，在昏暗的灯火中更加醉眼蒙眬。阿嫂本来就长得清秀，今夜，阿哥侧脸看着阿嫂，更加面目端庄，忍不住吞下口水，心想，这么年轻漂亮的姑娘终于将要成为我的新娘了，气死那几个小秘书去。但婚期还有一段时间，又怕出什么差池，到手的鸭子又飞了怎么办？这不是没可能的。为给自己增加信心，唯一的办法只有依家乡石"师傅"教的反复念叨："嘎腻需nia兑嘟腰！""嘎腻需nia兑嘟腰！""……""师傅"和阿嫂都是世居苗族，不懂侗话，见阿哥竟然也时高时低神情专注地念念有词，不禁惊问："梁乡长，你在说什么呀？"阿哥一惊，笑说："嘿嘿，没什么的。"这时门外有人由窃窃私笑继而忍不住大笑起来，原来是来自侗乡的秘书小梁。

第二天，阿哥在仪式上的念叨词被解迷了，原来阿哥反复念叨的是侗语：等一下你要着给我的，等一下你要死把我的！

阿哥害喜

虽非老夫少妻，但阿哥比阿嫂整整大了一轮，且阿哥婚恋史可谓是历经磨难，几经挫折，才承蒙阿嫂和丈母娘不弃，终于抱得美人归，了却父母最大最重的心事。最高兴是父亲，笑得合不拢嘴，常常叮嘱阿哥，这是上天眷顾我梁家，你可得好好待她哩，如果你对她不好，我饶不了你的！加上新婚当天，自己与德云、卫东两个拜把兄弟一起干的荒唐事，导致错过了拜堂吉时，让美丽新娘一个人完成婚礼，阿哥对阿嫂的亏欠之心就更重了。所以，在以后的日子里，阿哥对阿嫂百般呵护，一小点闪失就让阿哥提心吊胆，真可谓"放在手里怕飞了，含在嘴里怕化了。"

婚后不久，阿嫂便喜怀六甲。梁父知道自己终于要当爷爷后，万分高兴，责令阿哥千万要照顾好阿嫂，决不可有丝毫懈怠。父亲如此着急，阿哥就更是惶惶不可终日了，悉心照顾着孕中的阿嫂。一天早上起床，不知怎的，阿哥突然觉得很恶心，想吐，又吐不出，心情烦躁。之后，精神状态就不太好，想睡又睡不着，有时还想发火，茶不思，饭不香，只想吃些酸酸辣辣的。阿嫂呢，却像没事人一般，整天乐呵呵的，能吃能睡，还和小姐妹们像小孩子般开心笑闹。

就这样，阿哥难受了一个多月，好不容易不想吐了，精神也从萎靡中恢复过来，阿哥终于长长地舒了一口气，饭量也增加了，体重增加了不少。谁知一天早上洗脸时竟然发现自己脸上无端地出现好多颗粉刺，红红的，碍眼极了。阿哥又纳闷了，我这年龄早过了生粉刺的青春期呀，一看阿嫂，脸面光洁，只是腹部微微凸起，身材不再苗条而已。但阿哥素来是不太注重个人装扮和形象的，也就不再理会什么粉刺不粉刺光滑不光滑的事了，一如既往地努力工作，悉心照顾阿嫂。

时间一天天过去，阿嫂的肚子越来越挺了，阿哥高兴地等着升级当爸爸。一天晚上，下村回家一身臭汗的阿哥洗澡时发觉自己的肚皮总也洗不干净，仔细一看，竟然是些颜色稍深的斑纹，无论怎么搓也搓不去，阿哥更是百思不得其解。

终于，阿嫂在这年秋季临盆了，顺产下7斤重儿子，取名小青。至此，阿哥可算是不辱使命，梁父更是高兴得差点跳了起来，连说："好！好！好——！"

乡卫生院的王院长前来道贺。阿哥不禁聊起了这七八个月来的感受及自己身体上发生的种种奇怪变化，王院长微笑了好一阵，只说了一句："梁乡长，你真的是个好丈夫也！"这话让阿哥又坠云里雾里，自己尽心尽力照顾阿嫂不假，但哪个当丈夫的不是这样呀？眼睛看着王院长，一脸不解。

见梁副乡长不明其意，王院长才说："其实我早就注意到你们的情况了，这是生理医学上一种极其罕见的现象——拟娩综合征。非常明显，由于你对夫人的身孕过度关心而产生了心理焦虑，总是想象和夫人同样的感受，将夫人怀孕的感觉移至自己身上，从而在生理上自然而然地引起一系列连锁反应，反应周期一般与孕妇的身心反应周期一致，所以不用着急，会自然消失的。这是一种由内心到外相的深度关切，可不是一般丈夫能做得到的呢，但奇怪的是夫人却没这些孕妇正常的生理现象，也许真的是梁乡长替老婆害喜了吧！你就当儿子是你亲自生下来的得了，哈哈哈！"

阿哥愕然不已，不过，自儿子小青生下来后，阿哥的身体真的恢复正常了。

阿哥永远快乐（后记）

　　创作《小城阿哥》的过程其实就是享受快乐、分享快乐的过程。

　　我生活的地方是黔东南一座安静的江滨小城，虽然因历史、地理等诸多方面的原因，小城社会经济发展相对滞后，群众也不富裕。但小城人不因发展滞后而自卑，不因生活清贫而烦恼，他们有一个重要特点，就是天性知足，所谓"知足者常乐"，小城因此而多了一份恬静与婉约。在小城生活是快乐的，这里的人们大多乐观幽默，豁达大方，兼容性强，其中以我的好朋友"老阿"为典型。只要老阿在，就有停不下的笑声，笑声是快乐的表现，更是快乐的传播剂，朋友们常常就为能享受快乐而与老阿约起，一次简单的小聚，就是一顿快乐的大餐，大家都喜欢与他在一起。

　　前些年，我突然生发将老阿的故事记录下来的想法。于是，将发生在老阿身上的故事写成一个个段子发在自己的QQ空间，哪想到朋友们传阅后甚觉不过瘾，要我继续写下去，不断与朋友们分享。老阿自己的故事挖掘得差不多了，朋友们却在翘首等待着下一个故事，怎么办？写其他朋友身上的故事吧，为了写好阿哥，我潜心留意朋友们闲谈中得来的故事素材，刻意收罗关于发生在小城乡村的那些有趣的真实故事，半夜里便起来写在QQ空间日志里，乐此不疲，有一段时间大有当年蒲松龄摆茶摊搜故事的劲头。所以，关于《小城阿哥》的故事系列全来自真实，每一个故事都可以找到故事主人原型。因为故事来源不同，写多了，逐渐出现了一些问题，如时间顺序、人物性格、相貌特征等会出现一些矛盾，为此，故事是在不断修改、调整与丰满中。后来便为主人公阿哥定了位：快乐、幽默、豁达、热情、敬业、睿智、爱酒、喜歌，还有谢顶、晚婚、不拘小节等，这其实就是小城一般干部的写照。之后，有朋友提供了很多很好的故事素材，但相当部分都没成功撰写进系列故事中，原因是这些故事或与阿哥人物性格不符，或明显不是来自真实生活，找不到生活原型。

故事的撰写过程中得到了很多朋友的帮助，如朋友盛梅，她在乡镇任职多年，最是熟悉基层情况和身边同事发生的故事，还将一些写成蓝本发我，这些故事经过改编后进入了系列中；乡友燕成，是著作颇丰的青年作家，对故事系列提出很多很好的建议，进一步完善了框架结构，并毫不推辞地为阿哥作了序，题写了书名；朋友国生，在百忙之中抽出时间完成了初稿的第二遍校对；朋友佳玲，极力支持结集出版，并为该书操了不少心；朋友欧阳，不但是热心的阿哥读者，同时也是热心的阿哥素材提供者，等等。这里还要感谢许多热情地提供故事素材和热爱阿哥的朋友们，正是他们的支持，才使快乐的阿哥永远快乐，《小城阿哥》最终得以与读者见面，目的是让更多的朋友享受快乐。

都说"艺术来源于生活而高于生活"，一本普通的故事系列虽谈不上什么艺术，但本系列100多个小故事篇篇来自真实生活，这是这本书的定位之一。在生活节奏越来越快、生活压力越来越大的现代社会，大部头的作品有厚重感的同时也有沉重感，不一定适合每一个读者，而《小城阿哥》短小精干，每篇均未超过1600字，都是普通生活中耐人寻味的小故事，适合于消遣性阅读，这也是这本书的另一个定位。如果这本小故事系列能给生活在快节奏下的朋友们带来些许快乐的感受，我就知足了。

乐观、快乐、豁达、幽默应该是很值得推崇的人生态度，创造快乐，享受快乐吧，笑比哭好。只要生活中有快乐，阿哥就一直会健在，"阿哥"永不杀青。

罗安圣